U0597198

荀羽琨 /著

古道西风

现当代丝绸之路文学研究

陕西新华出版

陕西人民出版社

图书在版编目（CIP）数据

古道西风：现当代丝绸之路文学研究／荀羽琨著.
—西安：陕西人民出版社，2022.4（2025.1 重印）
ISBN 978-7-224-14502-1

Ⅰ．①古… Ⅱ．①荀… Ⅲ．①地方文学史—研究—
西北地区—现代 Ⅳ．①I209.94

中国版本图书馆 CIP 数据核字（2022）第 051495 号

责任编辑：姜一慧
封面设计：赵文君

古道西风：现当代丝绸之路文学研究

作　　者	荀羽琨	
出版发行	陕西新华出版传媒集团　陕西人民出版社	
	（西安市北大街 147 号　邮编：710003）	
印　　刷	三河市众誉天成印务有限公司	
开　　本	889 毫米×1194 毫米　1/32	
印　　张	9.375	
插　　页	2	
字　　数	220 千字	
版　　次	2022 年 4 月第 1 版	
印　　次	2025 年 1 月第 2 次印刷	
书　　号	ISBN 978-7-224-14502-1	
定　　价	46.00 元	

目 录

绪　论

　　"丝路文学"概念的界定与"丝绸之路"的内涵密切相关。"丝绸之路"有狭义和广义之分。狭义的"丝绸之路"是指以古代中国长安为起点，经过甘肃河西走廊和今天的新疆地区，越过帕米尔高原，进入中亚、伊朗等地，连接亚洲、欧洲的交通和商业贸易路线。广义的"丝绸之路"已经成为古代东、西方之间经济、文化交流的代名词，即凡是古代中国到相邻各国的交通路线，不论是陆路还是海路，均称为"丝绸之路"。本文所说"丝绸之路"，专指学界公认的从长安出发，以陕、甘、宁、青、新五省为核心地带的西北丝绸之路，也称绿洲丝绸之路或沙漠丝绸之路，其他"草原丝绸之路""西南丝绸之路""海上丝绸之路"则不在关注的范围。丝绸之路作为古代中国与西方交流的主要通道，不仅推动了政治经济的发展与繁荣，而且也创造了中国文化和文学的"盛世时代"，产生了西行记、边塞诗、变文等特定的丝路文学类型，并在其中诞生了李白、岑参、高适这个把中国诗歌艺术推向历史顶峰的诗人群体，是中国文学的精神高地和文化自信的集中体现。

　　"丝路文学"是建立在"丝绸之路"这一概念上的文学类型，

它的提出首先是基于丝绸之路上大量的创作史实，至少包含两方面的含义，"一是指丝绸之路沿线国家和地区的文学，二是指题材涉及丝绸之路的文学。"①单纯以地域定义"丝路文学"容易将这一概念泛化，难以取得学界的共识；以题材界定丝路文学虽然明确而清晰，但却极大地窄化了丝绸之路的内涵，遮蔽了丝绸之路的文化和精神价值。目前学界对"丝路文学"的界定大多是将上述两方面结合起来，它既是指题材关于丝绸之路，也是指丝绸之路这一地缘文化空间中产生的文学现象和作家作品。我认为这样的定义比较科学，原因在于丝绸之路本身是一个含义丰富的概念，它不仅体现为交通道路、建筑文物、绘画雕塑等物质形态的文化遗存，同时还体现为一种非物质形态的精神文化遗存，具有在场性和活态性的特征，张骞"凿空"西域的开拓精神，边塞诗中建功立业的生命豪情，宗教僧侣不畏艰险的求法精神，这种在多元文化融合基础上形成的开拓进取的精神品格，都从本质上反映了丝路先民对域外世界的向往，开拓一种生命新气象、新境界的勇气和魄力。"是民族精神文化的重要标识，内蕴着民族特有的思维方式、想象力和审美意识，成为民族文化生命的象征和密码"②，这种基于丝绸之路历史经验所形成的活态性的精神文化遗存，作为一种集体无意识深刻地塑造了丝路民众的生命意识和价值取向，也内在地影响了丝路作家的文学观念和审美风格，所以，"丝路文学"不仅体现为一种题材，也体现为丝路这一地缘空间中的文

---

① 石一宁. 丝路文学：少数民族文学发展新的机遇[N]. 人民日报（海外版），2015-10-27.

② 李西建."丝绸之路"与当代文艺的创新[J]. 兰州学刊，2017（2）.

化积淀和精神遗存。

本书所说的"现当代西北丝路文学"，是指现代以来，在西北丝绸之路这一特殊的地缘空间产生的描写丝路沿途人民的生存境遇，或以丝路文化和精神为意旨的文学现象和文学作品，它是古代丝路文化与文学在现代的继承和延伸。之所以选择这一区域，是因为西北丝路的历史文化积淀最为丰富，作家的创作和丝路文化与精神的关联最为紧密，这种关联不仅是外在的，更是一种内在精神上的继承和拓展。"丝绸之路是一条开放之路，在此时代背景下行进的新丝路文学，必然既绍续着远古丝路的汉唐气象，亦呈现着 21 世纪的中国气派和民族风格。新丝路文学，在整体上应该是内涵丰厚、有强烈人民性的文学，是朝气蓬勃、元气充沛的文学，是骨硬筋强、血旺体壮的文学。它应一扫无病呻吟、疲软困顿的颓靡之风，以深刻的思考、恢宏的气度和健康的审美成为中国当代文学的重要构成。"①从这个角度来说，"现当代西北丝路文学"的研究对象包含三个层面：一是直接取材于丝绸之路的作家作品；二是反映丝路乡土文化、游牧文化、宗教文化、西方现代文化之间冲突与融合的作家作品；三是描写丝路民众在现代民族国家建构中所体现的开拓进取精神的作家作品。研究的方法虽然离不开对具体文学现象和作家作品的观照，但是主旨是要探讨现当代西北丝路文学与丝路文化之间的内在关系，特别是丝路精神与现代社会转型的历史语境相遇合之后，所激发出新的表现形态和

①石一宁. 丝路文学：少数民族文学发展新的机遇[N]. 人民日报(海外版)，2015-10-27.

时代内涵。

西北丝路文学经过一个多世纪的发展与积淀，已成为中国现代文学版图中一个重要的组成部分。然而如何命名这个成就卓著的区域文学，学界却陷入长期的分歧和概念的缠绕，它通常被冠以"敦煌文学""西海固文学""秦地文学""西域文学""西部文学"等各种以自然地理为依据的概念，陷入内涵龃龉、外延含混交叉的命名乱象之中。这种以自然地理命名文学的方式体现了学术研究地方意识的觉醒，从思路与方法来说，都属于地域文学差异性的研究。这类研究大多是在"东/西""中心/边缘"这样二元对立的思维中展开的，过分凸显和强调区域文学异质性的学术思维，把文学视作是一个静态的、封闭的自足系统，忽略了丝路文学内在的整体性和多元性，忽略了丝路文学与中国文学之间的同质性，人为地割裂了文学发展内在的历史逻辑和文化的整体感。这种研究思路不仅偏离了文学发展的事实，而且难以在区域文学和中国文学、世界文学之间形成有效的对话。

从丝路文学的地理环境和文化内涵来看，它是一个整体的存在，不是彼此分裂和孤立的。西北丝绸之路在历史上曾是中西文化交流的交通要道和核心区域，它的文化内涵不是由某种单一文化形态所构成，而是由中原农耕文化和西域游牧文化所构成的多民族文化的共生状态，这种文化形态不仅是由西北独特的自然地理、生产方式等因素决定的，而且也是在丝绸之路长期的中西交流中历史地生成的，所以不管是"西域"还是"西部"都可以被整合到"丝绸之路"这一概念之中，这一区域的历史文化传统是一个整体的存在。丝绸之路虽然已淹没在历史的尘埃之中，但是它所承载的文化精神却深刻地影响了丝路民众的生活方式和价值观念。

　　（丝绸之路）不仅仅呈现为地域的辽远、广袤与严酷，而且体现在比较共通的历史传统方面。一条闻名于世界的、漫长而艰难的"丝绸之路"，既沟通了遥远的时空，也为今天的文化背景留下了内在的、血脉般的联系。古代的"丝绸之路"如今已经难以寻觅，但它始终在大西北的文化繁衍中蔓生着、涌动着、复活着……古老的历史可以被人淡忘，或者只能依据史册给人以梦一般的回顾与遐想，但一代又一代的后人却无法拒绝文化传统的恩赐与潜入……这里的崇山与盆地，大河与峡谷，这里的戈壁与绿洲、大漠与草原，这里的古迹、遗址与文物，这里的显现着相对稳态色彩的风俗民情，这里的几十个民族的各种各样的生活方式，似乎都隐含着一种严峻的历史力量与人生意识，一种激励人们顽强生存的庄严感与肃穆感。①

　　在今天的丝绸之路地带，不管是自然风景还是民族文化，我们都能感到丝路文明深厚的历史积淀。从文学上来看，不管是陕西的小说还是新疆的诗歌，也都体现了一种相似的文化传统和审美品格。所以，我们在对这一区域的文学进行命名之

---

①周政保. 醒悟了的大西北文学[M]. 小说世界的一角. 乌鲁木齐：新疆人民出版社，1989：18.

时，不仅要考虑到它的概念和内涵的地域性因素，还要考虑与之相关的文化历史的统一性，不能人为地割裂它内在的整体性。为了促进这一区域文学的良性健康的发展，我们有必要对它进行科学缜密的学术命名与研究。相比较其他以地域命名的文学的排他性而言，"丝路文学"这一概念具有极大的包容性，它就是要在地域的独特性、文化历史的整体性、内容的现实性，这三个维度中重新确认丝绸之路文学的内涵和特质，指出其内部所呈现的多元性和开放性。

21世纪以来国家"一带一路"构想的提出，激发了政治、经济、文化研究领域的话语活力，而从现代以来一直作为社会发展引领者的文学，却在此刻陷入了失语状态，失去了关注社会、回应现实的能力。在这样一个背景之下，我们提出"丝路文学"的概念，不仅是对西北地域文学研究的一种范式更新和学术整合，同时，也是对文学研究现实精神的一种回归。

现当代丝路文学与现代社会的历史进程同声共振，是现代以来在丝绸之路这个空间领域产生的文学现象和作家作品，既是现代文学的一个组成部分，又形成了自身独特的思想内容和美学风格。它一方面继承了古代丝路文学的精神传统，另一方面，又融入了现代社会的思想观念，对丝路文学做出了创造性的发展。以往学界对现代丝绸之路上的作家作品大多采用地域文学研究的方法，在东/西、现代/传统这样的背景之下，把丝路文学的性质确定为与现代城市文明相对的前现代性，在研究中形成了一种地域文化决定论的倾向。从丝路文学发展的实际来看，丝路文学不仅是一种地域文化现象，而且也是在长期的民族文化交往中历史地生成的，所以，丝路文学是一种地域性、文化性、民族性的文学现象，它反映了中国多民族文学发展的规律和特质。对现当代丝路文学进行科学的概念界定、深入的理论分析、细致的文本解读，对我们认识中国现代文学发展的特点提供了一个新的视角。

第一，现当代丝路文学研究首先要建立在文学史料收集和梳理的基础之上。这是任何一个学科建构的必要条件。古代丝路文学研究在文献资料的整理方面取得了很多的成果，但现当代丝路文学研究尚处于初期阶段，需要从概念的界定出发，把丝路文学的作家作品从中国现代文学史中指认和打捞出来，梳理出丝路文学的类型和发展脉络。对文献史料进行系统的整理与研究，弥补现代丝路文学文献的薄弱与不足，可以丰富和细化丝路文学研究的具体内容。

本书按照丝路文学的发展历程，从本土作家和西行作家两个角度，系统地整理丝路文学文献，借此勾勒现当代丝路文学生成与发展的概貌，从一个新的角度拓展了现代文学史料研究的领域。尤其是本论文对现代阶段丝路作家作品和西行文献的整理，把以前处于被遮蔽和碎片化的文学史料，在丝路文学研究这个整体构想之下，重新发掘出来并对之进行系统化、整体化的研究，不仅有利于丝路文学的学科建构，而且也拓展和完善了现代文学史料的范畴。

现代以来丝绸之路地带在政治、经济、文化等方面边缘化的地位，使传统文学在丝路文学的发展中仍具有很大的惯性，本土作家大多仍采用了传统文学的形式表达现代的思想观念，于右任的旧体诗词、易俗社通过秦腔的"移风易俗"，"花儿"的发现，丝路文学这种"旧瓶装新酒"的现象，在强调形式现代性的著史观念中，往往被遮蔽和忽略。对现代丝路文学文献的重新发掘与整理，有利于我们还原中国文学现代性内部的复杂性和差异性，中国文学的现代转型不是在一瞬间整齐划一地完成的，它存在着多种可能性。通过对丝绸之路这个空间领域中的文学现象的梳理和分析，能够有利于还原中国文学现代性的历史真相，对现代文学和古代文学"断裂说"的论断做出一定的修正。

丝路游记是古代丝路文学中的一个重要类型，现代以来民族国家的危机语境中出现了一个西行的社会思潮，外国探险家、学者文人、中外记者相继踏上丝绸之路，创作了大量的丝路游记，真实地记录了丝路沿途的自然、地理、人文景观。但是这些文献碎片化地散落在各种史地著作之中，它的文学价值并未被充分地发掘和重视。从丝路文学研究的角度考量这些游记作品，会发现这些作品不仅数量众多，而且继承了古丝路游记的母题和叙事方法，构成了一个完整独立的艺术类型。系统地整理丝路游记文献，不但有利于完善丝路文学的学科建构，而且对于我们认识游记和现代民族国家建构之间的关系，提供了一个新的言说空间。

第二，在对现代丝路文学文献进行系统梳理的基础之上，通过具体的文本分析，厘清和把握丝路文学的特质，突破以往文献评介式和现象梳理式的研究模式，把丝路文学研究向系统化、理论化推进，是本研究的一个重要方面。丝路文学不是某个单一的地域文化的产物，而是在丝绸之路多元文化融合的语境中产生，是在农耕文化与游牧文化、传统文化与现代文化、民间文化与主流文化等多种文化形态共存，互相融合、互相交织的背景下生成的，是一种多元文化的历史产物，这是丝路文学的根本属性，也是中国多民族文学的特质。

多元文化作为一种历史积淀，深刻地影响了现代丝路文学的主题和审美品格。乡土文化、游牧文化、宗教文化、民间文化等因素，都在形塑着作家的文学观念和价值追求，张承志小说中的宗教主题，昌耀诗歌中对崇高精神的坚守，红柯对游牧文化和儒家文化融合与重建的思考，都从不同的角度展现了丝路文学丰富的文化内涵。本研究旨在通过文学现象的梳理和文本分析的结合，概括和提炼丝路文学的主题特征和文学品格，还原现代文学内部构成的多样性与丰富性，回应中国文学民族性与世界性的基本理论问题。

第三，研究方法史论结合，论从史出，提升丝路文学研究的史料意识和学术规范，建构凸显自身特质的话语体系和研究范式。现当代丝路文学经过一个多世纪的发展，产生了丰富的文学现象和大量的作家作品，但是在现代性文学史观的主导之下，很多丝路作家作品被遮蔽，他们创作的意义和价值得不到充分有效的阐释，包括少数民族作家的创作，都还需要进一步地发掘、整理和研究。因此，文献的梳理是研究的基础，本书按照古代、现代、当代这样的历史阶段，从整体上勾勒出丝路文学的发展面貌。在此基础上，通过对一些重要的文学现象，具有代表性作家作品的文本分析，深入把握丝路文学的特质。丝路文学作为一个新的研究视角，必须要建立在扎实的文献基础之上，从文献的发掘和梳理入手，借鉴文化学、传播学、文本细读等多种方法，把握丝路文学的发展规律，从理论上深入剖析丝路文化和丝路文学之间的生成关系。

第一章　丝绸之路与丝路文学的历史呈现

要了解现代丝路文学，我们首先要返回到丝绸之路的历史文化传统，才能准确把握丝路文学的内涵特征和文化品格。文学研究和历史研究一样都要追本溯源，"不寻其源，难求其末；不究其往，难测其来。"①丝绸之路是一条对中国和世界文明的发展做出重大贡献的陆上通道，它连接起四大文明的发源地：中国、古印度、古埃及、古巴比伦，在丝绸之路的沿途诞生了佛教、基督教、伊斯兰教等影响深远的宗教。可以说，丝绸之路是古代各国经济文化传播的桥梁和纽带，极大地推动了世界文明的发展和繁荣。它既是一条商贸和行旅之路，也是一条丰富的语言文化之路。

---

① 刘俊文编. 日本学者研究中国史论著选译：卷一[M]. 黄约瑟，译. 北京：中华书局出版，1992：1.

第一节 发生学意义上的丝绸之路

一、丝绸之路的发生

缫丝织绸是我国古代劳动人民智慧的结晶，也是丝绸之路上重要的文化使者，把中华民族的文化传播到西方，为世界文明的发展做出了巨大的贡献。唐代诗人张籍的《凉州词三首》（其一）中，就形象地描绘了丝绸运往西域的盛况，"无数铃声遥过碛，应驮白练到安西"。公元前3世纪前后中国的丝绸开始传到西方，因其精美、华丽被西方人誉为是天堂里才有的东西，希腊人和罗马人因比称中国为"Serica"（丝国）。随着西汉开通丝绸之路的历史壮举，在随后两千多年的历史中，这条以丝绸为主要贸易的商道就成为古代中国与西域各国、地区、民族之间在政治、军事、经济之间交流的桥梁。同时，它也成为连接世界四大文明的交通大动脉。

中国与西方之间这条陆上交通要道自近代以来，便被普遍命名为"丝绸之路"，但是实际上在张骞通西域之前，这条道路就已经存在。经考古发现证明，在丝绸之路开通之前，西域的玉就输送到内地，并成为统治者用来制作祭祀和装饰品的主要原料。我国考古工作者在河南殷墟发掘的墓葬中，就出土了七百多件玉器，这些玉器以新疆和田玉占多数。这说明中原和新疆之间早在公元前13世纪左右就有交通往来。先秦时期的文献中对中原和西域之间的交往也有多处记载。《庄子·天地篇》中记载"皇帝游乎赤水之北，登乎昆仑之丘"，贾谊《新书·修政篇》也记载了尧"身涉流沙地"，会见西王母的故事，《荀子·大略》中也有关于禹"学于西王国"的记载。成书于战国时期的《穆天子传》（又名《周穆王游行记》）中，详细地描述了西周第五代国君穆王（姬满）在位第十三年（前 989 年）的"西巡"，游历西域各地，远至昆仑及"西王母"国，在瑶池之上会见其国君西王母。我国古代第一部地理著作《山海经》中也有大量关于西王母和西域地理的记载，书中多次提到昆仑、流沙、敦薨之水、泑泽等地名，如"西海之南，流沙之滨……有大山曰昆仑之丘"，这里的昆仑一般认为是指新疆南部的昆仑山脉，流沙即塔克拉玛干沙漠。尽管这些古籍对西域的记载并未得到地理考察的证实，而且还掺杂了怪诞奇幻的神话因素和想象色彩，但却反映了我国和西域之间早就存在交往的基本事实。

丝绸之路虽然在先秦时期就已存在，但是由于受到地理交通因素的限制，中国与西方各国的交往，往往要通过众多的中间环节才能得以进行，而且这种交往本身也不一定是有明确的意识和持续的进行，交往的内容基本上囿于民间往来，所以这个阶段的丝绸之路并未得到长期的畅通和繁荣。直到汉代张骞"凿空西域"之后，汉朝政府国力的强盛和有力的举措，才使得这条横贯亚洲的通道大规模地发展和繁荣起来，创造了我国经济和文化的辉煌。但是，对于这一连接亚非的交通大动脉却一直没有形成通用的专属名称。有学者将其称为"玉石之路""香料之路""彩陶之路""茶马之路"等众多说法，直到 19 世纪80 年代，德国地理学家李希霍芬（Ferdinand von Richthofen）根据他对中国进行的七次地理考察，在其《中国》一书中，把公元前 114 年到公元 127 年，中国与河间地区以及中国与印度之间，以丝绸贸易为媒介的这条交通路线称为"丝绸之路"，这一概念才逐渐得到了广泛的认同和接受。1910 年德国历史学家赫尔曼根据新发现的文物考古资料，在他的《中国和叙利亚之间的古代丝绸之路》一书中，主张把"丝绸之路"的内涵进一步延伸到地中海西岸和小亚细亚。这一主张得到西欧一些汉学家的赞同和支持。20 世纪前后，一些来自西方的地质学家和考古工作者，如斯文·赫定、斯坦因、伯希和等人到丝绸之路沿途进行探险考察，他们在这里发现和找到许多古代中国与西方之间进行贸易交往的文物和遗址。他们在自己的著作中介绍这些历史时，普遍地使用了"丝绸之路"这个名称，把古代丝绸贸易所达到的地区，都包括在丝绸之路的范围之内。经过这些西方学者实地考察所掌握的第一手资料，再加上他们及其著作在西方学术界的影响力，"丝绸之路"的概念得到了广泛的认同，继而成为从中国出发，横贯亚洲，进而连接非洲、欧洲这条陆路通道的总称。而且，伴随着中西关系史研究的深入，"丝绸之路"在历史上对人类文明及其社会发展的作用和意义被进一步彰显并放大。人们对它的研究早已超越了中西商道的认知框架，进一步被认为是东西方之间在政治、经济、文化交流方面的重要"桥梁"。

丝绸之路是古代中国和西方之间陆上交通的主要通道，全长七千多公里，分为三段：东段从长安出发，经陇西高原、河西走廊到玉门关和阳关，中段从玉门关和阳关以西到帕米尔和巴尔喀什湖以东、以南地区，由此往西，南到印度，北到欧洲是西段，丝绸之路的东段和中段大部分在我国境内。古代中国在几千年的历史发展中和其他国家的交往，主要集中在西部地区，如中亚、北亚、西亚、小亚细亚、欧洲等地。从地理位置上来说，我国位于亚欧大陆东南部、太平洋西岸，是一个海陆兼备的国家，东面临海便于从海上与西方各国交往，西北地区深入亚洲大陆中心腹地，便于从陆路和亚欧各国交往。但是由于我国古代的政治经济中心集中在黄河流域和关中地区，再加上受到造船术和航海技术的限制，我国古代的海路交通一直不够发达，所以直到明代我国与西域各国之间的交通往来，仍是以陆上丝绸之路为主。这条横亘亚欧大陆的陆上交通大动脉，高原、盆地、沙漠相间分布。其间，布满了崇山峻岭，有"世界屋脊"之称的帕米尔高原，喜马拉雅山、昆仑山、天山、阿尔泰山等山脉，山与山之间天然生成平原盆地，平原由以沙砾为主的戈壁、绿洲、流沙组成，这样的地貌极易产生风蚀沙化等自然灾害。虽然丝绸之路沿途布满了戈壁沙漠，环境异常地艰险，但总体来看，沿途都有道路可以通行，这是丝绸之路得以开辟的自然地理基础。"丝绸之路经过的地区处在亚欧大陆的腹地，大部分为高原山地，气候的大陆性十分显著，基本上属于温带或亚热带草原和沙漠气候、冬夏寒暑变化剧烈，昼夜温差很大；降水稀少，蒸发强盛，因而戈壁、沙丘、荒漠广布。河流大部分为内流河，水源多靠山地降水及高山雪水补给。高寒山地冰封雪岭上终年积雪，冰川发育，形成天然水库。山麓地带水源充足，地下水资源丰富。沙漠边缘、河湖沿岸形成了干旱地区的沃野绿洲，水草丰美，灌溉农业历史悠久。丝绸之路上的艰苦跋涉者可以获得充足的食物和饮水补给。"①由雪水养育的绿洲和可供游牧的干旱草原相连接和贯通，使丝绸之路上因为各种目的千里跋涉的旅人的物资给养得到了保障，这是丝绸之路得以开辟的地理基础。

二、丝绸之路产生的原因

从发生学的角度来看，开辟丝绸之路的动力首先源于军事外交力量的推动。任何地理通道，尤其是跨区域、跨文化通道的开辟，都一定隐含着强烈的内驱力。丝绸之路作为一条贯通亚欧大陆的交通要道，沿途分布着众多的民族国家，维系着错综复杂的国际关系，它从兴起到发展始终被纳入历代王朝"勤远略、宣德化、柔远人"的政治外交体系之中。历代中原王朝开拓和经营丝绸之路的最初原因，是出于游牧民族对农耕地区劫掠行为的一种军事防御。我国西北地区生活着大量的游牧民族，由于生产方式的单一落后造成生活资料严重的缺乏，他们经常越过边界深入内地袭击农民和抢夺财富，"虏其民众畜产"，中原王朝被迫以战争和"朝贡"的方式进行防御。

周穆王时期国家不断向西北地区拓展疆域，但其向西北发展的政策却始终受到戎狄部落的牵制，为加强西北边陲与中亚各族的往来，公元前 10 世纪，周穆王西征犬戎，打通了通向西北的道路。西域道路畅通之后，周穆王于公元前 989 年开始西游，每到一处以丝绢、黄金等赠予各地部落首领，各部落首领也以马、牛、羊回赠周穆王，与西域各国初步建立了友好交

①徐勤. 试论丝绸之路的地理基础[J]. 兰州学刊，1987(1).

往的关系。从书中记载穆王西巡的经历来看，周穆王西巡的动机绝不仅仅是出于"好巡守"的个人兴趣，而是有着明确的政治意图。"穆王的西巡祭水，寻求'帝'的庇护与'河宗氏'的支持，重述自黄帝、夏禹以来以水神信仰为文化特征、权力传承有序的话语体系，确实体现着现实政治的需要。"①通过西游巡狩、封禅等一系列活动，周穆王进一步确立了自己的政治版图。

汉唐时期基于国力的强盛和对西域的有力经营，丝绸之路迎来了历史上的繁荣和辉煌时期。"祁望四海一家，化被天下，是中国人早在先秦即已形成的一种诉求。而秦汉大一统帝国的建立，形成'御胡'与'拓疆'战略，至汉武帝时，'勤远略'得以大规模实施，汉民族的活动空间从黄河——长江流域扩展到中亚广袤的草原、沙漠和雪山之间。"②汉武帝初年，匈奴占据河西等地，并与青海的西羌联合，不断侵扰汉边，造成汉朝在西北最大的威胁。汉武帝为了解除西北的边患，"决定沟通西域，这样既可破坏西域与匈奴的联合，使匈奴无法取得西域的支援，又可造成匈奴的后顾之忧。"③为了实现自己开拓疆土的雄心远略，汉武帝一方面通过军事力量正面反击匈奴，从公元前 127 年到前 119 年，先后部署了三次对匈奴的关键性战役；另一方面，争取和联合西域其他民族共同抗击匈奴，先后两次派遣张骞出使西域。公元前 139 年，张骞从陇西郡出发，经河西走廊前往大月氏，希望能联合大月氏打击和削弱匈

---

①方艳. 《穆天子传》的创作意图与文本性质[J]. 文学评论，2016(1).
②冯天瑜. 中国文化生成史：上册[M]. 武汉：武汉大学出版社，2013：253.
③杨建新，马曼丽主编. 西北民族关系史[M]. 北京：民族出版社，1990：73.

奴势力，实现"断匈奴右臂"的目的，打通中国和西域、中亚之间的陆上通道。虽然张骞未能说服大月氏联合抗击匈奴，但却亲自考察了中国通往西域的交通情况及其沿途各国的风土人情，掌握了第一手的资料，了解了西域各国希望和汉朝友好往来的愿望，加强和拓展了汉朝和西域之间的关系。公元前119年，在汉武帝对西域展开第三次反击的同时，派张骞携带大量的物资再次出使西域，希望能联合乌孙共同作战，此时汉朝已控制了河西走廊。张骞一行顺利到达了乌孙所在的赤谷城，虽然受到了乌孙王的热情接待，但还是未能实现联合作战的预期目的。虽然张骞两次出使西域最后都未能实现结盟作战的政治目的，但是，他却通过亲自实践考察了丝绸之路的路线和西域各国的自然、地理、政治、经济概况，使中国对西域的认识不再是根据神话、传说中的想象和零散的记载，而有了实证的基础。司马迁的《史记·大宛列传》和班固的《汉书·西域传》就是根据张骞的报告撰写的，详细记载了丝绸之路的具体路线和行经地点。此后，丝路虽然多有变动，但是基本是在张骞所开拓的主要交通干线上发展变化的。张骞的"凿空西域"之举打通了长期以来被中断的交通路线，加强了中国对西域的认识和联系，开辟并拓展了中西之间在经济文化上的交流和沟通。

同时，汉朝国力的强盛为瓦解西北边境匈奴的侵犯提供了有力的物资保障，丝绸之路的畅通和发展得力于汉朝打击匈奴的彻底胜利。在张骞出使西域的同时，西汉王朝对匈奴展开一系列的正面打击，先后派出卫青和霍去病进行了三次大规模的军事反击，匈奴单于最终大败，远遁至漠北。经过这三次战役，西汉王朝在对匈奴的斗争中已占据主动地位，前往西域的道路也基本畅通，为丝绸之路的开通创造了必要的条件。东汉时，车骑将军窦宪率汉军大破北匈奴，追至燕然山，匈奴西迁，长达三百多年的汉匈之战结束，西域统一于汉朝中央政府，直接受西域都护管辖，从而在政治和军事上保证了丝绸之路的畅通及繁荣。自此之后，来往于中西之间的使者和商人"一辈大者数百，少者百余人"，"远者八、九岁，近者数岁而返"（《汉书·西域传》）。

西汉王朝不但通过军事上对匈奴的胜利保证了丝绸之路的畅通，而且从政治制度上不断推进和完善对西域的经营。首先，是和西域各民族建立友好关系。公元前121年，匈奴昆邪王率十万余人归附汉朝后，汉武帝为了鼓励后继，不顾大臣反对，对昆邪王和其他归附人员封侯封食邑，并设陇西（今临洮之南）、上郡（今榆林市东南）、北地（今环县东南）、朔方（今内蒙古杭锦旗西北）、云中（今内蒙古托克托县东北）五个"属国"进行安置，使民族征战转向和解交融。其次，在河西走廊设立河西四郡，割断匈奴与羌族之间的联系，保证了丝绸之路咽喉地带的畅通。汉武帝于公元前121年设立酒泉郡、武威郡，公元前111年设立张掖郡，公元前88年设置敦煌郡，河西四郡最后都成为丝绸之路上重要的商业重镇和中西贸易的大都会。同时西汉政府为了加强对西域的管理，汉宣帝于公元前60年任命郑吉为西域都护，标志西域正式成为汉朝版图，西域都护作为管理西域的最高行政军事机构，其主要职责是统领西域诸国共同抗击匈奴，保护西域南北两道的安全与畅通，对丝绸之路的繁荣和畅通具有重要意义。

除了政治上的一系列措施，汉朝还在西域地区驻军屯田，大力发展生产，在河西地区实行移民成边的政策。"河西四郡是黄土高原通向天山南北的走廊。这个地区的平原地带降水量是很少的，但是祁连山山区降水量较多，而且有积雪融化下流，供水较足可以灌溉农田。这是汉族能大量移入开荒种田的经济基础。"①把关东地区的贫民罪犯迁到河西走廊一带进行安置，兴屯田，中原的代田法和牛耕铁犁技术也传入河西走廊。这些发展生产的措施不但促进了当地农业经济的发展，而且也使河西地区由落后的游牧区发展为农业区，极大地提高了生产力水平，从物质上保证了驻防部队的供给和中西使者的往来之需。同时汉朝还把秦长城从令居(今甘肃永登县)延伸到阳关、玉门关，"自酒泉列亭障至玉门"，令居到酒泉至阳关的亭障连成长城，这些亭障构成了汉朝与西域之间的防御线，也成为交通线，汉朝的军事力量逐步西渐，这条长城的南面就是汉朝移民屯垦的地区。这一系列的政策有力地切断了匈奴和青海一带羌族的联系，促进了汉朝统一西域，从客观上保障了丝绸之路的畅通和繁荣。

　　丝绸之路开辟的另一个基础动力是来自商业诉求的推动。尽管政治军事力量在丝绸之路的开辟过程中发挥了重要作用，但是推动和影响丝绸之路的却是以生存为目的的经济文化交流活动。也即是说，商道是它最基本的属性，通过物质上的交换推动经济发展，是丝绸之路在早期形成和发展过程中的基础动力源。因此，物质交换、商业贸易构成了这条横贯亚欧的陆路

---

①费孝通，谷苞，陈连开. 中华民族多元一体格局[M]. 北京：中央民族学院出版社，1989：12.

通道最重要的历史内容。丝绸之路连接的是农耕社会和游牧社会，这两种社会不同的生产方式造成了物质和文化生活的差异，丝绸之路就成为两种社会经济产品互补的主要区域和方式。张骞通西域之前，沿河西走廊、天山南北路的这条贸易通道就已存在。周穆王西行时曾以"锦组百纯，□组三百纯"赠予西王母，"锦组"即带花纹的丝织品。穆王西行期间每到一处就以丝绸、铜器、贝币赠予各部落酋长，部落酋长也以马、牛、羊等回赠周穆王。这不仅说明我国在西周时期就和中亚建立了交通上的联系，而且最初的这种物质交换成为丝绸之路贸易的早期形式。《史记·大宛列传》中记载张骞出使西域时，就曾在西域的大夏见到"邛竹杖、蜀布"。经过询问得知，这是大夏的商人从身毒国（今印度、巴基斯坦一带）买来的，说明在此之前产于中原的竹杖和布匹就已通过商品贸易的方式流通到西域。

由于丝绸之路在中西方社会经济中的重要作用，导致草原游牧民族和中原展开了对丝路控制权的长期争夺。事实上丝路贸易中这些华丽纤薄的丝绸对于游牧民族的生活习惯来说，并不适合他们的放牧和骑射，"其得汉缯絮，以驰草棘中，衣裤皆裂敝"，（《史记·匈奴列传》）他们获取丝绸的主要目的是把其运送和贩卖到其他西域国家赚取高额的利润，所以游牧民族对丝绸之路的争夺和控制，除了政治军事因素之外，这条商道所蕴含的巨大的商业利益是其重要的原因。"草原游牧民族处于中西文明交流的中介地位，必然希望控制这条贸易路，以吸收农业文明高度发展的中国和重商的东罗马、中西亚的财富，弥补由于落后的生产方式所形成的社会后进状态。丝绸之路不仅是他们与文明社会相联系的唯一纽带，也是其社会财富增值的生财之道、生命线。"①长期以来，汉、匈之间对西域的争夺到汉武帝时代得到了彻底的解决，汉朝通过有力的军事反击迫使匈奴最终退出西域，从而取得了对丝绸之路的控制权和经营权。张骞出使西域除了肩负政治使命，还积极开展和西域之间的贸易往来。他第二次出使西域时带牛、羊万头（只），马六百匹，以及价值数千万的币帛，并分遣副使奔赴西域诸国开展外交活动，先后到达大宛、康居、大月氏、大夏、安西、身毒、于阗等国，企图与这些国家进行贸易，西域的乌孙也以数十匹骏马作为回报。张骞的这一活动对中西方贸易具有重要的意义，促成了汉对丝绸之路的开辟和经营。"其后岁余，骞所遣使通大夏之属者皆颇与其人俱来，于是西北国始通于汉矣"（《史记·大宛列传》）。汉朝政府与西域诸国之间便开始了频繁的贸易往来。同时汉朝还通过设立河西四郡等方式，从军事上有力地保障了丝绸之路的畅通，与西域各国建立起友好的外交关系，自此赴西域的使者相望于道，商旅不绝于途，吸引了大批的西域使者和商人来中原谋求通商，其中有些外国使臣，实际上是以贸易为目的的商贾，但名义上却说是朝贡。"奉献者皆行贾贱人，欲通货市买，以献为名。"（《汉书·西域传》）这些商人通过交换把丝绸运往西域地区，同时也把西域的蔬菜、瓜果、毛织品等货物也相继传入中国，丝绸之路上的贸易开始从最初自发的、偶然的民间活动发展为持续的、大规模的官方行为，大批的西域商人往返于丝路沿途。"驰命走驿，不

---

① 李明伟编. 丝绸之路贸易史[M]. 兰州：甘肃人民出版社，1997：239.

绝于时月；商胡贩客，日款于塞下。"(《后汉书·西域传》) 由中原前往西域的商人也很多。据《后汉书·班梁列传》中记载，班超所率攻打焉耆的队伍中就有中原"吏士贾客千四百余人"。唐朝通过对西北的积极经营，使西域各国家、各民族认识到丝路贸易的畅通对促进其社会经济发展的重要性，共同维护和拓展丝路商道的运行，使丝绸之路的发展和繁荣达到了历史的顶峰。

三、丝路文学的内涵

丝绸之路作为中西方之间道路的总称，可以分为三条路线"西北丝绸之路"(经由中国西北方出境的陆道的总称)；"海上丝绸之路"(自中国南部沿海，通往东南亚乃至西亚、北非等地的"南方"水路，和自东部沿海通往日本的"东方"水路)；"西南丝绸之路"指称始发和途经今中国西南地区的陆上交通道路，贯穿四川、云南等地，经由缅甸出境，再连接印度、中亚等地。

本书虽然采用"丝路文学"这一名称，但由于语言和资料的客观条件所限，所涉及的地域，主要指"西北丝绸之路"中国段。下面从空间、时间方面对本论文"丝路文学"概念做以界定。

第一，就空间而言，本书所谈论的"丝路文学"，主要集中在"西北丝绸之路"中国段，即以陕西为起点，途经甘肃、宁夏、青海、新疆，出境后经过中亚，通向非洲和欧洲这条商道的中国段部分，也就是我们通常所说的"西北五省"。陕西位于"丝绸之路"的起点，甘肃是丝路的咽喉要塞，宁夏和青海更是民族融合的重镇，新疆是连接中原和西域的核心地带。这条道路所构成的版图不仅占据了中国面积的三分之一，而且也是"三大丝绸之路"中最活跃的主干道。它的经济意义和文化影响力最为重大，对中华文明的发展与传播起到了重要的作用。它所途经的地域有关中平原、渭河谷地、祁连山山麓、河西走廊、吐鲁番盆地、天山南麓、塔里木盆地北缘，所经过的城市有西安、咸阳、宝鸡、天水、兰州、武威、张掖、酒泉、哈密、乌鲁木齐、库尔勒、喀什、伊犁、阿拉山口。这条道路是历史上民族迁徙和融合的十字路口，也是东西方文化与文学交流的荟萃之地。

　　第二，从时间上来说，本论文所谈论的"丝路文学"，是指先秦以来产生的文学创作和文学活动，论述的重点则放在现当代丝路文学。古代丝绸之路不仅在中西方交通和文化交流方面具有十分重要的地位，而且也留下了大量描写丝路自然地理和民俗风情的文学作品，如边塞诗、历代的西行记，以及一些流传很广的民间说唱文学和民族史诗。进入现代以来，中西方交通和文化交流的途径更加多元，丝绸之路的历史文化吸引了大量中外学者、探险家踏上丝路的朝圣之旅，李希霍芬、斯文·赫定、斯坦因都留下了大量的关于丝路的记录，鲁迅、茅盾、张恨水、闻捷、王蒙等人的丝路之行，不但把现代文学、现代文化传播到丝路，而且他们也通过对丝路风光和人文历史的书写，重建丝路精神与丝路文化。这些创作构成了丝路文学不可或缺的部分，延伸和拓展了丝路题材的边界和范围，在对丝路的书写中体现了强烈的现代意识。

　　第三，从创作主体来说，丝路文学包含三种类型。第一类，作家是出生于或生活于西北丝绸之路，具有长期的本土生活体验，受到农耕文化或游牧文化观念的影响，他们的创作主要取材于丝路的历史和现实，作品体现了丝路文学的精神品格和审美风格。像红柯、路遥、刘亮程、周涛、石舒清、郭文斌、雪漠、马步升等人的创作，体现了丝路文学的雄浑刚健和史诗性的品质。第二类，是出生于丝绸之路，后因求学、革命等原因离开本土进入到以现代化都市为中心的主流文化圈，像吴宓、于右任、王独清等人。他们既受到现代文化的影响，不失其母语文化的精神内核，在传统和现代的交织中表达他们对文学和社会的思考。第三类是因为政治、革命等原因，自觉或被迫地来到丝绸之路的作家，像闻捷、王蒙、张贤亮、昌耀等人是其典型的代表，他们对丝路现实生活的描写融入了较多的时代和个人的情感色彩，或乐观昂扬，或深沉忧郁，体现了丝路文学和延展性和多样性。

第二节　从物质走向精神：丝路文艺

丝绸之路不但是一条物质交流的通道，也是中西之间文化交流的大动脉。丝路沿途各民族的文化随着商队传播到世界各地，他们共同创造了丝路文艺的繁荣。人类在发展过程中形成了具有源头性质的四大文明区域，以中国为中心、以儒道文化为传统的东亚文化圈，以印度为中心、以印度教和佛教为传统的南亚文化圈，以阿拉伯为中心、以伊斯兰教为传统的西亚北非文化圈，以欧洲为中心、以基督教为传统的欧美文化圈。其中三大文明都在中国的西部，所以丝绸之路建立和连接起了中西方四大文明陆上交通的渠道，中国文化沿着丝绸之路蔓延和传播到西方各个国家、各个民族，西方文化也随着这条交通大动脉源源不断地输入到中国社会，促进了中国文化的自我更新，中国文化和西方文化是在一种双向互动的过程中发展起来的。"物质文明是精神文明的载体，精神文明是物质文明的灵魂。所以，物质文明交流中，必然包含着精神文明交流的内容。"①中国的丝绸等商品沿着丝绸之路运往西方。同时，中原先进的生产技术如古老的铸铁、冶炼、凿井等也随之西传，西方的良马、骆驼、毛织毡毯、葡萄、苜蓿、石榴、胡桃、芝麻及各种音乐舞蹈也接踵而来，共同丰富和创造了中西方各民族的物质文化和精神文化。

随着丝绸之路物质贸易的繁荣和人员流动的频繁，中西方之间逐渐从最初的物质文化交流走向精神文化交流，中国古代先进的文化源源不断地传到西方，在很大程度上推动了世界文明的历史进程。《穆天子传》记载，周穆王西行时携带"锦组百纯"、黄金、贝带等物品，所到一处即以礼物相赠。除此之外，所带使团还包括了一支乐队，每到一处便与当地部落酋长互赠礼物，集会欢娱，"天子五日休于□山之下，乃奏广乐。"②"天子休于玄池之上，乃奏广乐，三日而终，是曰乐池。"③据考"□山"即今阿富汗近之蜀山，"玄池"即里海相邻之"黑湖"，穆三西行带去的还有中原八音乐器，如丝、匏、竹、革、金类。其中，丝、匏类乐器在西域逐渐传播。唐朝初

---

①李明伟编. 丝绸之路贸易史[M]. 兰州：甘肃人民出版社，1997：2.
②张耘点校. 山海经·穆天子传[M]. 长沙：岳麓书社，2006：212.
③张耘点校. 山海经·穆天子传[M]. 长沙：岳麓书社，2006：213.

年玄奘赴印时，印度戒日王曾向玄奘询问"秦王破阵乐"的相关内容，此乐是唐朝风格雄浑的大型宫廷乐舞，主题是歌颂唐太宗的历史功绩，其中融入了龟兹乐律，是中外文化交流的产物。玄奘在《大唐西域记》(卷十)中，还记载了印度拘摩罗王的询问："今印度诸国多有歌颂摩诃至那国《秦王破阵乐》者，闻之久矣，岂大德之乡国耶？"①这说明《秦王破阵乐》不仅在唐朝流行，而且也已传播到了印度。中国的四大发明也是通过丝绸之路传播到世界各地，尤其是造纸术和印刷术的西传，对西方文化思想的发展具有重要意义。造纸术和印刷术的传入改变了只有僧侣才能读书和接受高等教育的状况，使西方的学术和教育从基督教修道院中解放出来，欧洲的学术中心从修道院转移到各地的大学，为欧洲的宗教改革和反封建运动提供了有力的武器，推动了西方社会向现代文明的迈进，对世界的历史进程起到了重要的作用。

一、民族迁徙与丝路文艺

中国和西方之间文化传播的一个重要途径是民族迁徙，民族迁徙所形成的人员流动是文化交流的一个重要形式，空间上的迁徙造成拥有不同生活方式和文化理念的人群持续的、大规模的接触和交流，从而影响和造成双方文化的传播与变迁，也即文化的涵化现象，这种双向交流往往给各民族文化的发展和繁荣带来了新的生机和动力。"自古以来活跃在大漠南北的游牧民族，生活于甘肃河西走廊一带的游牧民族，塞种、月氏、

①玄奘. 大唐西域记[M]. 北京：中国旅游出版社，2016：328.

乌孙等民族，由于自然条件的改变和影响，或由于民族之间拓展领地的军事战争，在被迫迁徙之时，因为北上受到西伯利亚大森林，东去受到大、小兴安岭和长白山的阻隔，南下无法与强大的中原王朝相抗衡，所以大多选择了西去的方向，经过中亚北部地区，沿里海、高加索、黑海北岸，进入欧洲平原，并在一定程度上改变了欧洲的历史。也正是这一股自东向西迁徙的游牧民族，联系起了欧亚大陆两端的中西文明，使中国文化传播到世界各地。"①从汉代开始实行移民戍边的政策，使得大量的中原人口开始迁入西域，其中包括历代汉吏及其随从、屯田的官兵、躲避战乱的移民等，汉代的文化通过他们广泛的传入西域地区。汉武帝元朔二年(前127年)，建朔方城，移居中原居民十万人入河套地区，河套即河南一带，这一区域之前是游牧民族的居住地，之后这里成为最早的农牧民族杂居区之一。公元前121年，匈奴浑邪王归汉，汉朝将数万匈奴安置于汉族居住的五属国，同时将一部分中原人迁入河西一带。张骞"凿空西域"之后，打破了中国西北方向的阻碍，汉朝和西域诸国的经济文化交往在官方的推动下，获得了空前的发展。汉武帝于元鼎年间先后设武威、张掖、酒泉、敦煌四郡，向陇西和河西移民数十万，使中原农耕文化先进的生产技术大量地传入河西走廊一带。出土于静宁的西汉时期的玉磐，华亭出土东汉编钟，在新疆发现了大量的汉锦、中原形制的铜镜，汉文木简，这些考古发现证实和重现了中原文化沿丝路西渐的历史情境。

---

①纪宗安. 丝绸之路与中西经济文化交流[J]. 暨南学报, 1994(3).

　　唐朝统一西域后，在西域各地大力推行汉文化教育，设立州学、县学、乡学等教育机构，教授《礼记》《尚书》《论语》等儒家经典，推动了儒家文化在西域地区的传播。研究人员在吐鲁番考古发现玄宗诗范本，这是中原诗歌在西域传播的历史记载。唐朝著名的边塞诗人岑参在诗歌中写道"花门将军善胡歌，叶河藩王能汉语"，（《与独孤渐道别长句兼呈严八侍御》）"花门将军"指节度使幕府中的少数民族将领，"叶河藩王"指西域少数民族首领，诗中描写了他们参加军营酒宴，唱胡歌又说汉语的情景，说明当时很多少数民族将领能讲汉语，懂汉文。不少藩将入唐后，经过学习不但能精通汉典，而且能写诗，突骑诗人哥舒翰好读《左氏春秋传》《汉书》，唐太宗时铁勒人名将契苾何力能吟诵出"白杨多悲风，萧萧愁杀人"的诗句。同时，唐朝开放活跃的文化氛围吸引了大量的西域人来到长安，各国的使臣、商人、僧侣等会聚长安，交往频繁，给长安人民的生活和文化注入了新鲜的异域风情。长安上至贵族，下至平民开始穿胡服、学胡舞、吃胡饼、听胡乐、跳胡舞。西域乐舞本身节奏明快，舞姿优美，和唐朝开放积极的时代精神相符合，所以一经传入就受到各阶层人民的欢迎，唐朝著名的十部乐中，西域乐就占到五部，《龟兹乐》《疏勒乐》《高昌乐》《安国乐》《康国乐》。唐玄宗爱好胡旋舞一时引为风尚，上至宫廷贵族，下至平民百姓皆练习此舞，杨贵妃和宠臣安禄山都擅长此舞。元稹在《法曲》中描写了长安胡化的现象："自从胡骑起烟尘，毛毳腥膻满咸洛。女为胡妇学胡妆，伎进胡音务胡乐。火凤声沈多咽绝，春莺啭罢长萧索。胡音、胡伎与胡妆，五十年来竟纷泊。"胡风对长安物质和文化生活的影响由此可见一斑。

民族迁徙的另一种情况是战争造成的人员迁移，这种迁徙虽然是被迫的，但在客观上却促进了文化之间的交流和传播。公元751年，安西四镇节度使高仙芝应中亚地方王公的请求出兵怛逻斯，后因战败2万余士兵作为俘虏被送往阿拉伯，其中许多人是熟练的手工业者，如画匠京兆人樊淑、刘泚，织匠河东人乐隈、吕礼等人，这些人客居阿拉伯，甚至娶妻生子，成为一种特殊形式的强迫移民。通过他们，先进的中原文化传播到当地，对当地的经济文化发展起到重要的推动作用。杜环就是其中被俘的一员，他是唐朝著名学者杜佑的族子，被俘后的杜环流落海外多年，游历了西亚、北非地区，回乡后撰写了一部《经行记》，其中部分内容经杜佑编入《通典》之中，成为古代中国人亲历中亚、北非的重要资料。蒙元时期，成吉思汗及其子孙三次西征，征服了亚欧大部分地区，打破了丝绸之路上的交通障碍，并实行驿站制度，建立了严密庞大的欧亚交通网络体系，为这一时期丝绸之路的发展提供了有利的社会环境。在蒙古西征的过程中，出现了古代历史上一次规模较大的中西方人口双向流动和迁徙。随着蒙古大军的西征，大批的汉人、蒙古人及西北地区的人群从东向西迁徙，进入中亚、西亚、欧洲各地，这些人群大多在当地定居下来，把中亚文明传到该地区。随着蒙古远征军的东归，欧亚地区出现了向中原地区大规模的民族迁徙，这些移民很多是技艺精湛的工匠和技师。这些技师把精湛的技艺传到中原地区，为蒙古军事和生产的发展做出重要贡献。同时，这些西域移民在中原长期居住，受到中国文化的教育和熏陶，产生了很多著名的学者、文学家、艺术家，成为华化的西域人。

二、文化使者与丝路文艺

中西文化交流的另一个方式是文化使者的自觉引介。首先是像张骞这样经官方派出的外交使臣，在完成政治使命的同时起到了传播和引介文化的作用。张骞第二次出使西域，到达乌孙实际上并未达到联合抗击匈奴的政治目的，但乌孙王昆莫派出大批向导陪同汉朝副使到大宛、康居、大夏等地沟通交流，宣传汉朝的国威与中原文化，表达愿与他们友好往来的愿望。张骞返回时，乌孙王昆莫派出数十位使臣和十匹马作为答谢。此后汉武帝派遣大量的使节出使西域各国，甚至是一些为了升官发财的贫困百姓，也上书"言外国奇怪利害求使"，汉武帝都给予财帛赏赐，准予出使，这些数目庞大的外交使团，在客观上起到了宣传和传播中西文化的作用。据《晋书·乐志》记载："张博望入西域，传其法于西京（长安），惟得摩珂兜勒一曲。李延年因胡曲，更造新声二十八解，乘舆以为武乐。"这段文字记载了张骞出使西域在政治使命之外，从西域带回了《摩珂兜勒》曲，这是一首流行的赞颂菩萨的佛曲，宫廷乐师李延年在借鉴改编胡曲的基础上创造出新的音乐类型，而且被用作宫廷武乐。这一事件标志着西域音乐开始传入中原，并与中国的文化相结合。

西域各国派往中原的人员中，还有各国的"质子"，他们对中西文化传播起到重要的作用。为了避免边界民族之间的冲突和战争，中原王朝和匈奴之间以互送"人质"的方式寻求和平，匈奴各族大多把自己的王子送给中原，中原往往把公主送往匈奴"和亲"，这种"质子"之间的交换，一方面取得民族间的和平与丝绸之路的畅通，另一方面，在客观上推动和促进了中西方文化之间的交流。汉朝开辟丝绸之路后，汉文作为官方语言的重要性得到体现，西域各国派遣质子和官员学习中原文化，东汉就曾在洛阳建立南、北两处质馆，专门接待各国入朝的质子。莎车王延，元帝时入汉为质子。"长于京师，慕乐中国，亦复参其典法。常敕者子，当世奉汉家不可负也。"（《后汉书·西域传》）向达在谈到西域各国质子在唐朝中西文化传播中的作用时说："贞观以来，边裔诸国率以子弟入质于唐，诸国人流寓长安者亦不一而足，西域文明及于长安，此辈盖预有力焉。"①如唐朝时自幼就以"质子"身份入朝的突骑施奉德可汗王子光绪，"少自绝域，质于京师，缅慕华风，遂袭冠带"。②这些"质子"中有返回本土主持国政的首领，他们把学到的中原文化在本国进行推行，如扜弥太子赖丹，昭帝时到长安，后率兵到轮台一带，并在此地实行屯田计划。唐朝时于阗质子尉迟胜，"于京师修行里盛饰林亭，以待宾客"（《册府元龟》卷九百六十二《贤行》）。

在向西域迁徙的人群中，还有一些文人学士。他们把中原的儒学和诸多典籍也带到了西域。民国时期"西北科学考察团"曾在罗布泊西汉烽燧遗址发现《论语·公冶长》的残简，斯文·赫定曾从罗布泊的海头遗址盗走约东汉末年的《战国策》残卷和算书《九九术》残简。这些考古发现说明了汉文典籍在

---

①向达. 唐代长安与西域文明[M]. 北京：生活·读书·新知三联书店，1957：4.
②西安市文物保护考古研究院. 西安西郊唐突骑施奉德可汗王子墓发掘简报[J]. 文物，2013(8).

西域传播的情况。汉末中原战乱，河西一带则相对安定，成为不少中原人士的避乱之地。"驰命走驿，不绝于时月；商胡贩客，日款于塞下。"（《后汉书·西域传》）汉代的乐舞文化随着艺人的西迁，流入河西一带得以保存。这些乐舞经过和当地民族艺术融合，成为西凉乐。这是一种宫廷乐舞。东晋十六国时期，丝绸之路河西一带建立若干小国，河西六国中的前凉，国力强盛，中亚诸国向其朝贡，贡物中就有各种乐器和艺人。这些民族融合和文化传播，为文化的多元化发展和自我更新起到了重要作用。

文化使者的另一种交流方式是和亲，是指中原王朝和边疆民族处理关系的一种外交方式。虽然和亲在性质上属于中国和西域少数民族之间的政治交易，但在客观上起到保障丝路的畅通，传播文化的积极作用。历代派出的和亲队伍，往往会携带大量的丝绸器物，随从中除了御使还有大量的工匠和乐舞艺人，这些人员随同陪嫁的公主长期生活在西域，把中原先进的生产技术和文化也带到了当地。《汉书·西域传》记载，汉武帝派细君公主和乌孙进行联姻，厚赠器物随从数百人，细君公主因思乡心切，常与同行乐人抚琴高歌，并做《黄鹄歌》以表达思乡之情："吾家嫁我兮天一方，远托异国兮乌孙王。穹庐为室兮毡为墙，以肉为食兮酪为浆。居常土思兮心内伤，愿为黄鹄兮归故里。"这首思乡曲可谓是汉文学传到西域的滥觞。汉武帝念其可怜，"间岁遣使者持帷帐锦绣给遗焉"，并派遣工匠前往乌孙按照汉朝建筑风格为细君公主"置宫室"，将汉族的建筑传到西域。细君公主去世后，汉朝又把解忧公主嫁与乌孙王。解忧公主性格开朗，常裘衣革履，头戴孔雀翎羽帽，身穿貂狐裘，肩披狼尾，跟随乌孙昆莫巡视部落。她在乌孙和汉朝的关系中扮演着重要的角色。她经常派遣自己的子女到长安学习汉文化。公元前 71 年，她派长女弟史到长安学习古琴，学了三年返回乌孙途经龟兹，龟兹王绛宾对其心生爱慕，经公主同意与其结为夫妻。后解忧公主上书汉朝，希望允许弟史以宗室的身份来往汉朝。宣帝同意后，龟兹王绛宾和弟史来长安朝贺。"王及夫人皆赐印绶。夫人号称公主，赐以车骑旗鼓，歌吹数十人留且一年厚赠送之。"随后龟兹王多次带随从来朝贺，他们喜欢和学习汉朝的服饰、制度、礼仪。"后数来朝贺。乐汉衣服制度，归其国，治宫室，作檄道周卫，出入传呼，撞钟鼓，如汉家仪。"（《汉书·西域传》卷九十六下）绛宾模仿汉朝建造宫室，龟兹首都延城"有三重，外城与长安等"。解忧公主为加强乌孙和汉朝之间的政治文化交流，还派次子万年到长安生活过一段时间，并派出自己的侍女冯嫽在西域进行外交活动，冯嫽熟悉汉文史书，积极宣传汉朝文化，对沟通乌孙和汉朝的文化交流起到重要作用。

同时，随着和西域的和亲，在多次的觐见和朝贺活动中，少数民族首领也遵从和学习汉族礼仪。汉朝在宴请招待西域各国使臣的过程中，"会匈奴使者、外国君长，大角抵设乐而遗之"。（《册府元龟·外臣部·褒异》）汉宣帝甘露三年（前 51 年），处于内外交困中的匈奴首领呼韩邪单于，到长安"赞谒称臣"，汉"宠以殊礼，位在诸侯王上"，并赐以冠带衣裳，玺绶、弓矢、车马以及大量的"锦绣绮谷"，并将王昭君嫁与他为妻。呼韩邪单于和汉朝保持了长期的友好关系，并受到中原文化的影响，在其去世后，立雕陶莫皋为单于，称为复株累若鞮单于。"匈奴谓孝为若鞮，自呼韩邪单于降后，与汉亲密，见汉帝谥常为孝，慕之。至其子复株累单于以下，皆称若鞮。"（《后汉书·南匈奴传》）

唐贞观三年（629 年），年仅 12 岁的吐蕃英主松赞干布继位，并派使者入朝请婚。641 年，唐太宗送文成公主到吐蕃和亲，公主沿丝绸之路到青海，松赞干布率部下到河源迎亲，并"遣酋豪子弟，请入国学以习《诗》《书》，又请中国饰文之人典其表疏"。[①] 文成公主入藏后带去大量的谷物种子、珍宝、书籍和农工巧匠。唐中宗神龙三年（707 年），年仅七岁的赞普弃隶蹜赞继位，赞普的祖母派大臣到长安为其请婚，中宗嫁与其金城公主。"帝念主幼，赐锦缯别数十万，杂伎诸工悉从，给龟兹乐。"西域在和中原的交往中受到中原文化的影响，对自己本民族文化进行主动的改革，《隋书·高昌传》中记载，与中原和亲的高昌王曾下令对本族的服饰进行改革，"既沐浴和风，庶均大化，其庶人以上皆宜解辫削衽。"隋炀帝得知后又赐以衣冠，给予支持。中国历史上的和亲虽然使很多女性失去了幸福和自由，但是在客观上，这样的活动加强了中原和西域各国的政治经济交往，而且对中西方文化的传播也起到了积极的作用。

伴随和亲所带来中原和西域之间频繁的外交往来，西域的语言和乐舞艺术也开始进入中原传播。元康二年（前 64 年），乌孙到中原请求和亲。"昆弥及太子，左右大将，都尉皆遣使，凡三百余人，入汉迎娶少主。上乃以乌孙主解优弟子相夫

---

①刘昫. 旧唐书[M]. 北京：中华书局，1975：3553.

为公主，置官署侍御百余人，舍上林学乌孙言。"(《汉书·西域传》)这段文献记载了汉朝为了和乌孙联姻把随同的侍御聚集到上林学习乌孙语言的历史。东汉灵帝时，胡风舞成为宫廷内外广泛流行的舞蹈。《旧唐书》中记载，周武帝与突厥和亲，娶突厥女为皇后，之后"西域诸国来媵，于是龟兹、疏勒、安国、康国之乐，大聚长安"。中国历史上的和亲已超越了政治联姻的范畴，它推动了文化的跨地域、跨民族传播，促进了中西文化的交流和融合。

三、宗教求法与丝路文艺

第三种文化使者是活跃在丝绸之路上传道弘法的宗教信徒。宗教是丝路文化传播的重要方面，丝绸之路也被称为"宗教之路"，在中国影响巨大的佛教、伊斯兰教等，都是经丝绸之路传入我国，也正是借助丝绸之路，这些宗教最终发展成为世界性宗教。来往于丝绸之路的人员不仅有商队，还有大量为弘扬佛法而奔走的僧侣，他们翻译宗教典籍，讲法弘道，把宗教文化传播到世界各地。生于龟兹国的佛教高僧鸠摩罗什曾被后凉太祖吕光劫掠到凉州(今甘肃武威市)，在这里学习汉语和中原文化，后凉亡国后，他沿丝路长途跋涉到长安传经，翻译佛教典籍，与真谛、玄奘并称为中国佛教三大翻译家，为佛教在中国的传播做出了重要的贡献。禅宗的创始人菩提达摩也是从丝绸之路辗转千里来到中国，后到嵩山少林寺面壁九年创立禅宗。

宗教作为人类对"终极关怀"的向往和追求，往往能够激发出信徒坚强的意志和坚忍不拔的求法精神。随着佛教在中国的传播，佛教信徒为"整肃佛律"以超强的意志亲往西方求法。他们往往会把途中的艰险看作是自己宗教生涯中的一个必要考验，这些跋涉在求法途中的苦行僧成为丝绸之路上的一个重要群体。西晋高僧法显，是中国第一位到海外取经求法的大师，他自小礼佛，志诚行笃，65岁时为"弘法扬道，整肃佛律"，到天竺寻求精律，历经十三年，跨越了"上无飞鸟，下无走兽，遍望极目，欲求渡处，则莫知所拟，唯以死人枯骨为标帜"。① 穿越沙漠瀚海，历尽艰险，到印度潜心礼拜佛迹，携经而返，翻译了大量的佛教典籍，对中国佛学的发展做出了重大贡献。同时他还根据自己的亲身经历撰写《佛国记》，详细地记录了古代中亚及印度等地的佛教盛况和风土人情，实现了中国佛教文化从送进来到拿进来的阶段转变。唐代僧人玄奘从长安出发，沿着丝路古道，经过敦煌玉门关，"冒越宪章，私往天竺，践流沙之浩浩，陟雪岭之巍巍，铁门巉险之途，热海波涛之路，始自长安神邑，终于王舍新城。中间所经五万余里"②。辗转到达印度跟随高僧学习佛教典籍和梵文，历时十七年，带回大小乘佛教经、律、论共520夹，回国后在长安专心译经，并把《老子》和《大乘起信论》译成梵文，传入印度，对中印宗教文化的交流起到重要作用。在翻译佛经的同时，玄奘根据自己的沿途见闻撰写了《大唐西域记》，详细地记述了138个国家的历史、地理、宗教、习俗。这本书成为人们研究印度文化最为重要和可靠的文献资料。

①法显著. 佛国记注译[M]. 郭鹏，译. 长春：长春出版社，1995：5.
②朱一玄，刘毓忱. 西游记资料汇编[M]. 天津：南开大学出版社，2002：10.

佛教传入中国，构成了中国传统文化的重要内容。佛教所蕴含的生命智慧对中国文艺的发展产生了重要影响，首先是丝路沿途产生了一系列的佛教建筑，寺庙、佛塔、石窟艺术。寺庙在古印度的最初形式是一种经人工开凿的石窟，自汉代传入我国，东汉明帝崇奉佛教，"梦金神长六丈，项背日月光明。金神号曰佛。遣使向西域求之"（《洛阳伽蓝记》卷四）。遣使蔡愔赴天竺邀请迦叶摩腾、竺法兰二僧到中国宣讲佛法，这就是所谓的"永平求法"，为安置佛像和佛经，由摩腾、竺法兰仿照天竺佛寺规制设计并建造了我国最早的佛教寺院白马寺，标志着国家正式承认佛教的合法地位。自此之后，来华的西域僧侣逐渐增多，这里成为重要的传教和译经场所。两晋南北朝时期，社会动荡，战乱频繁，佛教所宣扬的救世慈悲思想，符合身处动乱中的民众的社会心理，开始得到了广泛的传播，各地建造了大量的寺庙建筑，当时东、西两京就有180多座寺庙。到了隋唐时期随着佛教的广泛传播，寺庙数量更多，著名的有大慈恩寺、荐福寺等。佛寺传入中国之后，与中国的建筑形式相结合，形成了宫塔式、楼塔式、廊院式的结构。随着佛教的传入，丝绸之路沿途形成了开山凿窟，雕塑佛像的风气，产生了风格独特的石窟艺术，比较著名的有新疆境内的克孜尔石窟，敦煌石窟、龙门石窟、云冈石窟等，这些石窟的雕刻艺术较多受到印度、希腊、罗马艺术的影响。位于河西走廊西端的敦煌莫高窟，分布在1600多米长的崖壁上，造型生动，内容丰富，技术精湛，是世界佛教艺术的宝库。从佛像的外貌和衣服的造型中体现了犍陀罗艺术风格的影响，莫高窟是集建筑、雕塑、壁画于一体的宗教艺术，是印度佛教文化和中国文化交流的艺术结晶。

佛教在宣讲过程中往往要借用音乐、舞蹈等形式，"梵呗"是佛教音乐传入中国的开始，它最早由僧人采用民间乐曲和宫廷乐曲改编而成，用来歌颂佛祖、宣讲佛法。佛教音乐影响了中国艺术的发展，很多僧侣本身也是优秀的艺术家。唐代长安庄严寺著名的艺僧段善本琵琶演奏技艺高超，他所使用的琵琶仍采用西域曲项琵琶用兽皮作弦的方法，与来自西域康国（今乌兹别克共和国撒马尔罕一带）康昆仑同城竞技的故事传为佳话。段善本不但能演奏还能作曲，西凉府都督郭知运向唐玄宗进献了《凉州曲》，段善本以此改编创作了《西凉曲》。

佛教的传入对中国文学思想和创作也产生了深刻的影响。任何宗教都会面临传教布道的问题，佛典语言的文学性既可以起到吸引信徒的作用，又有利于佛法的宣讲，中国文人大多是通过佛典的研习受到佛教的影响。很多佛教经典除了教义的论说之外，还包含丰富的社会、哲学、美学、文学等内容。从梵文翻译的《法句经》《维摩诘经》《法华经》《华严经》等佛典，语言精美、想象奇特，本身就是一部部瑰丽的文学作品，被历代文人所喜爱，甚至被作为纯粹的文学作品研读。一些研究佛教的中原文士也开始研究梵文，唐代的诗人苑咸不仅能书梵字，还能通梵音"楚词共许胜扬马，梵字何人辨鲁鱼"，[1] 李白也略通月氏文，"鲁缟如玉霜，笔题月氏书"，[2] 唐代王维的诗歌

---

①彭定求，沈三曾，杨中讷编. 全唐诗[M]. 延吉：延边人民出版社，2008：1127.

②彭定求，沈三曾，杨中讷编. 全唐诗[M]. 延吉：延边人民出版社，2008：11032.

《鹿柴》中充满了禅宗的佛理意趣，唐代变文的出现就是在佛
经的影响下产生的。

　　中国本土道教也由丝绸之路到西域的汉人渐次向外传播，
新疆吐鲁番阿斯塔那出土的吐鲁番文书中有不少有关道教的内
容，高昌墓葬发掘的"韩渠妻随葬衣物疏"，文书后面就有"朱
雀""玄武"的字样，衣物疏中的这些道教用语表明希望死者的
灵魂能得到神灵的护佑，这表明道教已在高昌地区广泛地传播
了。莫高窟曾出土《老子化胡经》残卷，说老子西出阳关，到
达西域，教化胡人，虽然对书中内容有所争议，但说明产生于
春秋时期的道家思想已在西域开始传播。《旧唐书》卷一九八
《天竺国传》中记载，唐太宗时，天竺所属伽没路国王"发使贡
以奇珍异物及地图，因请老子像及《道德经》"。①　武德七年
（624 年），唐高祖派遣使者前往高丽，册封高丽王高建武为上
柱国、辽东郡王。同时，携带天尊像与道士一同前往，专门为
其讲授《老子》，听众人数达到上千人，说明道家文化在当时
的影响。

　　古代文化的传播最终是靠人的交往来实现的，丝绸之路的
畅通与繁荣促进了中原和西域之间人员的往来。正是那些跋涉
在丝路上的大量西域商人、使者、僧侣的迁徙交流活动，直接
推动了中西方文化的传播与发展。所以说，丝绸之路不仅是中
西之间的一条商路，更是中华民族走出自我中心的地理空间，
以一种兼收并蓄的开明态度，通过和西方在政治、经济、文化
上的对话交流，从而走向自我证成的精神实践之路。

---

　　①刘昫. 旧唐书[M]. 北京：中华书局，1975：3612.

第三节　西游东来的古代丝路文学

文学作为文化交流的重要载体，在丝路文化的交流和传播中发挥着重要作用。丝绸之路不仅是一条丝绸贸易的通道，更是一条丰富多彩的语言文化之路。文化的发展具有多样性和不平衡性，不同民族、不同时期的文化发展造成了一定程度上的差异性，从远古到郑和下西洋的 15 世纪前期，中国在经济、政治、文学艺术方面长期领先于西方，在对外文化交往中体现出一种开阔的胸襟和自信的气度，处于比较主动和向外输送的历史地位，尤其是随着汉唐丝绸之路的开辟，创造了中西文化交流繁荣的局面，在这样的背景下产生的古代丝路文学也表现出开阔雄浑的风格。丝路文学与丝路文化之间构成一种互相建构与互相显现的关系。一方面，丝路文学作为丝路文化的载体，反映着一种丝路文化的内在精神，具体体现为一种开放性的文学观念和开拓创新的文学精神，以及具有异域浪漫色彩的审美形态；另一方面，作为丝路文学创作的重要依托，丝路文化的特性影响着丝路文学的表达方式，形成了文学创作独特的文化语境，丝路沿途严酷的自然环境决定了丝路文学在内容上更专注于对人与自然关系的思考，对地域风貌和民俗风情的描写，展现了人类超越自然的苦难意识和英雄精神，并借此形成了独特的美学风貌。"古代丝绸之路文学是一个多侧面、多层次、多内涵的'混血儿'，同时也是一种在交叉、互融基础上形成的独具地域特色的文学现象。它既有中原文学的典雅方正，又有民族文学的张扬瑰丽。”①

一、先秦时期的丝路文学

丝路文学最早可以追溯到先秦时期的神话、传说，《穆天子传》和《山海经》是有文字以来最早记录中原和西域交往的文献典籍，以一种神话历史的叙事方式建构起丝绸之路的“史前史”。西北丝绸之路是昆仑神话的发源地，是孕育中华文明的精神根基，也为各民族的文学艺术创作提供了丰饶的土壤和素材。

《穆天子传》是西晋初年汲郡人不準盗发战国魏王墓时所得的竹简书，被认为撰成于魏襄王二十年(前229年)以前。此书共有六卷，从内容上来说分为两部分，前五卷详细地记载了周穆王驾八骏率六师，万里长驱，北绝流沙，西登昆仑，周历四荒，游历名山绝境，会见西王母，狩猎大旷原，第六卷铺叙周穆王宠幸之美人盛姬途感风寒而死及其葬礼。周穆王一行往返行程三万五千里，所走路线是从周朝都城“西安附近出发，经河南、入山西，出雁门关，到达内蒙古。再沿黄河溯流而上，经宁夏、甘肃、过青海，入新疆，沿塔里木南缘，登昆仑山，跨过帕米尔，到达中亚。然后，由塔里木盆地北缘入甘肃，经原路返回。”②这条路线基本是沿着今天西北丝绸之路的轨迹行进的，所到达的区域大多是以游牧民族居住地为主的西域地区。据书中记载，周穆王所经过的地区有：“巨蒐”(今鄯

①喻忠杰．古代丝绸之路文学概述[J]．长安大学学报，2015(3)．

②白振声．周穆王西游[J]．中国民族，1984(11)．

善一带)、"长沙之山"(今焉耆境)、"洋水"、"黑水""群玉之山"(均在今叶尔羌境)、"赤水"(今和田境内)、"昆仑之丘"(今和田南山)、"珠泽"(今哈拉哈什)、"春山"(今帕米尔高原)、"赤乌"(今帕米尔之塞勒库尔)、"旷原"(即吉尔吉斯大草原)。虽然历史上对周穆王西行所涉及的地理考证尚存争议，但其大致的方位和路线在历史地理文献中还是可以得到确定的，反映了在先秦时期中原和西域之间就存在交往的基本史实。

其次，《穆天子传》还详细地记载了周穆王和各部落之间在物质和文化方面的交往，周穆王西行时携带有大量的物品，主要有丝绸、黄金、贝带等物，每到一处便把这些物品赏赐给部落，除此之外还在玄池演奏广乐，种植竹子，品尝苦菜，把"雕官"等乐器赏赐给部落首领，中原的物质和文化通过穆王的西巡传播到西域各地。周穆王不但有意识地传播中原文化，而且在登上春山后，感叹于"孳木华不畏雪，天子于是取孳木华之实，持归种之"。到达赤乌后，"取嘉禾以归，树于中国"，把西域粟米的良种带回到内地种植。可以说，周穆王这种"送去"和"拿来"的外交形象就是远古时代文化使者的原型。与此同时，部落首领也大多以西域特产的玉器和骏马等贡品回赠周穆王。这种物品交换的方式是丝绸之路上中原政权和西域民族之间贡赐贸易的早期萌芽，到汉朝这种贡赐贸易发展成为丝绸之路上具有重要地位且被长期延续下来的贸易模式。古代中国在外交政策上追求一种文化上的认同和臣服，对于西域各民族来说，只要在观念上接受和承认华夏文化的统治地位，就可以纳入入朝进贡的行列，否则就有可能发生矛盾和战争，文化和价值观念上的异同是决定国家外交关系的关键因素，经济贸易也要服从于国家的政治需求。在这种政治理念之下产生的丝路贸易，就不但具有商品交换的经济性质，同时还是中原政权在处理民族问题时的一种政治外交策略。这种建立在不对等基础上的经济交往，是出于显示大国威德和"远怀柔"的一种方式。《穆天子传》反映了周穆王以"贡赐"方式和西域各民族和平交往的事实，所到之处受到了热情友好的接待，体现了古代人民对中西方和平交往的向往和追求。

《山海经》被认为是大禹、伯益所作的一部充满奇幻色彩的神话著作，在古代丝路文学中的重要性不亚于《穆天子传》。它在先秦交通尚不发达的情况下，详细地记录了古代域外的天文地理、动植物、宗教、历史等知识，被认为是一部"神话地理书"。结构上分为两部分。《山经》和《海经》，《山经》记录的是山川地理、矿产、奇禽异兽、奇花异草等内容；《海经》描写的是海内外奇异的民族和神话历史。叶舒宪等学者运用人类学的跨文化视野，对《山海经》的地理、物产等方面做了深入的辨析和阐释，揭示出其中描写与中亚、西亚、南亚等地文化的相似之处，说明远古时期中原和西域之间文化交流的史实和可能性。《山海经》中有不少关于西域地理的描写，《北山经》中记载："敦薨之山，其上多棕枏，其下多茈草。敦薨之水出焉，而西沉注于泑泽。"研究表明，"敦薨"即敦煌，是早期吐火罗（Tochari）的一种译写形式，是指活动在敦煌一带的吐火罗人，后来这一名称由最初的族名发展为地名。"敦薨之山"系指敦煌南山，亦即祁连山。这是《山海经》对远古时期河西走廊一带的记载。《大荒西经》中有一段记载西王母所生活的部落情况："西海之南，流沙之滨，赤水之后，黑水之前，有大山，名曰昆仑之丘……其下有弱水之渊环之，其外有炎火之山，投物辄燃。"这里所说的昆仑，一般认为即西域南山，今之昆仑山，流沙即塔克拉玛干大沙漠。有人认为炎火之山即吐鲁番火焰山。有学者还考证了《西次三经》中二十三座山的位置，认为"《西次三经》中的通道，确实是我国古代的丝绸之路之一"。① 此外，《山海经》还多次描写了生活于西北昆仑的西王母形象："玉山是王母所居也，西王母其状如人，豹尾，虎齿而善啸，蓬发戴胜，是司天厉及五残。"（《西次三经》）"有人戴胜，虎齿、豹尾穴处，名曰西王母，此山万物尽有。"（《大荒西经》）"西王母，梯几而戴胜仗，其南面有三青鸟，为王母取食。在昆仑虚北。"（《海内北经》）这是先秦典籍中最早对西王母的描写。文中所记载的西王母被看作是一个半人半兽掌管祭祀"厉鬼"和"五残"的司祭者，这一形象到《穆天子传》中已演变为雍容尊贵，熟知华夏礼仪能赋诗词的西部女王，到汉代随着丝绸之路的开辟，在西域"胡巫"文化的传入和影响下，西王母神话发展成为当时大规模的文化崇拜现象，再到《西游记》中西王母成为能与玉皇大帝分庭抗礼的王母娘娘。西王母神话的演变体现了人类对西域认识和观念的变化。同时，西王母形象对之后的文学创作产生了重要的影响，构成了丝路文学女性书写的重要原型。

先秦时期的丝路神话不但是一种神话地理，同时也是一种神话历史，它记录了原始先民突破交通的阻隔和西域交往的经

---

① 翁经方. 《山海经》中的丝绸之路初探[J]. 上海师范大学学报，1981（2）.

验，反映了人类和域外世界进行沟通交流的朴素而又强烈的愿望。"欲研究一国国民之历史并论其精神，须探其国民固有之传统加以妥当之解释，因此传说之历史不可等闲视之。"①世界四大文明体系是在不同的历史条件和地理环境下产生的，形成了具有各自精神特质的文化系统，文化一经形成就产生了向外交流的意向，文化进步的动力也来自于异质文化之间的交流和融合，"没有文化交流，就没有人类文化史。文化交流是人类文化发展的动力。"②中国之外的三大域外文明古印度、古埃及、古巴比伦，由于空间距离较近，地理交通方便，彼此之间很早就存在和平交流乃至战争之极端方式的接触和交往，而中国文明由于受到地理环境的阻隔，与域外文明的交往显得异常的艰难，但是生命本身探索外部世界的内在欲求推动人类不断冲破阻碍，寻求交流与沟通。先秦时期由于交通的限制和有限的信息沟通，这种和域外世界进行交流的愿望通常以充满魔幻色彩的神话想象的方式表现出来，神话因其较少受到传统文化和现代文明的熏染，因此更为真实地表现了人类在幼年时期对宇宙奥秘的理解和人性中更本质的东西，构成了各种文化表象之"元"。《穆天子传》中所描写的周穆王英姿潇洒，目光远大，为宣扬周天子的威德，增进与西北各民族的交往，率六师西巡，河宗氏柏氏自愿为穆王做向导，"乘渠黄之乘，为天子先，以极西土"。这种走尽西方土地的豪迈之情反映了远古人类探索域外世界的心理动因和文化自信。正如日本学者池田大

①刘俊文编. 日本学者研究中国史论著选译：卷一[M]. 黄约瑟，译. 北京：中华书局，1992：2.

②季羡林. 季羡林全集：第17卷[M]. 北京：外语教学与研究出版社，2010：397.

作所指出的，"印度、中国与罗马之间，虽然是出于贸易的经济欲求而打通了连接的道路，但是深层的原因，还是人具有了解异国他乡的本性和意愿。意愿也好，人心也好，其要素是无形的，也就是历史文献无法记载的，它是东西方交流的原动力。"①这种无形的心理动因在由文学建构起的形象和情感世界中生动地呈现出来，《穆天子传》中除了客观地记载西巡行程和自然地理之外，还表现了周穆王的所感所思，他在登上天下最高的舂山时的自豪和对美景的赞叹，在旷原大野狩猎时的尽情欢畅，尤其是和西王母在瑶池相会的描写，早已超越了国族首领会晤的外交性质，含蓄而细腻地表现出两人之间的爱慕、留恋与不舍。西王母为穆天子唱道："白云在天，山陵自出。道里悠远，山川间之。将子无死，尚能复来。"天子答之说："予归东土，和治诸夏。万民平均，吾顾见汝。比及三年，将复而野。"西王母带着惆怅和伤感地答道："徂彼西土，爰吾其野。虎豹为群，於鹊与处。嘉命不迁，我惟帝女。彼何世民，又将去子。吹笙鼓簧，中心翔翔，世民之子，唯天之望。"待西王母返回他的国都后，穆天子驱马登上弇山之石，在岩石上记载他的行迹，种上槐树并题上"西王母之山。"这一段充满异域传奇色彩的故事是《穆天子传》中最富情趣的描写，被后人反复渲染和抒写，成为文学史上历久不衰的动人题材。此书中关于周穆王与西王母的描写对后来的小说、诗文产生了重要影响，魏晋时期的志怪小说《汉武故事》《神仙传》，以至元明时期的戏曲，都是以此为原型。

---

① [日本]池田大作. 佛法·西奥东[M]. 成都：四川人民出版社，1996：34.

　　《穆天子传》和《山海经》不但是中国神话文学的源头，而且也开创了西行记的文学叙事范式。西行记即记述古人西域游历见闻的作品，是古今行记文学的重要组成部分。历代文人沿着丝绸之路西行游历、求法、建功立业，留下大量的神话、诗歌、散文、游记等文学作品，体现了丝绸之路沿途独特的自然地理和民情风俗。《穆天子传》又名《穆王游行记》，以干支记行程，择日为记，是历史上最早的记叙古人西行游历的文学作品，《山海经》按照地理方位记录了远古时期中西交通、山川地理，这两种纪行的方式开创了历代西行记的两种基本结构范式。其次，这两部神话体现了远古先民早期游记的经验与记忆，这一时期的西域纪行属于形神合一的"天国之游"。在远古时代的人类意识世界中，天地、神人之间是相通的，《山海经》中的神巫都具有沟通天地、神人关系的特殊能力。"《穆天子传》中穆天子骑着非凡的骏马得以西游昆仑，谒见西王母，彼此以诗酬答，蕴藉风流，像这样非凡的神人相会，当是早期天国之游的一种变形，并对后代的宗教旅行记、边塞游记产生了深远影响。"①其次，《穆天子传》和《山海经》也折射了人类原始的中原/西域、中心/边缘的思维模式，在与中原的对照中把西域想象和建构为一个远离文化中心的荒野之地，《山海经》中，"无草木"是在描写自然地貌中出现频率最多的词汇，《大荒经》就完全是一个充满奇幻色彩的荒原意象，这种叙事传统深刻地影响了历代西行文学对西域的想象与建构。《穆天子传》中穆王西行需借助八匹骏马的神力才能到达遥远的昆仑

---

①梅新林，俞樟华主编. 中国游记文学史[M]. 上海：学林出版社，2004：3.

山，西王母描述自己所居住的地方，"徂彼西土，爰吾其野。虎豹为群，於鹊与处"。身处这大荒之野的西王母是何等的孤寂和惆怅，风度翩翩的穆天子给她带来了心灵上的相知和慰藉，但这短暂的欢愉还是因为空间的遥远而被中断，距离带来了审美上的吸引，同时也造成了文化观念上的差异。这是一种因空间和文化的阻隔而产生的爱情悲剧，构成了历代丝路文学爱情悲剧的一种重要类型。

二、汉唐时期的丝路文学

汉唐时期随着丝绸之路的畅通和繁荣，中国文化自身的发展和中西方文化交流都进入到一个新的历史阶段，它以发达的文明和强盛的国力为基础，以"有容乃大"的汉唐气魄为内在精神基质，不仅兼收并蓄地吸收西域各民族文化，同时也慷慨地向外输出自己的文化理念，积极参与到世界文化的建构之中，推动了人类文明的发展。这一时期丝绸之路的繁荣所形成的开放性的胸怀和世界性的视野对文学发展的影响是深刻而广泛的，特别是对西行记、边塞诗、敦煌词、变文的繁荣起到过决定性的作用，文学在积极吸收外来文化的基础之上创造了本土文学的辉煌，题材得到进一步的拓展，风格更加雄浑和博大，体现了积极进取和蓬勃向上的时代精神。

魏晋南北朝时期民族间的征战与融合比较频繁，产生了一些广为传唱的少数民族诗歌，或歌唱自在平静的草原生活，或哀叹丧失家园的悲愤。这一时期影响最大的是由敕勒族创作的北方民歌《敕勒歌》，"敕勒川，阴山下，天似穹庐，笼盖四野。天苍苍，野茫茫，风吹草低见牛羊。"敕勒族是北方少数民族的一支，秦汉时称"丁零"，南北朝时期称敕勒，因他们造的车"车轮高大，辐数至多"（《魏书·高车传》），所以又被称为高车，主要生活在大漠南北，逐水草而居。这首诗描写了敕勒族在阴山的生活状态，诗中选择了"阴山""穹庐""四野""牛羊"这些典型的边塞意象，生动地描绘出了一幅天高地阔，水草丰茂，牛羊肥壮的塞外风光。这首诗中描绘的边塞面貌与中原诗人、僧侣所塑造的苦寒孤寂的边塞形象迥然不同，凸显了游牧民族对生活的热爱和粗犷遒劲的精神风格。金代诗人元好问评价它："慷慨歌谣绝不传，穹庐一曲本天然。中州万古英雄气，也到阴山敕勒川。"（《赞〈敕勒歌〉》）文学史中也充分肯定了这首诗的艺术价值。"全诗短短二十八字，语言浑朴自然，气象苍莽辽阔，如同画家大笔挥洒，顷刻之间，便在笔底出现一幅粗线条的塞外风情画。"[1]在几千年的中国历史中，民族间除了交流融合也有征战。《汉书·武帝纪》记载："元狩二年春，霍去病将万骑出陇西，讨匈奴，过焉支山千有余里。其夏，又攻祁连山，捕首虏甚多。"这场征战在匈奴创作的北朝民歌《胭脂歌》中得到反映："失我焉支山，令我妇女无颜色；失我祁连山，使我六畜不蕃息。"诗中表达了对失去家园的无奈和愤恨。还有歌颂拓跋民族女英雄的《木兰诗》，这些民歌语言质朴、风格刚健，反映了北方少数民族的生活状态和丰富的情感世界。

汉唐时期大量的文人、僧侣沿着丝绸之路长途跋涉，亲历西域用文字记录下所见所闻，形成了以僧侣为创作主体的西游

---

①曹道衡，沈玉成. 南北朝文学史[M]. 北京：人民文学出版社，1991：466.

纪行。尽管汉唐时期丝绸之路保持了长期的畅通和繁荣，但这条道路还是因为地理环境的险峻和道路的漫长，跋涉在丝绸之路的人员除了各国使臣和追逐经济利益的商人，其他人并不多见。随着佛教传入中原和影响的不断增大，这条道路上为弘扬佛法而西行求取佛经的僧侣逐渐增多，这些僧侣不但从西域带回大量的佛教典籍，而且他们在历经长途跋涉后用文字把沿途的见闻和经历记录下来，就形成了丝绸之路上一种重要的文学类型：宗教旅行记。如《法显传》《宋云行记》《大唐西域记》《悟空入竺记》《大唐西域求法高僧传》等由僧侣撰写的西域行记。这些作品比起正史和笔记一类的作品而言，叙述更为详细，材料更为可信。因为丝路沿途的艰险，所以能亲赴西域的人特别稀少，很多历史典籍和文献中对西域的记载，都属于转述，涉及数量大多是概数，缺乏实地考证的科学性，所以难免掺杂了想象的成分，而僧侣却能因对佛法的虔诚从而激发出巨大的受难精神，战胜西行途中的生死考验，所以僧侣这一群体创作的游记都建立在亲身经历的基础之上，对西域地理风俗的描写大多比较具体切实，所记载的数字比较精确，在叙事的真实性和准确性方面都得到了提高。同时，由于僧侣都是西行的亲历者，他的叙述往往能结合个人的所见所闻，从而更为生动形象，不但具有重要的史地文献价值，而且还具有很高的文学价值，构成了中国文学史上行记文学的始祖。

这一时期随着丝绸之路的畅通和中西交流的深入，人们对西域的认识和描写超越了远古时期神话式的想象，西域不再是只有帝王才能到达的充满神秘色彩的天国之地，而是被普通人所亲历、所体验的实在之地，这一时期西行记形成的一个重要文体特点就是"言辄依实"，强调如实记录，排斥想象和夸张，一般由记行程、述见闻的叙事性语句组成，很少有议论和抒情。《穆天子传》中虽然也有纪实，但因其对西域知识的有限和神话的想象色彩，所记距离、方位大多比较含糊和有所夸大。玄奘在《大唐西域记》卷末中说道："推表山川、考采境壤，详国俗之刚柔，系水土之风气，动静无常，取舍不同，事难穷验，非可臆说，殖所游至，略书梗概，举其闻见，记诸慕化。"他在进献此书的表文中自称，"皆存实录，非敢雕华"。其弟子辩机也称其"敬顺圣旨，不加文饰"。这从一定程度上反映了创作者追求"实录"的初衷和此书的叙事特点。现存最早的海外游记《法显传》，又名《佛游天竺记》《佛国记》等，该书以游历的先后为顺序，详细地记录了法显自长安出发游历天竺的过程，内容上涉及我国西北、中亚、东南亚等地区三十多个国家的地理历史、民情风俗、政治经济等内容，文字朴实，注重纪实性，"欲令闲者同其闻见"。书中所记内容大多谨严可靠，方位距离清晰准确，在西域记里程，到中亚记日程，到南亚记由延（印度古时称一日行军里程为一由延），没有定数的地方则通过目测、步测等方法测量，体现了一定的科学性和准确性。《法显传》记叙最多的是各地佛事，佛教建筑、佛教古迹、佛教流派及其分布，僧侣生活等，内容详备，是研究佛教史的重要文献。

其次，《法显记》还真实地描写了西行途中的所思所感，法显感慨途中艰苦"涉行艰难，所经之苦，人理莫比"；翻越小雪山时面对同伴惠景之死，法显抚之悲号；到师子国后于一玉像前见到晋地产白绢扇，不觉感怀自己："去汉地积年，所与交接悉异域人，山川草木，举目无旧；又同行分披，或留或亡，顾影惟己，心常怀悲。"法显多年西行的孤苦和对家乡的怀念被触动，"不觉凄然，泪下满目"。① 这些情感描写展现了法显在西行途中不为人知的内心世界，在笃定求法的佛教名僧的文化符号之外，让人看到了法显作为一个有血有肉、有情有爱的普通人的一面，极大地丰富了这个人物的文学内涵。

《大唐西域记》是唐代高僧玄奘西行求法的记录。与《法显传》不同的是，这本著述具有较为明确的政治诉求，玄奘是奉唐太宗之命为宣扬唐朝"威扬四海"而作，所以它所记录的范围较之《法显传》更广，记录的内容更为全面翔实，除了地理和宗教信仰外还详细地记载了各地的物产气候、政治经济、民俗传说等牵系国计民生的内容，如描写阿耆尼国时就分门别类地介绍了该国的面积、地形、物产、服饰、货币、国政、宗教等方面的情况，这种记载的翔实全面超越了同类题材，极大地拓展和丰富了西行记的内容。该书包括了玄奘游历西域 19 年间的见闻，内容庞杂，但经过创作者的精心剪裁和结构，读来层次清晰又趣味盎然。介绍每一个国家时基本按照由物而人而宗教的顺序，条理清晰，其中又穿插了很多神话传说，把史地记载和故事描述结合起来，互相调剂，相得益彰。全文语言简洁质朴，又不乏生动鲜明。如书中描写僧诃补罗国城南一处池沼："激水清流，汩淴漂注，龙鱼水族，窟穴潜泳，四色莲花，弥漫清潭。"描写梵衍那国小川泽，"泉池澄镜，林树青葱"。文中写景多以四字骈句为主，清新雅丽。季羡林评价

---

①法显著，佛国记注译[M].郭鹏，译. 长春：长春出版社，1995：128.

《大唐西域记》时说道："他能用极其简洁的语言描绘大量的事实，不但确切，而且生动。所以我们可以说，玄奘是一个运用语言的大师，描绘历史与地理的能手。"①虽然这一时期西行记中对于西域的描写还未脱离地志的范畴，外在的自然地理尚未构成一个独立的审美对象，但这些带有宗教性质的西行记，在语言叙事上具有很强的文学性，并且为后来的文学创作提供了丰富的素材，如《大唐西域记》中记载的大象报恩的故事，石柱显善恶的故事，成为唐代小说反复书写的对象。

丝绸之路对汉唐文学最重要的影响是边塞诗的兴起。边塞诗是指内容上描写边塞风光和征战生活的诗歌。中华民族是汉族与其他少数民族长期融合发展的结果，在这个过程中各民族之间，特别是汉民族和边疆少数民族之间存在着错综复杂的关系，戍边征战就成为边疆生活和文学表现的一个重要内容。反映中国与北方少数民族战争的诗歌在先秦时期就已产生，如《诗经》中的《无衣》和《采薇》，但是直到汉唐丝绸之路的开辟，才推动这类题材在质和量上达到了飞跃性发展。汉魏六朝乐府诗中有大量吟咏边塞之作，汉乐府《铙歌》有《战城南》，《横吹曲》中有《陇头》《出塞》《入塞》等，这些乐府古题常被用来吟咏边塞战戍之事，在唐朝的边塞诗中经常被沿用。唐朝是一个政治统一并不断拓展疆土的时期。在这一时期有以丝绸之路为代表的中原民族和西域民族的友好往来。同时，也存在着民族间的矛盾和战争，征战频繁，大量的文人在爱国思想的鼓舞下投笔从戎，奔赴边疆建功立业。他们用诗歌表现建功立业

---

①林洁选编. 季羡林名篇佳作[M]. 北京：东方出版社，2005：300.

的豪情壮志，描写戍边将士的军旅生活，也以诗歌表现边塞的自然和人文景观，诉说着边塞生活的孤苦。边塞诗是盛唐精神的集中体现，它的内容非常丰富，代表作家有高适、岑参、王昌龄等人。唐代边患严重的地区主要在三边，西北、朔方、东北，而尤以西北最为严重，西北地区与关中接壤，是唐朝的政治军事重心，陈寅恪曾指出："李唐承袭宇文泰'关中本位政策'，全国重心本在西北一隅。"①西北地区对唐王朝的盛衰兴亡具有举足轻重的作用，尤其是这一区域丝路之路的畅通与否往往成为国力是否强盛的一种象征。据统计唐朝发生在丝绸之路上的战争就近百役，这是边塞诗勃兴的现实基础。再加上国家对丝绸之路的锐意经营，吸引了大批满怀豪情的文人志士远赴西北，建功立业，推动了边塞诗的创作和繁荣，在众多的边塞诗中尤以反映西北丝路沿途边疆生活的题材占比最多。"一部《全唐诗》中，边塞诗约2000首，而其中1500首与大西北有关。"②

边塞诗生动而形象地再现了丝绸之路的盛况和西域的风土人情，具有"史诗"的性质。唐朝的边塞诗人大都有亲赴边塞的生活经历，像高适、岑参都曾出过边塞，了解边塞征战生活的疾苦，拥有丰富的边塞生活体验和感受，所以他们的创作能够把感情的抒发和对边塞生活的描写结合起来，具有情景交融的艺术效果，比起之前边塞诗仅凭想象和热情的泛咏之作，更具有现实根基和情感基础。首先，是对丝绸之路经济、民族、

①陈寅恪. 唐代政治史论述稿[M]. 上海：上海古籍出版社，1996：200.
②杨晓霭，胡大浚. 陇右地域文化与唐代边塞诗[J]. 文史知识. 1997(6).

文化景观的描绘。中唐诗人张籍《凉州词三首》（其一）艺术地再现了丝绸之路的盛况："无数铃声遥过碛，应驮白练到安西。"诗人遥想行走在沙漠中驮着丝绸的驼队，要抵达丝路重镇——安西的情景，在对历史的回望中重构了丝绸之路繁荣的历史画面，诗中"记叙的正是当年中国丝绸经过河西、新疆运往印度、波斯，乃至希腊、罗马的盛况"。① 岑参则以写实的手法描写了丝路沿途交通的便利和发达："一驿过一驿，驿骑如星流。平明发咸阳，暮到陇山头。"（《初过陇山途中呈宇文判官》）驿站之多，驿骑之速，朝发夕至。除此之外，丝路古道上汉族和少数民族和睦相处的场景也是边塞诗的重要内容。"凉州七里十万家，胡人半解弹琵琶"（岑参《凉州馆中与诸判官夜集》）。凉州即今甘肃武威，唐时河西节度府设于此地，是丝绸之路上的重镇所在，唐初时已"为都会，襟带西藩、葱右储国，商旅往来，无有绝停"（慧立、彦悰《大唐慈恩寺三藏法师传》）。诗人以一种夸张的手法描写了凉州的繁华和胡人的众多。"花门将军善胡歌，叶河藩王能汉语"（《与独孤渐道别长句兼呈严八侍御》），则是描写了汉族将领与少数民族"叶河藩王"欢聚一堂的场景。

其次，边塞诗还有对丝路沿途异域风光的描绘。西北丝路沿途大多是沙漠戈壁、崇山峻岭，气候严寒，与中原农耕社会的自然地理形成鲜明的对比，初涉边塞的文人都会被这种大漠黄沙的异域景象所震撼。"黄河远上白云间，一片孤城万仞山"（王之涣《凉州词》）的景象让诗人感受到的不仅是边塞的壮

---

① 丝路. 无数铃声遥过碛[J]. 新疆师范大学学报，1985(1).

阔，还有无尽的孤峭和冷寂，或感叹于"大漠孤烟直，长河落日圆"（王维《使至塞上》）的雄浑和开阔，对于从中原到边塞的文人来说，大漠的广袤浩瀚给人一种壮丽的美感，与人的稀少和渺小形成了强烈的反差，诗人在这样的情境中往往会产生一种苍凉孤独的感受，所以边塞诗中经常会出现"孤城""孤烟"这样的意象。

　　曾经两次沿丝路古道西行的岑参，根据其见闻创作了大量反映丝绸之路沿途风物的诗作，在其"现存诗歌 388 目，计409 首，其中两次西域之行的'丝路'之作约 78 首（其中，第一次西域行旅之作 34 首，第二次为 44 首）"，① 占到其诗歌创作的五分之一。岑参有两次西域之行，拥有丰厚的边塞生活体验，他的边塞诗建立在实感基础之上，从多种角度描绘了西北边陲的自然景色，如西域大漠的浩瀚空旷，"黄沙碛里客行迷，四望云天直下低"（《过碛》），"今夜未知何处宿，平沙莽莽绝人烟"（《碛中作》），西域的大风是"君不见走马川行雪海边，平沙莽莽黄入天。轮台九月风夜吼，一川碎石大如斗。随风满地石乱走"（《走马川行奉送封大夫出师西征》）。是"十月天山风似刀，城南猎马缩寒毛"（《赵将军歌》）。还有西域的雪景也是岑参诗中经常吟咏的对象。"蒲海晓霜凝马尾，葱山夜雪扑旌杆"（《献封大夫破播仙凯歌六首》）。"北风卷地白草折，胡天八月即飞雪。忽如一夜春风来，千树万树梨花开。散入珠帘湿罗幕，狐裘不暖锦衾薄。将军角弓不得控，都护铁衣

---

①杨晓霭，高震. 岑参的西域行旅与"丝路"之作［J］. 宁夏师范学院学报，2014(5)．

冷难着。瀚海阑干百丈冰，愁云惨淡万里凝。中军置酒饮归客，胡琴琵琶与羌笛。纷纷暮雪下辕门，风掣红旗冻不翻。轮台东门送君去，去时雪满天山路。山回路转不见君，雪上空留马行处。"(《白雪歌送武判官归京》)这首送别诗想象奇特，意境开阔，没有抒写缠绵悱恻的离愁别恨，而是充满豪情地描绘了西北边陲的冬日景象和对过去战斗生活的回忆，体现了一种英雄主义的情怀。

丝绸之路是一条创业报国之路。"上马带胡钩，翩翩度陇头。小来思报国，不是爱封侯"(岑参《送人赴安西》)。为报国而踏上丝路，把个人的立功扬名与报效国家统一起来，是边塞诗最为动人的核心精神。边塞诗集中表现了唐朝将士从军出塞、戍边征战的戎马生活和价值取向，抒发了他们安邦定国的壮志豪情，歌颂了国家的繁荣昌盛。唐朝文士进身有文、武两途，文就是通过科举考试，武就是通过军功求取功名，在国家拓疆进取的时代精神鼓舞下，不少文人志士都怀有以边功成名的政治抱负和志向，"投笔从戎"的功业观吸引了大量的文人奔赴边塞，报效国家。初唐诗人杨炯在《从军行》中直接表明了自己的人生志向，"宁为百夫长，胜作一书生"。这种以军功为最高价值取向的士人心态在唐朝具有一定的代表性和普遍性。出身于高门贵族的诗人陈子昂在二十六岁时慷慨激昂地写道："感时思报国，拔剑起蒿莱。"(《感遇》)今天读来仍能被诗人拔剑而起报效国家的壮怀激越所打动。岑参豪情满怀地抒发"功名只向马上取，真是英雄一丈夫"(《送李副使赴碛西官军》)，展现了盛世时期知识分子蓬勃向上的时代精神。初唐诗人魏徵在《述怀》中直言："中原初逐鹿，投笔事戎轩。"诗中开头即用班超投笔从戎的故事自喻，表达自己希望通过征战立功封侯的人生志向。这些边塞诗所抒发的壮志豪情是盛唐时代精神的一种真实反映。

　　盛唐时期中原和西域各国在政治、经济、文化上的交流进入一个新的阶段，丝绸之路也达到了历史上最为辉煌的时期。大批诗人亲赴边地把对边塞风光的写实和对时代的歌颂结合起来，高扬着一种理想主义精神。"黄金百战穿金甲，不破楼兰终不还。""前军夜战洮河北，已报生擒土谷浑。"（王昌龄《从军行》）歌颂了将士高昂的志向和显赫的军威。"葡萄美酒夜光杯，欲饮琵琶马上催。醉卧沙场君莫笑，古来征战几人回。"（王翰《凉州词》）耀眼的夜光杯和甜美的葡萄酒，欢快而又充满异域风情的西北边塞生活，为国杀敌视死如归的豪情和豁达，极为典型地体现了盛唐文人浪漫主义的英雄理想和爱国精神。岑参的诗句"都护行营太白西，角声一动胡天晓"（《武威送刘判官赴碛西行军》），热情地歌颂了唐朝军队的威力和国家的统一。与此同时，从初唐以来持续的边塞战争给人民生活带来的负面影响也开始显现，许多边塞诗人怀着复杂的心情表达了对民生和边塞将士的忧虑与同情。"烽火城西百尺楼，黄昏独上海风秋。更吹羌笛《关山月》，无那金闺万里愁。"（王昌龄《从军行》）这首描写边疆戍卒怀乡思亲的抒情诗，含蓄而又委婉地表达了征人思乡的孤独和悲凉。

　　丝绸之路的兴衰决定了边塞诗的风格和嬗变的轨迹。丝绸之路兴盛，边塞诗则慷慨激昂；丝绸之路衰落，边塞诗则悲凉沉郁。安史之乱后唐朝逐渐走向衰落，吐蕃、回纥、党项等少数民族势力渐起，丝绸之路被阻断后昔日的盛况不再，留给人们无尽的感慨和无奈。这一时期边塞诗风格从盛唐时期的豪迈刚健转向对历史的追怀和对现实的批判。丝路今昔现状的对比让诗人不胜唏嘘："一朝燕贼乱中国，河湟忽尽空遗丘。开远门前万里堠，今来蓦到行凉州。去京五百而近何其逼！天子县内半没为荒陬。西凉之道尔阻修。连城边将但高会，每听此曲能不羞！"（元稹《西凉伎》）诗人开始运用对偶句大力铺排凉州昔日的繁华，和安史之乱后的凄凉景象进行了对比，沉痛地谴责了边地将领"无经略旧疆之志"的行为。"凉州陷来四十年，河陇侵将七千里。平时安西万里疆，今日边防在凤翔。缘边空屯十万卒，饱食温衣闲过日。遗民肠断在凉州，将卒相看无意收。"（白居易《西凉伎》）凉州沦陷后的悲伤，边地将士不思收复失地的消沉和堕落，这些现实激起了诗人的不满和谴责，盛唐时抒发的济世情怀和对盛世的歌颂，在此时转化为对国家危难的呼救和对边地将领的谴责。

除此之外，汉唐时期丝路文学还包括在敦煌遗书中保存下来的敦煌曲子词和敦煌变文。敦煌曲子词是指产生于唐代配以燕乐曲调的歌唱和舞蹈的歌辞，包括表现边塞生活和咏物抒怀等内容。敦煌变文是唐代产生的一种通俗文学类型，题材上有历史故事、民间传说、宗教题材，尤其是佛教故事。这两种文学类型都受到西域文化的影响，是诞生于丝绸之路中西文化交流背景下的文学产物，成为丝路文化的一种载体和象征。

三、宋元之后的丝路文学

宋代以降，随着海路交通的快速发展和繁荣，陆上丝绸之路日渐式微，除了蒙元帝国时期短暂的辉煌，大多处于衰落状态。这一时期西行游记处在继续发展的过程中，延续了之前客观实录的写作特点。宋代虽有较大规模的西行求法活动，但大多数僧侣都没有行记留存，唯有范成大在其游记《吴船录》中《峨眉山牛心寺记》一节中，较为详细地记载了北宋僧人王继业西行求法的行程，宋太祖赵匡胤于"乾德二年，诏沙门三百人，入天竺求舍利及贝多叶书，业预遣中"。① 他们基本沿着西北丝路古道从阶州（今甘肃武都）出塞，经灵武、西凉、甘、肃、瓜、沙等地，最后到达印度那烂陀寺，记录了沿途所见寺庙的概况。据范成大在书中解释，他是根据牛心寺所藏《涅槃经》卷后记载继业西域行程摘录下来的，所以和唐朝僧侣西行游记内容的丰富相比，《吴船录》所载内容较为单一简略，主要是所经路线和沿途寺庙塔窟等佛教圣迹为主。两宋以后，丝绸之路上西行求法的活动已很少见，待到 12 世纪随着佛教在印度的消亡，僧侣的西行求法活动也随之结束。

元朝时，成吉思汗及其后裔经过三次西征，结束了自唐之后长达近四百年的分裂割据状态，设立以大都（北京）为中心通向各地的驿站，加强了大漠南北和中原内地的交通，促成了中西方之间陆路交通的恢复和畅通，促进了丝绸之路沿线各民族、各地区之间的文化交流与传播。"大蒙古国的统治地域往西已达到黑海南北和波斯湾地区，它不仅使中亚、西亚和欧洲联结起来，而且开辟出了一条从漠北和林（今蒙古国乌兰巴托附近）直到欧洲的通道，从而形成了北穿南俄，南贯波斯，东

---

① 顾宏义，李文整理标注. 宋代日记丛编：3 [M]. 上海：上海书店出版社，2013：850.

经中亚、西亚，西到欧洲的经济流通大动脉。"①

蒙元时期东西交通空前便利，"车辙马迹所及，适千里者如在户庭，之万里者如在邻家"。(《麟原文集》卷六《义冢记》)不仅丝绸之路上的商业活动非常活跃，而且一批批奔波于丝路的文人、使者、商人、传教士等人的活动，也推动了中西方之间的文化交流，他们留下了大量的游记。如耶律楚材撰写的《西游录》，丘处机随行弟子李志常撰写的《长春真人西游记》，常德由刘郁笔录成《西使记》，这一时期的西行游记大多产生于蒙古西征的历史背景中，与之前以僧侣为主体的西行求法相比，这个阶段的西行动因是和蒙古军队的西征联系在一起的，耶律楚材和丘处机都是受诏随成吉思汗西征，常德的西域之行是奉元宪宗蒙哥的命令，以大汗钦差的身份前往波斯觐见西征的皇弟旭烈兀，归国后口述见闻由刘郁笔录成文。所以，元朝的西行游记不仅描绘了西域"山川相缪，郁乎苍苍"的自然风光，还展现了金戈铁马的征战场景："车帐如云，将士如雨，马牛被野，兵甲赫天，烽火相望，连营万里，千古之盛，未常有也。"②这种浸润着豪情的自然之景和军营场景的交相辉映，代替了僧侣求法的受难意识和情感体验，是元朝疆域和政治文化中心向西北拓展在游记文学中的直接反映。

耶律楚材出身于契丹皇族后裔，自幼学习儒家典籍，青年时期受到佛家思想的影响。他学识渊博，通晓天文地理以及中原王朝的典章制度，辅佐蒙古成吉思汗、窝阔台两大汗近三十

①芦苇. 中外关系史[M]. 兰州：兰州大学出版社，1996：247.
②耶律楚材著. 西游录[M]. 向达校注. 北京：中华书局，1981：1.

年，官至中书令，元代立国规模制度多由其奠定。耶律楚材的一生大多生活在丝绸之路沿线，对丝路沿途的社会生活有亲身体验，创作了大量丝路题材的文学作品。公元 1218 年耶律楚材应诏北上，从永安（今北京香山）出发，西出居庸关，抵达天山以北，继而穿越戈壁沙漠至漠北行宫谒见成吉思汗。第二年随成吉思汗西征，1224 年东归，在西域生活了六年。回到燕京后，向他询问西域情况的人很多，"里人问异域事，虑烦应对，遂著《西游录》以见予志"。① 这便是耶律楚材撰写《西游录》的主要创作动机。该书分为上、下两册，是在两次来京答客问的谈话基础上写成的。上册以 1227 年耶律楚材回到燕京，来客之人纷纷登门造访询问"居士之西游也，不知其几千里耶。西游之事，可得闻乎?"②开始，以"予之西游也，所见大略如此"③结束，全文以追忆性的文字记述了作者从燕京应诏北上成吉思汗行宫，从漠北随西征大军经新疆到中亚沿途"天涯海角，人所不到"的见闻，特别是西域各地的山川地理、物产气候、风土人情。下册是 1228 年耶律楚材奉命来京负责查办重大抢劫案件，仍不断有来客造访询问西域之事，作者以问答形式予以解答，其中大量内容"颇涉三圣人教正邪之辨"，全文共计十四对问答，其中十三对就涉及宗教问题。

《长春真人西游记》是丘处机的弟子李志常记述丘处机以七十三岁高龄率十八名弟子奉诏至成吉思汗行宫，其间历时四年长途旅行的过程。全文分为上、下两卷，上卷记录了长春真

---

①耶律楚材著. 西游录[M]. 向达校注. 北京：中华书局，1981：1.

②耶律楚材著. 西游录[M]. 向达校注. 北京：中华书局，1981：1.

③耶律楚材著. 西游录[M]. 向达校注. 北京：中华书局，1981：4.

人到达撒马尔罕，再到兴都库什山北坡成吉思汗行帐觐见，然后返回等候正式讲道为止，下卷主要是对当地居民生活习俗以及归程的记载。孙锡给该书所作的序言概括了其内容，"门人李志常，从行者也，掇其所历而为之记。凡山川道里之险易，水土风气之差殊，与夫衣服饮食百果草木禽虫之别，粲然靡不毕载"。①

这两部游记作品都是在足迹所至"入境问俗"实地考察的基础上写成的，内容真实可信，具有重要的历史地理价值。向达先生对两部作品的史地价值曾做过全面的评价：

> 《西游录》《长春真人西游记》二书之成，先后不过一年之差，都是十三世纪记述天山以北和楚河、锡尔河、阿姆河之间历史地理最早最重要的书。八世纪中叶以后，关于天山以至于葱岭以西楚河、锡尔河、阿姆河一带，游历其地归而以汉文记载游踪的，绝无其人其书。《宋史·高昌传》只凭王延德所记，略及北廷，如大食、拂菻诸传不遇得之传闻而已。到了十三世纪《西游录》《西游记》二书，始首先对于上述诸地目识亲览所得，著成文字，公诸于世。十三世纪以后，西域地方的文献损失甚多，《西游录》《西游记》二书也是研究十三世纪楚河、锡尔河以及阿姆河地区历史的重要资料。尤其是耶律楚材的著作，他在楚河以至阿姆河一带住遇五六年，他的《文集》里也有很多

①丘处机著. 丘处机集[M]. 赵卫东辑校. 济南：齐鲁书社，2005：201.

63

记述西域地方见闻之作，都可以供研究者的参考。①

《西游录》和《长春真人西游记》不但是重要的史地著作，同时还具有很高的文学价值。王国维评价《西游录》："文采斐然。文约事尽，求之外典，惟释家《慈恩传》可与抗衡，三洞之中，未常有是作也。"②其他学者也指出其"序事详晰，条理不纷，文章优雅"。③ 这两部游记中的语言简洁典雅，如《西游录》中对中亚名城寻思干的介绍：

> 讹打剌之西千里余有大城曰寻思干。寻思干者西人云肥也，以地土肥饶故名之。西辽名是城曰河中府，以濒河故也。寻思干甚富庶。用金铜钱，无孔郭。百物皆以权平之。环廓数十里皆园林也。家必有园，园必成趣，率飞渠走泉，方池圆沼，柏柳相接，桃李连延，亦一时之胜概也。瓜大者如马首许，长可以容狐。八谷中无黍糯大豆，余皆有之。盛夏无雨，引河以溉。率二亩钟车。酿以蒲桃，味如中山九醖。颇有桑，鲜能蚕者，故丝茧绝难，皆服屈眴，土人以白衣为吉色，以青衣为丧服，故皆衣白。④

寻思干即中亚名城撒马尔罕，张骞通西域时即为国人所

①耶律楚材著. 西游录[M]. 向达校注. 北京：中华书局，1981：6.

②王国维. 王国维遗书（十三）[M]. 上海：上海书店，1983：19.

③张星烺编著. 中西交通史料汇编：第五册 [M]. 北京：中华书局，1978：72.

④耶律楚材著. 西游录[M]. 向达校注. 北京：中华书局，1981：3.

知，是丝绸之路上重要的经济文化中心，耶律楚材曾在此地留居多年，熟悉当地的民情风俗。他不仅介绍了该城的历史地理概貌，而且详细地描写了居民的生活和服饰方面的习俗，还有"桃李""瓜豆""桑蚕"等富有生活气息的内容，把汉唐诗歌中对边塞奇异风景的关注转向对生活的真实描写。

《长春真人西游记》中还把诗词和散文结合起来，创造了诗文合璧的游记文体。文中描写中秋节的金山就用到三首诗。第一首是："八月凉风爽气清，那堪日暮碧天晴。欲吟胜概无才思，空对金山皓月明。"第二首写道："金山南面大河流，河曲盘桓赏素秋。秋水暮天山月上，清吟独啸夜光球。"第三首说："金山虽大不孤高，四面长拖曳脚牢。横截大山心腹树，干云蔽日竞呼号。"①这三首诗从多种角度描写金山的景色，"碧天""皓月""秋水""山月"，构成了一幅清幽旷远的金山秋色图，诗歌的运用使游记的叙述更加生动和富有诗意。这些游记作品以简洁流畅的语言记叙了西域的自然地理、风土人情，意境雄奇开阔，风格刚健苍凉，感情基调乐观高昂，是西行游记中的佳作，对近代的边塞游记产生了一定的影响。

除此之外，意大利著名的旅行家马可·波罗撰写的《马可·波罗游记》，是元代西域游记文学的一部重要作品。这是世界上最早由西方人撰写的丝路游记。马可·波罗的路线是从意大利出发，沿丝绸之路一路东行，经过土耳其、伊拉克及中亚的一些城市进入西域，而后进入中国境内经甘肃到达上都。

---

①李志常著. 长春真人西游记[M]. 党宝海，译. 石家庄：河北人民出版社，2001：40.

该书从内容上分为四个部分。第一部分，记叙了马可·波罗东游途中所经过一些国家和地区的风土人情，第二部分，记载了元朝初年的一些政事、名城和丝路沿途的见闻，第三部分，介绍中国邻近国家和地区的情况，第四部分，记录了成吉思汗后裔蒙古诸汗国之间的战争。对于这部著作在中西交流中的史地价值和文学价值，杨志玖这样评价："他是第一个横穿亚洲大陆并做出详细记录的人，对中国的内地和边疆，对亚洲其他国家和民族的政治社会情况、风俗习惯、宗教信仰、土特产品、逸闻奇事，一一笔之于书，虽朴实无华，但生动有趣。在他以前和以后来华的西方人留有行记的也不少，在文才和对某一事件的记述方面也许远胜于他，但像他这样记事之广、全面概括的著作却绝无仅有。"①这是一部用西方视角想象和建构中国形象和丝路文化的代表作品，书中以热情洋溢的语言描写了中国华丽的宫殿和城市的繁荣景象，激起了欧洲人对东方的向往，促进了东西方的交通和文化的交流。

除了西行游记之外，元代还出现了大量关于丝路题材的诗词。其中包括一些汉族作家有关丝路题材的作品，如丘处机、李志常、尹志平、刘祁、刘郁等人创作的诗词。这一时期丝路文学的一个重要特点就是西域本土少数民族作家的大量涌现，如契丹作家耶律楚材、也里可温诗人马祖常，答失蛮诗人萨都刺等人描写元大都和西北丝路沿途生活的作品。如耶律楚材的《过阴山和人韵》《西域河中十咏》等，这些诗歌是建立在西域长期生活的基础上，不但有边疆险峻的地理："阴山千里横东

---

①杨志玖．马可·波罗在中国[M]．天津：南开大学出版社，1999：38-39.

西，秋声浩浩鸣秋溪。猿猱鸿鹄不能过，天兵百万驰霜蹄。"
(《过阴山和人韵》)而且也有作者对边疆生活由衷的热爱："葡
萄垂马乳，杷榄灿牛酥。""寂寞河中府，颓垣绕故城。园林无
尽处，花木不知名。南岸独垂钓，西畴自省耕。为人但知足，
何处不安生。"(《西域河中十咏》)同时还有诗人在随军西征过
程中对人民生活的同情："寂寞河中府，生民屡有灾。避兵开
邃穴，防水筑高台。"(《西域河中十咏》)这些产生于元朝西征
背景下的诗歌，扩大了历代边塞诗的题材和表现范围，继承和
发展了丝路文学刚健豪放的审美风格。

　　明朝由于航海事业的发达，中国和欧洲、西亚许多地区的
交往都是通过海路，但是西北丝路古道仍是这些地区到达中原
最方便的捷径，再加上明朝政府对中西贸易采取鼓励的政策：
"自成祖以武定天下，欲咸制万方，遣使四处招徕。由是西域
大小诸国莫不稽颡称臣，献琛恐后。"(《明史》卷三三二《西域
四》)丝绸之路一度比较繁荣。明朝与郑和下西洋的壮举齐名
的是，陈诚先后五次沿西北陆上丝路古道出使西域，他"以藐
藐一身，深入不毛之地"。"周览山川之异，备录风俗之宜"。[1]
陈诚的西行壮举得到同时代文人的钦佩和重视，纷纷用诗词赞
颂他："新赐貂裘不惮寒，壮游谁道别离难？流沙只合吟边
度，葱岭惟应马上看。看山对景多行乐，张骞伟绩今犹昨。圣
主当图绝漠功，丹青好画麒麟阁。"[2]他途经丝路沿途十七个国
家，并根据自己的经历把沿途山川地理逐日记下写成《西域行

----

①王继光校注．陈诚西域资料校注[M]．乌鲁木齐：新疆人民出版社，2012：1．
②历代西域诗选注编写组．历代西域诗选注[M]．乌鲁木齐：新疆人民出版
社，1981：90．

程记》，又根据沿途见闻和风土人情撰写了《西域藩国志》，这是明朝唯一根据亲历的直接材料撰写的西域纪行。清人唐肇在《藏记概·序》中认为："举昔人纪注外国之书，惟陈员外《西域行程记》稍为典实。盖其身历，非采摭传闻者可比。"除此之外，陈诚还根据自己亲历西域的见闻撰写了大量的诗歌和散文，收录在《陈竹山文集》中，其中包括 92 首《西域往回纪行诗》，这是明朝唯一的边塞诗作，还有西行的散文。这些作品不仅是研究西域重要的文史资料，同时也具有很高的文学价值。"元气浑庞，不事华藻，其诗赋质而有体，文章正而又裁。"①

《西游记》是明朝丝路文学的一个重要收获，这虽然是一部神魔小说，但是却建立在真实的玄奘西行取经的历史事件之上。玄奘穿越沙漠戈壁、历经艰险，从天竺国取回梵语经文的故事，本身就充满了传奇色彩，为文学创作提供了丰富的想象空间。玄奘取经进入文学叙事最早是《大唐西域记》，后其弟子慧立、彦悰撰写的《大唐大慈恩寺三藏法师传》，这部作品除了对玄奘生平事迹的记录之外，为了宣扬佛法，增加了很多宗教神话和历史传说。这两部著作对玄奘取经经过的记录成为《西游记》创作的历史基础。除此之外，《西游记》中非现实因素则来自一些民间传说和古代典籍中所记载的神魔内容。这部小说通过取经故事，塑造了孙悟空师徒几人鲜明的形象，弘扬了中国人在学习域外文化中的坚韧精神，开创了神魔小说的先

①王继光校注. 陈诚西域资料校材［M］. 乌鲁木齐：新疆人民出版社，2012：145.

河，对后世的文学创作产生了深远的影响。

西行游记发展到清朝出现了一个重要变化，就是西行的主体由僧侣、使臣变为被贬谪流放的朝廷重臣、文人学士，他们的诗词纪行之作，不仅描写了西域的边塞生活，还有对自身命运的感慨和鲜明的时代使命感。清朝文人洪亮吉因为"喜论当世事"而被流放伊犁，他根据自身经历撰写了《遣戍伊犁日记》《万里荷戈集》《天山客话》等反映伊犁风土见闻的作品。同样被贬谪到伊犁的祁韵士除了撰写西域的学术著作，还有《万里行程记》《濛池行稿》《西陲竹枝词》等文学作品传世。另外，徐松的《新疆赋》、裴景福的《河海昆仑录》、温世伦的《昆仑旅行录》和《新疆风俗考》等，都是由清朝的流放官员所创作的记游作品。

在清朝边塞诗中影响较大的有纪晓岚的《乌鲁木齐杂诗》，这是纪晓岚因"漏言获罪"被流放到新疆的贬谪之作，他在"亲履边塞，纂缀见闻"[①]的基础上把自己的边塞生活赋之以诗，共计160首，大体分为风土、典制、民俗、物产、游览、神异六个部分，内容广泛，描写了新疆社会生活的各个方面。他在自序中说，自己的创作是"追述风土，兼叙旧游"，"意到辄书，无复诠次"。[②] 这种随性而作心态下的西域抒写消弭了历代边塞诗的苦寒意象。边塞在纪晓岚笔下是花草洁幽、泉甘土沃的繁盛之地。"山围芳草翠烟平，迢递新城接旧城。行到丛

---

①纪晓岚著. 乌鲁木齐杂诗注[M]. 郝浚注. 乌鲁木齐：新疆人民出版社，1991：1.

②纪晓岚著. 乌鲁木齐杂诗注[M]. 郝浚注. 乌鲁木齐：新疆人民出版社，1991：1.

祠歌舞榭，绿氍毹上看棋枰"。① 这首开篇之作描写了乌鲁木齐山麓环绕、绿草如茵的美景，勾画了边地春意盎然、人民生活幸福的景象。同时他还特别关注西域的汉文化景观，如元宵灯谜、赛诗舞会、戏曲演出等"一如中土"，体现了作为文人学士的文化意识。民族英雄林则徐因为广州战败，被"从重发往伊犁，效力赎罪"，他把自己旅途中的日记加以整理，撰写了《荷戈纪程》，又在《乙巳日记》中记录了南疆勘察时的见闻。这些作品都是出色的游记，具有很高的文学价值。林则徐在流放期间还创作了大量的诗文，这一时期革职贬谪的痛苦经历使林则徐"诗情老去转猖狂"，在诗歌中浸透了对国家、对民族命运的关心和忧愤之情，诗风变得沉郁苍凉。他在途中致友人的信中说："今之事势全然翻倒，诚不解天意若何，切愤殷忧，安能一日释耶？"②望见达坂积雪不禁感慨道："天山万笏耸琼瑶，导我西行伴寂寥。我与山灵相对笑，满头晴雪共难消！"（《塞外杂咏》）诗人忧国忧民的满头白发与终年不化的天山积雪一样都是难以消弭的。在伊犁除夕之日他回想自己的生平经历无限感慨，在《除夕抒怀》四首中与志士发奋自勉"正是中原薪胆日，谁能高枕醉屠苏"。在赴南疆之后他被热情淳朴的维吾尔民族所吸引，创作了《回疆竹枝词三十首》，反映边疆人民与内地迥然不同的风土人情、文化艺术，描绘了一幅维吾尔民族的生活风俗画。

---

①纪晓岚著. 乌鲁木齐杂诗注［M］. 郝浚注. 乌鲁木齐：新疆人民出版社，1991：5.

②林则徐全集编辑委员会. 林则徐全集：第七册信札卷［M］. 福州：海峡文艺出版社，2002：313.

从整体上来说，清代的边塞诗无论从数量还是从质量上来说，都取得了很大发展，不但继承了汉唐边塞诗的事功精神和文学意象，而且拓展和丰富了边塞诗的题材内容，在叙事、写景方面更加细腻写实，把爱国之情的抒发和对个人身世的感怀结合起来，构成了中国边塞诗的重要组成部分。

第二章　丝路文学的现代演进

第一节　民国时期的丝路文学

民国时期西北丝路地区处在由传统向现代的缓慢转型中，相对于北京、上海这些现代文学的中心而言，发展较为缓慢，在整体上呈现出一种新旧杂陈的发展势态。一部分受到现代文化影响的本土作家，经过对传统文学的创造性转化，赋予了丝路文学新的时代内涵和现代品质。于右任、吴宓、李敷仁、杨巨川、王海帆等人采用旧体诗词的形式，表现丝路沿途的自然地理和民情风俗，虽然他们中有些人已离开本土进入现代政治文化的中心区域，但其创作却仍不失其母族文化的特质。易俗社的李桐轩、孙仁玉、范紫东、吕南仲、刘箴俗等现代文人，通过对流传在丝路上的民间戏曲——秦腔的再创作，倡导"移风易俗"的思想启蒙。"九叶诗人"唐祈把西北少数民族刚健的风格融入新诗的创作之中，建构起他的边缘诗学。丝路民歌"花儿"经过现代文人的发现与再造从地方走向了全国，焕发出新的生命活力。从整体上来看，这一时期的丝路文学已超越了古代个体性写作的叙事传统，被纳入现代民族国家的建构之中，极大地拓展了丝路文学的表现空间和时代内涵。

一、旧瓶装新酒：旧体诗与易俗社

近代以来，西北丝路由于地理交通的梗阻和生产方式的落后，"频发的战乱、灾荒和列强对边疆地区的蚕食与掠夺，进一步加剧了西北地区的贫困和落后，大大延迟了该地区早期现代化的进程，使之保留了较多传统社会的成分并被日益边缘化。"①再加上西北地区远离北京、上海等文化中心，现代出版业的发展极度落后和匮乏，无法给专业作家的形成提供充分的条件。王独清回忆自己民国初年在西安的文学经历时说到："当时投稿可以得到报酬的事几乎是连听也没有听见人说过。不但钱的报酬得不到，就连一份登着自己文章的报纸也得不到。"②在当时较为发达的西安尚且如此，西北丝路其他地区的文化环境就更可想而知。在这样一种背景之下，民国西北丝路文学创作的主体大多由官员、学者所构成，有自己的事业和固定的收入来源，并不靠文学谋生，文学只是他们表达自己个人志向的一种方式。他们大多受到良好的传统文学教育，又接受了新思想新文化，这就决定了他们的作品具有强烈的忧患意识，关注民生疾苦，针砭时弊，以传统文学的形式自觉地回应和建构着时代主题。

在现代主流文学强调和传统断裂的突变式发展中，西北丝

---

①张克非，王劲．西北近代社会研究[M]．北京：民族出版社，2008：1．
②王独清．王独清选集[M]．上海：万象书屋，1936：2．

路文学由于其边缘化的地位较多保持了和传统文学之间的联系，形式上以旧体诗词和民间戏曲的创作为主。本土文学成就最多、影响最大的是旧体诗词的创作，所谓旧体诗，最早是任叔永和胡适谈论新诗创作时提出的一个概念，"公等作新体诗，一面要诗意好，一面还要诗调好，一人的精神分作两用，恐怕有顾此失彼之虑。若用旧体旧调，便可把全幅精神用在诗意一方面，岂不于创造一方面更有希望呢？"①这里旧体诗是和新体诗相对的一个概念，在五四新文化运动中，旧体诗作为传统文学的代表是新文学首要打倒的目标，把旧体诗视为应同那个封建社会一起消亡的过时文学，倡导以白话作为语言载体的新诗取而代之。在以"现代"为价值旨归的各种版本的文学史著作中，对丝路本土旧体诗的创作几乎无一提及，这是一个被现代文学所忽视和遮蔽的精神世界和文化空间。

西北丝路旧体诗词的创作由两部分构成。一是离开家乡的文人学者、官员；另一类是生活于本土的学者。他们的创作大多采用传统旧体诗词的形式，一方面，再现了民国时期丝路沿途的自然景观、历史文化；另一方面，继承了古代边塞诗的浪漫主义精神，展现了诗人报效国家的爱国情怀。这些诗歌虽然采用了旧的形式，但是，在内容上、情感上却体现了反帝反封建的现代意识，继承了古丝路文学的爱国情怀和使命意识，是一种"旧瓶装新酒"式的对传统丝路文学和精神的再造，奏出了一曲现代的黄钟大吕。

---

①胡适. 胡适文存：卷一[M]. 北京：生活·读书·新知三联书店，2014：131-132.

　　陕西文人吴宓和于右任，他们的旧体诗词中有不少是关于丝路题材的创作，真实地记录了丝路沿途的所见所闻。对于这些出生并成长于丝路地带的现代文人来说，他们在家乡时就熟读古代典籍，接受了系统的传统文化教育，同时又在求学过程中受到现代文化的影响，拓展了知识结构和文化视野，形成了一种开放的文化心态。他们惯于以传统诗词的形式表达现代的内容和感情，以现代意识对传统诗词进行精神更新，贯通古今，融汇东西，是西北丝路旧体诗写作共同的价值取向。

　　学衡派的中坚力量陕西文人吴宓，学贯中西，但却一直以中国文化本位主义者的姿态自居。他童年时期除了熟读四书五经之外，对诗歌产生了很大的兴趣。"凡宓居三原南城东关家中时，晚间多潜入胡德厚唐，直到仲候二表兄及湘如三姐房中，与彼伉俪共读陈其年《胡海楼集》《吴梅村诗集》及1908年新出之《艺蘅馆词选》等书，并讨论诗文，获益甚多。"①除了同龄人之间的讨论，吴宓诗歌知识的增加尤得益于他的姑丈陈涛的指点，陈涛是晚清政坛中一位具有新思想的文人，旧学修养深厚，吴宓在他的指点之下谙解律韵，诗思大进。在清华学习期间，吴宓形成了自己严正的文艺观，他一再强调"文章虽为末枝，然非有极大抱负，以物与民胞为职志者，作之必不能工"，②"诗词文章，均与一国之国势民情、政教风俗息息相通"，③"国人而欲振作民气，导扬其爱国心，作育其进取精

---

①傅宏星. 吴宓评传[M]. 华中师范大学出版社，2008：15.

②吴宓. 王荆公诗[J]. 清华周刊，1915(48).

③吴宓. 夫诗[J]. 清华周刊，1916(66).

神，则诗宜重视也。"①吴宓对诗歌社会功能的重视，无疑是受到张载关学"经世致用"思想的影响。尽管吴宓后来留学欧美受到西方社会文化的影响，但是他早年在陕期间所受到的传统教育，却是决定他文学观念的价值根基。

吴宓在民国时期创作了大量的格律诗，他一再声明自己践行的是黄遵宪"以新材料入旧格律"的诗学理念，强调"文学创造家之责任，须能写今时今地之闻见事物思想感情。"②从1908年到1973年间共创作1500多首诗歌和30多首词，成为现代文学史中最有分量的古体诗人之一。其中涉及丝路文学的是他1927年"西安围城"之后由京回陕期间所作的《西征杂诗》，共105首，记录了沿途的见闻和陕西的民情风俗。吴宓在这部诗集的序言中说："行途及在西安之所闻见，辄以诗记之。"③吴宓回陕之前曾在清华大学讲授英国浪漫主义诗歌，深受拜伦的影响，《西征杂诗》就是有意效仿《恰尔德·哈洛尔德游记》第三章的写法，每首诗都独立成章，但又首尾连贯，合为一个整体。"反复讲诵，有得于心、下笔之时，不揣冒昧，径仿效之。然所谓仿效者，仅略摹其全篇之结构章法已耳，予诗之内容，乃予一身此日之感情经历，一主真切。又乌敢强同于异国诗人也哉！"④诗体采用七律，吴宓认为七律和拜伦改诗采用的"斯宾塞体"（Spenserian Stanza）最为接近，在句数、对偶、押韵方面均有共同之处。黄遵宪的"诗界革命"和拜伦的浪漫主

---

①吴宓. 夫诗[J]. 清华周刊，1916（66）.

②吴宓. 吴宓诗话[M]. 北京：商务印书馆，2005：97.

③吴宓. 序·西征杂诗[M]. 吴宓诗集. 北京：商务印书馆，2004：149.

④吴宓. 序·西征杂诗[M]. 吴宓诗集. 北京：商务印书馆，2004：149.

义诗艺共同构成了吴宓古体诗词的艺术渊源。

吴宓在《西征杂诗》中描写了回陕途中的所见所感。"文化东南金粉气，风云西北玉关情"①，"国运中华想汉唐，武功文治两辉煌。"②描写西行途中的人文景观，"鸿门高会碑犹在，垓下悲歌事已空"③，这是诗人经过新丰镇，看到镇外"鸿门遗址"碑时的感怀，"想象繁华天宝年，骊峰高处接青天"④，过去的繁华和今日的衰败形成鲜明的对比，诗人借此抒发自己的历史兴亡之感。吴宓返陕的1927年正是刘镇华的镇嵩军围攻西安之后，陕西民众生活遭受重创，作为一个现代知识分子，吴宓更为关注的是陕西本地百姓生活的疾苦，他的诗记录了解围初期战乱的创伤和劫掠后的景象："劫余情况问如何，村落萧条暮霭多。古庙农居存破瓦，屋梁门扇付樵柯。行人袄被仍徒步，军士肩枪喜跨骡。最是潼关繁盛景，承平犹似昔年过。"⑤"劫匪深宵时截客，乞儿遮道每呼饥。"⑥"泥墙土炕屋无门，人畜同栖马矢浑。"⑦"温泉喷溢无来客，村邑萧条绝灶烟。锯末油渣食未饱，枯颜皤腹见应怜。"⑧途中所见村落的萧条，房屋的破败，乞儿布满道途，食物的缺乏，民不聊生，生灵涂炭，真实地再现了战乱给西北民众生活带来的困苦。

①吴宓. 西征杂诗十九[M]. 吴宓诗集. 北京：商务印书馆，2004：151.
②吴宓. 西征杂诗四十六[M]. 吴宓诗集. 北京：商务印书馆，2004：154.
③吴宓. 西征杂诗四十五[M]. 吴宓诗集. 北京：商务印书馆，2004：154.
④吴宓. 西征杂诗四十七[M]. 吴宓诗集. 北京：商务印书馆，2004：154.
⑤吴宓. 西征杂诗三十九[M]. 吴宓诗集. 北京：商务印书馆，2004：153.
⑥吴宓. 西征杂诗四十一[M]. 吴宓诗集. 北京：商务印书馆，2004：154.
⑦吴宓. 西征杂诗四十三[M]. 吴宓诗集. 北京：商务印书馆，2004：154.
⑧吴宓. 西征杂诗四十七[M]. 吴宓诗集. 北京：商务印书馆，2004：154.

《西征杂诗》真实地再现了民国年间陕西的风俗和民众的生存境况，吴宓在诗集中详细地描写了西安春节期间的民俗，体现了诗人自觉的民俗意识。"易世谁修风俗史，开元旧侣已无多。"①除夕之夜的祭祀，"乙曾冠带祀明禋，土地龙王与灶神。香烛纸钱陈酒醴，枣梨修脯奉尊亲。"②鼓楼附近的灯市，"抚衙邻近鼓楼东，灯市如山锦绣丛。"③尤其是春节期间西安当地民众赛会的盛况，"彩楼社户斗春阳，毂塞肩摩满市狂。"④赛会是西安各地在春节期间举办的民间娱乐活动，也就是今天所说的"社火"，内容包括社户、柳木腿、龙灯、狮子舞等节目，吴宓曾在日记中详细地记载了他九岁时在西安观看赛会等活动的盛况，并趁祖母外出之际，让继母为他加钗环，施脂粉，装扮成社户中的少女，并命家中仆婢以"小姐"称之，儿时的趣事和眼前的盛况让诗人流连忘返。其次，吴宓在诗中还满怀兴致地写到西安当地的各种小吃，"细米醪糟荞粉炒，长条活落（饸饹）甑糕剜。冻猪头与腊羊肉，太后饼兼柿面团。"⑤诗中所铺叙皆是陕西特色美食，充满了生活的情趣，诗人常在其中流连忘返。

现代政治家于右任在现代报刊和教育事业中做出了巨大贡献。同时他还在书法和诗歌方面取得了很高的艺术成就，是早期南社诗人之一，创作了近九百首诗歌，以古体和七律见长，

---

① 吴宓．西征杂诗七十七［M］．吴宓诗集．北京：商务印书馆，2004：157.
② 吴宓．西征杂诗七十一［M］．吴宓诗集．北京：商务印书馆，2004：157.
③ 吴宓．西征杂诗七十六［M］．吴宓诗集．北京：商务印书馆，2004：157.
④ 吴宓．西征杂诗七十八［M］．吴宓诗集．北京：商务印书馆，2004：158.
⑤ 吴宓．西征杂诗八十［M］．吴宓诗集．北京：商务印书馆，2004：158.

主要作品收录在《于右任诗词集》《于右任先生诗词词墨》之中。于右任的诗歌中有不少是关于丝路题材的创作。这些作品主要集中在两个阶段。一是1917—1922年间回陕领导靖国军和北洋军阀作战时期，这一时期是于右任政治生涯的一个重要阶段，他是时代浪潮中的勇士，深切的忧患意识和斗争精神成就了他诗歌创作的高峰期。第二是他在40年代两次因公沿着丝路古道考察时的时期。于右任有很多诗都是在行旅途中创作的，《潼关道中》《高陵道中》《淳化西行道中》《天水道中》《度陇杂诗》《河西道中》《庙儿沟出游》等。这些创作于旅途中的诗歌绝非古人寄情山水之作，而是融汇了对国家命运和民众疾苦深切的忧患意识。"给人一个总的印象：诗人在不断行进之中，风尘仆仆，车马匆匆，举手劳劳，席不暇暖，读之令人昂扬振奋，不甘老于牖下。它们有一种特殊的感召力，和那些花前月下，流连光景，吟风弄月，征歌逐酒之作，实在有天壤之别。"①这些诗歌从类型上来说有行旅诗、咏史诗、文化诗等。于右任的诗继承了传统诗词尤其是北方诗人李白的浪漫主义情怀，具有鲜明的时代意识和史诗价值，被柳亚子誉为"卅年家国兴亡恨，付与先生一卷书"。于右任在旧体诗词方面做出了重要的贡献，姚雪垠在为《于右任诗歌萃编》所作的序中说道："我在几年前发表过一封给茅盾同志的信，提出关于中国"大文学史"的编写方法，其中谈到像于右任、柳亚子等许多人的诗歌作品，都应该看作是中华民族的文学财富，在大文学史中

---

①任访秋编. 中国近代文学史[M]. 郑州：河南大学出版社，2009：242.

应该有一定地位。"①

于右任和吴宓的诗歌观念都受到黄遵宪"诗界革命"的影响，强调在传统诗词的形式中融入新的时代意识，他曾提出现代人古体诗歌创作的几个原则："1. 时代精神必反映于诗歌之中，则诗歌永存，此时代亦永存。2. 发挥诗歌之用，应充实其内容，取为宣传之具，然后始有生命。3. 基于以上观点，诗人应使读者易于了解其作品。含义不可过于晦涩。"②于右任倡导要在传统形式中表现新的内容，新的时代精神，"是时代之名言，亦最符合于古调。"③在于右任看来，诗歌绝非是个人怡情的玩具，而是大众言志的工具，他主张作旧诗的，也宜有兼容并包的襟怀，择善而从的雅度。取旧诗之所长，补新诗之所短。把新诗和旧诗融会贯通，既能反映时代心声，又符合古调，于右任的诗歌理念和创作实践，在中国新体诗发展中具有沟通古今的桥梁作用。

于右任诗歌中最为动人的是其忧国忧民的精神，他的诗歌很少有流连风景、吟风弄月之作，"先生之诗，为国家、为民族作。非小我之吟咏也。"④1941 年于右任在参观敦煌时，创作了《敦煌纪事诗八首》《万佛峡纪事诗》等，面对敦煌丰富灿烂的文化遗存，感慨"醇醇文艺民族海，我欲携汝还中原"，"三

---

①姚雪垠. 于右任诗歌萃编·序[M]. 西安：陕西人民出版社，1986：15.

②编者. 于右任先生及其诗[J]. 民族诗坛，1938，2(2).

③编者. 于右任先生及其诗[J]. 民族诗坛，1938，2(2).

④编者. 于右任先生及其诗[J]. 民族诗坛，1938，2(1).

危山下榆林窟，写我高车访画行"。① 同时，于右任超越了艺术家单纯的审美观照，从一个爱国知识分子的立场，呼唤国人对民族文化的保护意识，"敦煌学已名天下，中国学人知不知"。② 历史上的丝绸之路不仅是一条灿烂的艺术交流之路，而且是一条报国建功之路，于右任的诗继承了古代边塞诗的爱国情怀和浪漫主义精神。在登上甘肃敦煌鸣沙山时，诗人壮志满怀地写道"立马沙山上，高吟《天马歌》"，③ 热情地呼唤英雄的出现。在早期的《杂感》中，于右任谴责了伯夷、叔齐"心中有商纣，目中无商民"的行为，抒发了自己"报仇侠儿志，报国烈士身"的爱国情怀。他于 1910 年创作的《安得猛士兮》中写道："昆仑风起兮云变色，安得猛士兮守西北。声撼胡儿消反侧。东风起兮又朔风，安得猛士兮守满蒙。金戈铁马一英雄。"④这首诗借刘邦的《大风歌》表达了自己要做一个为国奋战的英雄。1917 年于右任回陕途中创作的《潼关道中》："慷慨同仇有古风，开关几次出关东。河声岳色天惊句，写出秦人血战功。"⑤于右任此次返陕欲与井勿幕商议策应西南共讨北洋军阀之事，这是他过潼关时所作。潼关自古以来就是兵家的必争之地，历史上，秦人守卫古关的战功激励着于右任的革命精神。

---

①于右任著. 马天祥，杨中州编. 于右任诗词选注[M]. 西安：陕西人民出版社，1984：276.

②于右任著. 马天祥，杨中州编. 于右任诗词选注[M]. 西安：陕西人民出版社，1984：272.

③于右任著. 马天祥，杨中州编. 于右任诗词选注[M]. 西安：陕西人民出版社，1984：275.

④于右任著. 刘永平编. 于右任诗集[M]. 北京：团结出版社，1996：34.

⑤于右任著. 刘永平编. 于右任诗集[M]. 北京：团结出版社，1996：62.

可以说，正是丝绸之路历史上所涌现出的英雄人物和他们的事迹，孕育和影响了于右任的爱国意识和英雄情怀，他几次沿丝路古道西行，创作了《班超》《班固》《马援》《出游显云台至将军山》等缅怀丝路历史人物的诗歌，抒发了自己"谅为烈士当如此，好男儿要死边"[1]的壮志豪情。

于右任的诗中有大量关于丝绸之路沿途自然景观和民俗风情的描写，古代边塞诗大多是在征战背景下展开的，往往会通过对沙漠、落日、风雪等景观的描写渲染出苦寒萧瑟的气氛。于右任的边塞诗疏离了征战的叙事场域，更关注边塞新奇的自然地理和民俗风情。水文、花草、瓜果、风俗这些生活场景成为诗歌表现的重要内容，他的写景诗常有精彩之作，尤其是他几次西行创作的反映边塞风情的诗歌，语言明丽流畅，气魄恢宏。1922年于右任在陕西靖国军解散之后，从陕西进入甘肃抵达上海的过程中，创作了大量记录沿途见闻的诗词。甘肃与陕西迥异的自然风景最先吸引了诗人的关注。"野人都望岁，植物自分疆。处处生甘草，家家种大黄。"[2]甘草和大黄是产于甘肃、青海等地的植物，具有药用价值，也是中国和西域各国进行贸易交流的重要内容之一。《陇头吟》记录了陇南特殊的水文和自然现象："陇南流水向南流，处处花开倒挂牛，消却行人无限恨，众香丛里到秦州。"[3]描写新疆天池："雨过高峰

①于右任著. 马天祥，杨中州编. 于右任诗词选注[M]. 西安：陕西人民出版社，1984：14.

②于右任著. 刘永平编. 于右任诗集[M]. 北京：团结出版社，1996：124.

③于右任著. 马天祥，杨中州编. 于右任诗词选注[M]. 西安：陕西人民出版社，1984：148.

雾忽开，月明照影一徘徊。醉余挥洒天山上，似向瑶池洗砚来。"诗中所说"瑶池"即传说中西王母在昆仑山上所住的地方。描写哈密的异域风情："少枣花香人已远，甜瓜味美誉无穷。"还有对丝绸之路少数民族生活的描写："投宿竹林寺，摩崖时隐见。昔年焚王宫，今作回回店。回儿六七龄，自云天赐剑。我杖六股藤，儿曰此木善。容欲择佳者，山前山后遍。转瞬缘树枝，攀崖技独擅；隐约十丈间，树动儿不见。儿登我战栗，杖得儿欢忭。问儿惧怯否？曰如平地便。深林有大虫，遇之使人颤！"①这是于右任途经甘肃竹林寺所作，描写了回民儿童高超的攀爬本领，诗人的担忧害怕和"回儿"的镇定自若形成一种富有意趣的对比，读来让人感觉妙趣横生，体现了于右任诗歌轻快幽默的一面。

于右任的诗题材开阔，风格雄浑刚健，继承了丝路文学"骏马秋风"的阳刚之美。作为南社诗人的一员，于右任的诗风与大多数出生于南方的南社诗人大为不同，很多南社诗人受六朝绮丽诗风的浸染，诗歌题材比较狭窄，感伤情绪较重，鲁迅曾称南社诗人苏曼殊为"颓废派"，缺乏雄伟之气。于右任的诗风则元气淋漓、气势磅礴。"鞈辂声洪，而无波俏夭媚之陋。盖先生生长三秦，不染南人之习，卓然大方，为从古关中诗人共有之特色。"②于右任的诗格调高昂，很少有消沉之气，如他所作的几组《陇头吟》："马上高歌莫回顾，老来兵散过秦州。"③"振臂一呼此启疆，河山耕牧势犹强。早知骑射雄西北，

①于右任著. 刘永平编. 于右任诗集[M]. 北京：团结出版社，1996：125.
②编者. 于右任先生及其诗[J]. 民族诗坛，1938，2(2).
③于右任著. 刘永平编. 于右任诗集[M]. 北京：团结出版社，1996：131.

今见威仪视帝王。"①"陇头"即指陇山，位于陕甘交界，是丝绸之路的一个重要通道，陇山、陇水都成为汉唐以来很多诗中的重要意象，王维、卢照邻、陆游等人都曾以此为题作诗，受到民族战争的影响，这些诗歌的风格大多沉郁悲愤，于右任对陇山这一意象的描写很少流露悲伤情绪，体现了积极进取的时代精神。于右任所处的民国时期，民族国家的危亡上升为时代的主题，各民族都纳入反帝反封建的斗争之中，民族团结就成为边塞诗的一个重要内容，"四海一家歌且舞，夕阳红映庙儿沟。"②"游牧天山上，天山是我家。"③诗人即使处于革命遭遇挫折和失败之时，也往往着眼于西北各民族中蕴含的革命力量的发掘和呈现，"兵挫心犹壮，途长气益增"，④极为典型地体现了民国时期丝路文学内涵的演变和刚健进取的审美风格。

旧体诗的创作也广泛地存在于其他西北丝路本土诗人的创作中，如甘肃文人安维俊、刘尔炘、巨国桂、祁阴杰、田骏丰、许承尧、王树中、张松龄、任承允、杨凌霄、李士璋、李长林、杨巨川、王海帆等人，他们创作的旧体诗词大多是山水田园诗和酬唱应和诗，内容上或抒发个人情志，或哀叹时事变迁。陇西诗人王海帆认为诗歌创作要见其性情。他的《凉州道中》一诗意境开阔旷远，风光豪迈俊爽。"霸气横千古，风光荡客愁。远山随鸟没，涧水拖云流。健鹘盘深草，苍烟落戍

---

①于右任著．刘永平编．于右任诗集[M]．北京：团结出版社，1996：130.

②于右任著．刘永平编．于右任诗集[M]．北京：团结出版社，1996：289.

③于右任著．刘永平编．于右任诗集[M]．北京：团结出版社，1996：291.

④于右任著．刘永平编．于右任诗集[M]．北京：团结出版社，1996：132.

楼。胡尘风烽燧息，千里好宁眸。"①这首五律回顾了武威曾经辉煌的历史，并描绘了远处的山林随着飞鸟隐没，洞水拖着云气奔流，鹰隼在草原上空盘旋，苍烟在戍楼周围萦绕，这些景色构成了一派和平宁静的塞上风光。但是从整体上来说，这些身处边远地区的文人诗歌，题材相对来说局限于个人情致的抒发。"即今赢得清闲福，莫怨春归客未归。""年来万虑都抛却，毕竟今吾胜故吾。"②（《丙申除夕，塞上感怀》）总体上疏离于时代主潮，所产生的影响极为有限，"陇右诗歌在近代阒寂无声，缘于人性之悃朴无华不喜表襮者一，缘于物质之供求有限不易表襮者又一。加之交通阻塞，声气暌隔，学者散居荒山老屋之中，师友寥落，孤芳自赏。"③

民国时期的新疆由于长期受到军阀混战的影响，经济文化十分落后，占据主流的是少数民族诗歌和民间说唱文学，几乎没有小说、散文等其他新文学类型。这首先是因为新疆地区具有悠久的诗歌传统，《格萨尔》《玛纳斯》《江格尔》是流传于新疆的民族史诗。抗战时期，新疆成为大后方，茅盾、赵丹、杜重远等文化名人远赴新疆，把新文学的火种带到新疆，为新疆文学的发展做出了重要的贡献。这一时期涌现出众多的少数民族作家，如维吾尔族诗人黎-穆塔里甫、作家祖农·哈迪尔和哈萨克族诗人唐加勒克等，他们写下了不少优秀的诗歌和小说，奠定了新疆现代文学的基础。维吾尔族作为新疆的主体民族拥有发达的文化，如9—13世纪喀喇汗王朝时期的大诗人玉

---

① 安维俊. 陇右近代诗抄[M]. 兰州：兰州大学出版社，1988：425.
② 安维俊. 陇右近代诗抄[M]. 兰州：兰州大学出版社，1988：115-116.
③ 王干一，路志霄编. 陇右近代诗钞[M]. 兰州：兰州大学出版社，1988：3.

素普·哈斯·哈吉甫的《福乐智慧》，还有流传已久的英雄史诗《艾里甫与赛乃姆》等作品。诗人阿布都哈里克熟悉汉文经典名著，用维吾尔语和汉语创作了 200 多首诗歌，《痛苦的时代》《夏夜》《愤怒与痛呼》是其代表作，具有鲜明的反抗意识和启蒙精神。

民国时期西北丝路的民间戏曲——秦腔非常活跃，取得了丰硕的创作成果。秦腔是起源于陕西、甘肃等地的民歌小曲，陕甘古为秦地，故称秦腔，后沿丝绸之路的民族交往广泛地流行于陕、甘、青、宁、新等地。这一古老的剧种在现代意识的观照之下，焕发出新的光彩，涌现出了很多创作和演出的民间团体，诞生了大量具有"启蒙"精神的秦腔作品。对于西北这些相对闭塞的地区来说，戏曲的革新对开启民智、传播新思想发挥了重要作用。尤其是陕西的易俗社，这是民国时期陕西一批具有民主主义思想的先进文人创办的秦腔班社，也是一个集戏曲教育和演出为一体的新型艺术团体，该社以"辅助社会教育，启迪民智，移风易俗"为宗旨，培养了范紫东、孙仁玉、李桐轩、高培支、吕南仲等一大批剧作家，创作了《三滴血》《软玉屏》《三回头》《柜中缘》《夺锦楼》等优秀剧作，提升了戏剧创作的文化内涵。在易俗社的影响之下，西北丝路沿途相继出现了很多新式的戏剧团体，甘肃的化俗学社、维新社、新兴社、新声社，宁夏的觉民学社，把秦腔这种地方戏曲的创作和演出活动推向高潮，对戏曲改革做出了重要的贡献。

二、唐祈的边缘诗学

民国时期的丝路作家更多地保持了和传统文学之间的继承

关系，唐祈的出现则提升了丝路文学的现代品质。在中国现代文学史上唐祈不仅是"九叶诗派"的一个代表诗人，更是西北丝路文学的一个典型作家，他的创作体现了南北文化、现代文化和传统文化融合的趋势。这个出生于江南的现代诗人，却和西北丝绸之路结下了不解之缘，他人生中的重要阶段都是在甘肃和陕西等地度过的，西北高原的地域风情和民族文化构成了他诗歌美学中的重要元素。和历史上众多踏上丝绸之路的边塞诗人一样，唐祈通过对丝路文化的创造性书写建构起他的边缘诗学。"通过运用西北少数民族刚健的精神资源和朴拙的文本资源这些'生料'（raw materials），来更新或补充熟透了的汉语中心主义文明，使他的诗歌在文化语境里给人以一种起死回生、重新出发的感觉。这一点，使得唐祈跟九叶诗派中的其他诗人区以别焉，或者说具备了他自己独特的文化符码。"①

唐祈 1920 年出生在江西南昌，18 岁时在抗战的炮火中跟随到甘肃任职的父亲来到兰州，开始了他的西北生活，在这里他第一次领略到西北的地理风光，少数民族的歌谣和风俗。在唐祈来兰州之前，从他爱好古体诗的母亲的诗中，"就出现了边塞风雪啦，阳关柳色啦、思念故人一类的词句……我沉浸在一种似乎摸不清、看不见、也说不清的美的幻想和形象的世界中。"②这些诗歌中所体现的边塞风情激起了唐祈对西北的想象和向往，他写下了一首《旅行》，"你，沙漠中的圣者，请停留一下，分给我孤独的片刻。……我要去航行阿拉伯，远方的风

---

①北塔. 我俩都是东南西北——琐忆"九叶"诗人唐祈先生[J]. 诗探索，2015（7）.

②唐祈. 唐祈诗选·后记[M]. 北京：人民文学出版社，1990：192.

会不会停歇，沙砾会死亡一般静默。……沉思里，我观看星宿；生命在巴比伦天空，突然显得局促。"①这首诗中所描写的不仅有"沙漠""远方的风""沙砾"等对西北自然风景的想象，还有"阿剌伯""巴比伦"这个由丝绸之路所串联起来的阔大的历史文化空间，从中可以看到诗人对西北丝绸之路的历史和宗教是比较熟悉的。诗歌中体现了唐祈在远赴西北之前对这个异域的地理文化空间复杂的感情，其中有对边塞风情的憧憬和向往，也有对由丝绸之路连接起的未知世界的迷茫。这首诗的艺术构思明显受到《圣经》中所罗门之歌的影响，采用单纯而凝练的形式表达了丰富的内涵，以一种西方现代新诗的写作经验更新了边塞诗的书写方式。

从 1938 年到 1945 年，在西北的八年是唐祈诗歌创作的重要阶段。他先后考入甘肃学院和位于陕西城固的西北联合大学学习历史，在此期间结识了沙蕾、陈敬容、刘育斋、张洁忱、赵西、牛汉等一批文人，开始逐渐走上诗歌创作的道路。西北联大那种自由开放的思想氛围使唐祈受到了良好的文学教育，文学系留学法国的盛澄华先生对唐祈诗学观念的形成产生了很大的影响，此时的唐祈正在尝试中国式十四行诗的写作，在内容、形式、音韵、结构等方面都得到了盛澄华先生的悉心指导，使他对把西方十四行诗移植到中国新诗的尝试树立了信心。唐祈用十四行诗的形式表现西北丝绸之路上特有的地理景观和民族文化，创作了组诗《辽远的故事》和《仓央嘉措》，西

---

①唐祈. 旅行[M]. 王圣思编. 海上文学百家文库. 上海：上海文艺出版社，2010：261.

北地区浩瀚的沙漠，宏阔的草原，这种空间所带来的大视野造就了唐祈诗歌创作的大格局，对西北丝路文化的表现加深和提升了诗歌的历史内涵。

唐祈诗歌中对西北丝路民族文化和精神风貌的表现，体现了一种南北文化的融合，是一种自觉的文化选择。南北不仅是自然地理上的差异，在此基础上产生了中国传统文化的两大分支——长江流域文化和黄河流域文化，进而影响到南方文学浪漫主义和北方文学现实主义风格的形成。古代诗歌由于交通的落后制约了文化与文学之间的交流，两类风格之间的分离和差异占主导地位，现代交通的便捷使文化的交流成为趋势，多种风格的融合就成为中国新诗创作中的一种普遍现象。

唐祈曾多次漫游在青海、甘肃、新疆的丝路古道上，这里和南方迥异的自然景观，浩瀚的草原和少数民族的异域生活都给他带来新奇的视觉和心理感受，陌生化体验极大地激发了诗人的创作激情。

他曾经充满深情地谈到对西北异域风情的感受：

> 这趟旅行，使我又看到了辽阔的大草原，稀稀落落的蒙古包、帐篷、放牧的羊群、牛群，不过是地平线上浅浅的一条杂色的线，而蔚蓝的天空广阔得一望无边，远处和近处堆织着大海里白浪一般望不尽的云彩，粗粗一看云是静静地凝住不动的，稍有转眼却又变化无穷，令人惊叹大自然的美。而在藏胞的帐幕里我又听到了动人的情歌，再次听到了流传在群众口里的仓漾嘉措的情诗，尤其是在青海西宁鲁萨尔镇的金

> 瓦寺里，我看到了金碧辉煌而又幽暗阴森的庙宇和经
> 堂，香烟缭绕的庄严的佛殿，接触到当时黄教和黑教
> 的喇嘛僧侣，和许多蒙、藏、羌族等兄弟民族的生
> 活，我完全被他们真挚、纯朴、善良的感情所感动，
> 为一些新鲜和美好的生活图画吸引住了。①

从这段话我们可以看出，唐祈对西北的认识不是旅人猎奇式的浮光掠影，而是带着南方的文化底色积极地融入西北民族的生活之中，西北带给他的不仅是与江南迥异的自然风景的冲击，还有少数民族丰富多彩的艺术生活和淳朴善良的品质，他了解了回族穆斯林的宗教生活，维吾尔族辉煌而又古老的历史，还有蒙古族老牧人用马头琴奏出的英雄史诗和藏族女歌手唱出的优美民歌。这些都成为铭刻在诗人心灵中的印痕，是鲜活的生活感受留在内心深处的形象结晶，他们最终都以艺术的方式进入到唐祈的诗歌创作之中。这种建立在情感认同之上的审美感受，为唐祈把南方文化的灵秀细腻和西北边塞的粗犷豪放成功的融合在一起提供了艺术的可能。

唐祈带着南方人的文化经验来观察和体认西北的地理风情。他创作于青海西宁的《游牧人》中对羌族少女的描写，"看呵，古代蒲昌海边的羌女，你从草原的哪个方向来？山坡上，你像一只纯白的羊呀，你像一朵顶清净的云彩。游牧人爱草原，爱阳光，爱水，帐幕里你有先知一样遨游的智慧，美妙的

---

① 唐祈. 在诗探索的道路上[J]. 诗探索，1982(3).

笛孔里热情是流不尽的乳汁，月光下你比牝羊更爱温柔地睡。"①这是一个携带着南方抒情传统的诗人对羌族少女的浪漫主义想象，以比喻的手法写出了牧羊女纯洁天真的意态。第二节中诗人通过进一步的情感抒发，把对牧羊女的描写从外形推进到内心世界，写出她对草原、对阳光、对自然、对生活的热爱，她还有古代先知一样的智慧，有比牝羊更温柔的情态。和古代边塞诗中那种飞沙走石的风景描写相比，唐祈对西北边塞生活的描写充满了田园牧歌式的恬静和谐，这种以浪漫抒情的方式对西北的书写使唐祈的诗歌充满了一种艺术上的张力。诗歌中所说的"古代蒲昌海"就是我们今天所说位于新疆东部的罗布泊，这里曾是历史上水草丰美的牧场，羌族曾在这一带放牧为生，诗人之所以要采用古老的名称，意在唤起读者对历史的联想，增强了诗歌的边疆色彩和文化内涵。

创作于青海鲁萨尔镇的《拉伯底》，描写了西北少数民族虔诚的宗教信仰。这首诗源自诗人在生活中的真实见闻。拉伯底是一位从南疆来鲁萨尔镇膜拜神祇的老牧人，他抛弃了自己的家人、房屋和牛羊，为了虔诚的信仰，"从风雪的天山走到戈壁的夏日，荒凉的祁连山下有跪拜的脚迹"②，在向宗克巴神膜拜之后的夜晚，死在了异乡寺院的门外，诗人以客观节制的态度描写了少数民族宗教信仰的虔诚。还有描写在甘肃兴隆山为成吉思汗守灵的蒙古妇人的《蒙海》，诗人首先刻画了她

①唐祈. 游牧人[M]. 王圣思编. 海上文学百家文库. 上海：上海文艺出版社，2010：263.
②唐祈. 拉伯底[M]. 王圣思编. 海上文学百家文库. 上海：上海文艺出版社，2010：263.

外形上的民族特质，"她说着一串难懂的言语，告诉我来自遥远的沙布尼林。她穿着旧日的马靴和羊皮衣，头套上的珠子夸着衰落贵族的富丽，她唱着一支牧羊女的谣曲，说是成吉思汗的后裔。"①这些服饰和语言上的民族色彩构成了诗歌审美的对象，紧接着诗人从外貌的描摹走入对她内心世界的展现，描写了她对英雄的崇拜和对故土忧伤的怀念，"蒙海，突然静止在谣曲的回响里，像远方鞭牧着马羊的故乡。"②这些诗从不同的角度讲述着发生在丝绸之路上的人物和生活故事，现实和历史交织在一起，构成了西北特有的地理文化空间。

唐祈在新时期重返文坛之后重新开始了对西北的书写，创作了《敦煌组诗》《边塞的献诗》《伊犁组诗》《牧归》《天山情歌》《阿丽库依》《红柳》《沙漠》《驼队向西》等，这些诗描绘了草原人的生活、爱情和艺术，延续了他早期诗歌中浪漫主义的抒情风格，奏出了一曲曲单纯明快的西北牧歌。

三、"花儿"的发现与再造

丝绸之路是一个多民族杂居和融合的核心地带，产生了众多富有地域特色的民间艺术，在现代文学民族化和大众化的道路上，这些风格鲜明的丝路文艺都曾发挥过重要的作用，其中影响最大的是流传于丝路本土的民歌"花儿"。"花儿"是丝路本土民间文学的一个重要类型，是明清以来流传在甘肃、青

---

①唐祈. 拉伯底[M]. 王圣思编. 海上文学百家文库. 上海：上海文艺出版社，2010：266.

②唐祈. 拉伯底[M]. 王圣思编. 海上文学百家文库. 上海：上海文艺出版社，2010：266.

海、宁夏、新疆四省、区的一种民歌形式，有独特的歌词格律和曲调旋律，在汉族、回族、东乡族、保安族等民族中广为传唱。现代以来知识分子对民间歌谣的整理和研究，推动了"花儿"开始从一种民间的自在状态，走向了丝路文化与文学的自觉。

"花儿"产生和传播的甘、青、宁地区是古丝绸之路的核心地带，在历史上是汉族和游牧民族交流融合的枢纽，"花儿"正是丝绸之路多民族文化融合之下的产物。青海"花儿"研究专家刘凯指出了"花儿"作为多民族文化的特点："'花儿'是多民族使用同一种语言唱着的歌。""'花儿'是既跨省(区)又跨民族流传的歌。""'花儿'是一种蕴含着多民族音调的歌。""'花儿'是一种反映着多民族语言现象的歌。"[1]"'花儿'这种作为世界各族群民间文学里普遍存在的歌谣这一民间文化形态，正是出于它特有的自然地理的生态环境和地缘关系，它历史上族群文化交流积淀、丝路的开通，'西域'和北方各族群的流动、迁徙和相融，共同融合所创造的文化生态，才孕育了这支耀人的'花儿'——八个民族的民众共爱的艺术奇葩。"[2]多民族在迁徙和流动过程中形成共有的文化环境，使"花儿"突破一地一隅的界限，在黄土高原、青藏高原、天山南北之间广泛地传唱，各民族的音乐资源为"花儿"的诞生赋予了浓郁的地域特色。学界对"花儿"的起源和族属问题有多种看法，张亚雄说："我认为唐玄宗李隆基征歌选舞取法西凉，驻在河西

①刘凯. "花儿"——蕴育成长于西部的独特民歌[C]. 昆仑文化论集. 西宁：青海人民出版社，2000：399-413.

②陈元龙. 中国花儿新论[M]. 兰州：甘肃文化出版社，2004：11.

一带的节度使，不断地向皇帝进贡'伊凉诸曲'，伊凉诸曲最短小者只有四句，当是'花儿'的格调。"①孙殊青认为："宋代所谓的'番曲'，就是指甘肃青海一带的曲子。"②武宇林提出："回族是'花儿'传唱的主要民族"，"花儿的源头可以追溯到古羌人的乐舞时代。"③学术界对"花儿"起源的时间和民族的不同看法，从一个方面说明了"花儿"的多民族属性，它不是某个封闭单一的民族文化的产物，而是一种跨地域、跨民族的艺术类型。从"花儿"的语言构成来说，"花儿"是在汉语的基础上发展起来的，尽管东乡、撒拉、保安等民族都有自己的语言，但是在"花儿"的演唱中却都采用汉语。也有一些"花儿"的歌词在汉语中融入了少数民族的语言，如有汉语撒拉语、汉语土族语、汉语东乡语、汉语藏语合璧等多种类型，在"风搅雪花儿"中就有"沙马尔当白大豆，让套水磨上磨走，阿若索麻新朋友，察图尕炕上坐走"。④ 这里每一句都是汉藏结合，"沙马"意为"豆子"，"尔当"意为"白色"，"让套"即"水磨"，"阿若"意为"朋友"，"索麻"意思是新的，"察图"意为"热炕"，异语同义，汉藏交替的重叠表达形成了一种独特的艺术韵味。其次，"花儿"的曲调高亢洪亮，音节颤动委婉，在中原音乐中找不到类似的渊源，只能在羌族、藏族、回族的少数民族那里找到相似的韵律。这种高亢的调子产生于荒漠寒冷地

---

①"少年"(花儿)论集[C]. 中国民间文艺研究会青海分会编印，1982：210.
②"少年"(花儿)论集[C]. 中国民间文艺研究会青海分会编印，1982：106.
③武宇林. "花儿"与回族民俗文化——兼谈"花儿"的族属问题[C]. 中国回族研究论集(第2卷). 银川：宁夏人民出版社，2007：12.
④赵宗福. 花儿通论[M]. 西宁：青海人民出版社，1989：212.

带，高声唱歌不仅是一种对孤寂的排遣，也是一种抵抗寒冷的有效运动，体现了丝路人民艰苦卓绝生活方式和豪迈的情感。所以说"花儿"是一种跨地域、多民族共同创造的艺术，"是汉语、回调、藏风的优美民间文学。"①

作为一种丝路民歌的"花儿"，它首先反映了丝路沿途的自然风貌和民情风俗。民歌大多都是就地取材，没有经过文人辞藻的修饰，具有强烈的地域特点。丝路沿途的地理风景往往是"花儿"用来起兴的题材。如："西宁的大路通兰州，嘉峪关通的是肃州。""十八条骡子盘泾阳，盘不到泾阳的路上。"②"西宁丹噶尔古鄯驿，巴州的街头里过了。""西宁城里的面店子，兰州城里的酒坊。"③"花儿'的创作者和演唱者大多都是出门在外的商人、脚夫、"驼户"、"筏子客"等流动人员，"花儿"流行的甘、青、宁地区，很多都是由沙漠戈壁所构成，气候上又干旱少雨，很多人为了生计不得不出外经商谋生，充满了艰辛和孤寂，"花儿"是为了排解旅途的烦闷和单调的娱情之作，所以其中有很多对丝绸之路的地理交通状况的描写，以脚下之路、眼前之景引起所抒之情、所念之人。河州"花儿"中有一种"脚户令"，就是专门反映赶马人生活的曲调，表现了赶马人商旅生活的寂寞和孤独。"大叶白杨细叶柳，把你好比：沙糖、黎膏、糯米粽子、林檎、苹果、肉连酒；"④"羊肉一碗姜

---

①张亚雄. 花坛往事及花儿探源[J]. 雪莲，1980(3-4).

②张亚雄. 花儿集[M]. 北京：中国文联出版社，1986：53.

③张亚雄. 花儿集[M]. 北京：中国文联出版社，1986：155.

④张亚雄. 花儿集[M]. 北京：中国文联出版社，1986：79.

一碗，羊肉里和干粉哩。"①歌中所叙皆是丝路地带的特产，表现了对本土家园的热爱之情。还有对丝路沿途人民生产方式和生活状态的描写，"上山者打了个梅花鹿，下山打了个野狐。""白马儿放到柳林里，牛皮账房扯在草里。""青丝绾下的捕鱼网，下不者清水的浪上。"②这几句道出了丝路地带少数民族人民的渔猎生活方式。"黄牛黑牛者驾三对，再驾上两对者五对。""手拿的铲铲把草铲，你剹的头蹓么二蹓。"③"驾牛""铲草"，这是对丝路人民农业生活的描写，语言上简单质朴，反映了当地人民农牧杂居的生活情趣和意态。

"花儿"生动地呈现了丝路人民丰富的情感世界和精神品格。爱情是"花儿"中最为重要的题材，在"发乎情止乎礼"的儒教传统占主流地位的中国，公开直接的谈情说爱被视为淫乐之声，要遭到谴责和压制。而在"花儿"这种由文化程度不高的底层民众所创作的山歌中，对爱情大胆热烈的歌唱和渴求却是其最为重要的内容。"花儿本是心上的话，不唱时由不了自家，刀刀拿来头割哈，不死就这个唱法。"④抒发内心炽热的情感，倾诉对心上人的爱恋之情，是"花儿"的主要内容和情感本质。"好话说到个心肺上，心软了把阿哥要上。""画龙画虎者画月亮，尕妹的模样啦画上。""一晚上想你者睡不着，夜长者等不得亮了。"⑤这些歌词都借物起兴，抒发了男女之间真诚

①张亚雄. 花儿集[M]. 北京：中国文联出版社，1986：163.
②张亚雄. 花儿集[M]. 北京：中国文联出版社，1986：158.
③张亚雄. 花儿集[M]. 北京：中国文联出版社，1986：160.
④赵宗福. 花儿通论[M]. 西宁：青海人民出版社，1989：134.
⑤张亚雄. 花儿集[M]. 北京：中国文联出版社，1986：148.

的爱慕之情和相思之情。"花儿"中对相思之情的大量表现绝
不是偶然，因为创作的主体大多是出门在外的人所创作的，长
期的分别和孤寂的旅途使相思成为一种重要的情感体验。还有
表现对爱人的崇拜和痴情："上下庄子上你一个，人伙里为王
者哩。""出门游了十三省，人伙里挑下你了。"①"人伙里为王"
表现了女子对所爱之人的认可和崇拜，后一句则与士大夫阶层
"曾经沧海难为水，除却巫山不是云"有异曲同工之妙，但表
达方式却更直接、更大胆，表现了丝路人民情感的直率和坦
白。丝路沿线地带艰苦的自然环境和游牧文化的影响，使人民
形成一种强悍大胆的性格气质，这种精神特质也表现在对爱情
的追求中。"为你的身子我挨打，青刀子进去，红刀子出来我
不怕。""手拿铡刀取我的头，血身子陪你者睡了。"②这些直接
泼辣的爱情表白是一种从苦难中升腾起来的对生命的热爱，这
是丝路"花儿"的主旋律。尽管同是歌唱爱情的民歌，"花儿"
不同于其他民歌的靡靡之音，丝路民众刚强坚韧的性格在缠绵
的爱情中得以表现和张扬。这种凛然的爱的风姿和悲壮的格
调，不但充分体现了明朗豪迈的丝路精神，而且也构成了中国
现代文学园地里一种刚劲峻高的审美风格。

　　"花儿"在民国时期经历了一个从被忽视的民间俚语，到
作为民众文学的发现和再造的过程。历史上较早对于"花儿"
的记录，见于清代甘肃省临洮县诗人吴镇《我忆临洮好》十首
的第九首中写道："花儿饶比兴，番女亦风流。"③这里首次提

①张亚雄. 花儿集 [M]. 北京：中国文联出版社，1986：149.
②张亚雄. 花儿集 [M]. 北京：中国文联出版社，1986：189.
③松崖诗录：卷上 [M]. 清乾隆壬子年五月版.

出了"花儿"的歌名，而且指出了"饶比兴"的表达手法，"番女"是指藏族妇女，可见"花儿"在清朝时就已经在丝路沿途的少数民族之中流行，这是士大夫阶层首次对流行于乡野的"花儿"的关注。现代对"花儿"的研究是从北大发起的歌谣运动中开始的。1925年袁复礼在甘肃做地质考察时，收集和记录了30首当地流行的"花儿"，这是五四新文化运动以来第一次对"花儿"文学形态的详细介绍。"花儿"的词调大多是由不识字的本地人所创作的，较少受到现代文学和其他文学类型的影响，具有鲜明的地方特色。这些被甘肃本地读书人以野歌俚语鄙视的"花儿"，却给外来人以一种新奇的审美感受，"外省人一入了甘肃境，就可以听得一种极高亢的歌调，其音调之高及音程、音阶变换之奇特，尤能使外省人特别注意。"①"花儿"作为山歌，之所以引起袁复礼的关注和重视，原因主要在于"表现一种真实的愉快"，内容上都是"本土风光"，"可以表示一般平民的人生观"。这种认识和北大歌谣研究会的宗旨、纲领是一致的。周作人撰写的《歌谣·发刊词》中提出收集歌谣的目的有两个方面，"一是学术的，一是文艺的。……从这学术的资料之中，再由文艺批评的眼光加以选择，编成一部国民心声的选集。意大利的卫太尔曾说根据在这些歌谣之上，根据在人民的真感情之上，一种新的'民族的诗'也许能产生出来。所以这种工作不仅是在表彰现在隐藏着的光辉，还在引起将来的民族的诗的发展。"②根据周作人对歌谣研究的观点，"花儿"

①袁复礼. 甘肃的歌谣——花儿[J]. 歌谣，1925(82).
②周作人. 歌谣·发刊词[J].《歌谣》周刊第1号. 北京大学《北京大学日刊》科发行，1922-12-17.

在现代之所以能够引起文人学者的注意，就在于其作为"下情上达"的民俗资料和文艺创作方面的价值，能够为现代新诗的发展提供积极的借鉴意义。1929 年朱自清在清华大学开设《中国歌谣》课程，在其第二章《歌谣的起源与发展》中用"花儿"来说明戏剧的歌谣化问题，"袁复礼先生所采的甘肃的'话儿'，有一首云：焦赞孟良火葫芦，活化了穆柯寨了；错是我两个人都错了，不是再不要怪了。袁先生说这是受了小说、戏剧的影响，我想这只是《辕门斩子》《穆柯寨》《烧山》一类戏的影响，小说影响当是间接的——那些戏是从小说来的。"①这是"花儿"超越了作为山歌民俗史料的层面，开始被看作是民间文学的一种类型，走向对其"文学性"发现和研究的重要标志。1940 年张亚雄将自己收集的六百多首"花儿"编成《花儿集》，这是现代以来第一本系统研究"花儿"的理论著作，"花儿"开始从丝绸之路的本土民间文化形态走向知识界、研究界的视野之中。

"花儿"这种独特的丝路民间文艺获得了现代文人的研究和关注，同时众多艺术家的创作实践有力地推动了"花儿"的传播和影响，使它从西部向东部，从一种地方歌谣走向了全国乃至世界，这是丝路文学交流史和传播史上的一次成功实践。在中国丝路艺术发展史中，有两次大规模的文艺自西向东传播，从而影响中原文艺的发展面貌和审美风格。一次是南北朝时期西域音乐向中原传播，一次就是 20 世纪 40 年代前后"花儿"在内地的风行。推动"花儿"传播中的一个重要人物是被誉

---

①朱自清. 中国歌谣[M]. 北京：作家出版社，1957：51.

为"西部歌王"的王洛宾，他是"抗战时期将西部民歌引进内地的第一功臣"。① 经过王洛宾的再创作，"花儿"突破了语言和地域的局限，成为一种被大众所广泛接受的民族艺术。抗战时期王洛宾决定投笔从戎，和许多爱国青年一起奔赴抗日前线，后来参加了由丁玲领导的"西北战地服务团"。1938 年他和萧军、塞克等人被派往新疆开展工作，但是由于盛世才反动面目的暴露，他们的新疆之行受阻，因此留在甘肃进行抗日宣传工作。在此期间，一支从新疆运送抗战物资的车队经过兰州，王洛宾在和车队工友的联欢会上，听到一位维吾尔族司机演唱的新疆民歌，那种明快活泼的韵律和诙谐幽默的格调一下子吸引了王洛宾的注意，他请了一位朋友把这首歌翻译成汉语，并记下了乐谱和唱词，这首以《达坂城的姑娘》命名的歌曲一经演唱就受到热烈的欢迎。这是王洛宾改编的第一首维吾尔族民歌。从此王洛宾开始了民歌创作的道路，收集整理了宁夏、青海、甘肃等地的"花儿"，并在此基础上创作了大量富有丝路风情的民歌，《达坂城的姑娘》《掀起你的盖头来》《半个月亮爬上来》《在那遥远的地方》等，把"花儿"这种民歌艺术推向了全国。后来，音乐家赵启海把王洛宾改编的这些歌曲带到了战时陪都重庆，一经演唱便轰动山城。根据音乐家赵沨回忆他在重庆第一次听到《达坂城的姑娘》，这种清新的异域风格使人耳目一新。"不仅赵启海到处唱它，后来皖南事变我被迫从重庆到缅甸，在昆明的许多年，也是我经常演唱的一个民歌。我记

---

① 李梅香. 西部音乐：它的历史及其在音乐文化发展战略中的地位[J]，社会科学评论，1985(12).

得，在太平洋战争后，仰光失陷，我和光未然、李凌、郑祥鹏同志等组织华侨战时服务团宣传抗日。从仰光而曼德里（勒），而密支那，而腊戍，我们文工团演出一个民歌联唱。……最受欢迎的几首中也有《达坂城》这首歌。"①经过王洛宾和众多艺术家对"花儿"的再创作，这种富有丝路风情的民歌开始从民间走向大众，沿着丝绸之路传播到世界各地，不仅成为丝绸之路民族艺术的一种重要代表，而且也成为中国现当代文学书写的一个重要意象。

20 世纪以来在开发西北和抗战的影响下，大量的文人团体向西北地区迁徙，促进了本土文学的发展，同时也在这块土地上创造了文学的繁荣，尤其是延安时期的文学，不但带动了陕西文学的发展，而且也辐射到西北丝路地带，使丝路沿途的文化团体和文学活动都异常的活跃，这些文学成果是本土文化与现代文化、革命文化相互融合、相互交流的结果。但是由于延安文学已形成一个完整的、具有独立思想和审美价值的文学类型，所以这里不再展开讨论。

第二节　丝路文学与新中国的创业实践

新中国在西部地区的创业实践把丝路文学的创作推向了一个高潮，作为共和国文学的一个组成部分，丝路文学被整合到统一的民族国家叙事之中，几代丝路人创家立业的梦想和对建

①赵汎. 一个勇者的形象——作曲家王洛宾［M］. 艺坛西圣地——纪念新疆军区文工团成立 60 周年文集. 新疆军区文工团，2006：99.

功立业的追求，都融汇到对社会主义创业主题的描写中。创业，是丝路文学的一个重要母题，"从古至今的丝路文学也与创业密切相关：历史上的'丝绸之路'本质上正是一条披上丝绸、唱响驼铃、走向世界的'创业之路'；应运而生的丝路文学，也相应地体现了在开拓探索中艰苦奋斗、勇于创业的丝路精神，并在物欲与爱欲之间激荡出更具传奇色彩的诗情画意和丝路故事。"①丝路文学最为核心的精神就是这种为国为民建功立业的创业精神，这一传统精神与共和国时期的社会主义建设相遇合，使丝路文学进入到一个快速发展的时期。当代丝路文学真实地记录和再现了中国人民在共产党的领导下，破旧立新、披荆斩棘，建设一个新的国家，创家立业的过程。在这一过程中涌现出大量的英雄人物，他们或是在革命斗争中英勇奋战，或是在社会主义建设中披荆斩棘，体现出生命的伟力和价值，丝路历史上诞生的那些为国为民建功立业的英雄人物，涵养了本土作家的价值观和英雄观，这些携带着丝路经验的本土作家逐渐成为共和国文学的中坚力量，涌现出了很多当代文学史中经典的作家作品。

一、西北丝路上的创业颂歌

创家立业是生活在丝路沿途的底层民众世世代代的理想，尤其是近代以来在经历战争和灾荒的煎熬之后，受尽了饥饿与压迫，能够拥有一个和平安定的生活成为民众共同的愿望，这也是激励几代丝路作家文学创作的精神感召力。当代丝路文学

①李继凯. 论当代创业文学与丝路文学[J]. 湖南师范大学学报，2016(1).

创业主题的书写是和新中国的创业实践同步的，是对新时代丝路人创家立业过程的真实再现，对他们创业精神的一种歌颂和弘扬。

新中国成立初期，中央政府就提出要改变中西部地区经济发展的不平衡现象，将建设的重点向西部地区转移，交通上相继修建了宝成铁路、兰新铁路、兰青铁路等多条重要的交通要道，极大地改善了西北丝绸之路沿线的交通状况。农业上从单干、互助组发展到合作化的高潮阶段，后又推进到"大跃进"时期的人民公社。工业上在西北投资了一批大型建设项目，如兰州炼油厂、玉门、克拉玛依油田的扩建与开发等，新中国在工业和农业等方面的巨变，以及在其中涌现的新人物、新思想，为这些心系国家和民族命运的丝路作家提供了丰富的创作素材，国家在西北地区的建设和作家们追随新时代、歌颂新生活的使命意识结合起来。

当代丝路作家大多出身于农村，生活贫困，与那些生活在沿海发达城市的作家不同，他们从小就和家人一起体会到生活的艰辛，对农民创业的梦想也感同身受。他们笔下所展现的农民对生活的向往和追求，不仅是属于作品中人物的愿望，也是作家自身从苦难生活中激发出来的生命体验。陕西作家杜鹏程出生在一个世代贫农的家庭里，三岁时父亲去世，寡母通过卖屋卖地把他养大，1929 年陕西灾荒时母亲迫不得已把杜鹏程送到孤儿院，"孤儿院一天三餐吃发了霉的小米稀汤，睡在木板的阁楼上。有的小伙伴死了好多天，还没有抬去掩埋。我曾和这些死去的小孩挤在一块儿睡过觉。这一切，在一个八九岁的孩子心灵留下了什么，是不难想象的。"①童年作为生命的起点虽然并未形成深刻的社会性体验，但是童年的印象和记忆对人的心理发展造成无法估量的影响，尤其是对作家的创作而言，题材的选择，创作的动因等因素都会打上童年生活的烙印。生活的苦难体验铭刻在少年杜鹏程的心里，深刻地影响了他对文学和革命的理解，"在写作《保卫延安》和其他作品的时候，我眼前总是闪现着她的面容，再现那浸透母亲和中国人民血和泪的陕北大地，热泪禁不住潸潸而下，滴落在稿纸上。我的童年和周大勇他们一样，我们都是背负阶级苦难投身革命的。我在周大勇他们的形象中熔铸了自己的血和泪，熔铸了自己的向往和追求，我的心和他们息息相通。"②魏钢焰童年时经历了家境的败落，父亲被人暗杀于街头，寡母弱子，贫困潦倒，靠典当度日。他在《路程》中回顾除夕之夜自己的童年，"我少年时代的新年啊！就是我紧捏在手里的，那张薄薄的当票！我少年时代的新年啊！就是那穿着单衫，在风雪里走着的，年迈的妈妈。"③柳青出生在陕北吴堡县寺沟村一个家道衰落的农民家庭，家里兄弟众多，父亲准备把才出生不久的柳青送人，后因族人反对才就此作罢。为了改变家里的贫困状况，柳青的父亲带领全家人栽树、修水地，艰苦奋斗，父亲创家立业的决心和毅力让柳青感受到一个普通农民质朴而又伟大的生

①杜鹏程口述. 陈纾. 余水清整理. 平凡的道路[M]. 杜鹏程研究专集. 福州：福建人民出版社，1983：10.
②杜鹏程口述. 陈纾. 余水清整理. 平凡的道路[M]. 杜鹏程研究专集. 福州：福建人民出版社，1983：12.
③魏钢焰. 路程[M]. 魏钢焰文集. 西安：陕西人民出版社，2008：260.

活梦想。柳青的《创业史》在展开叙述之前引用陕西民间的乡谚"创业难……"，这句话不仅是作家对无数个像他父亲一样的普通农民命运的哀叹，也是对社会主义建设事业艰巨性的一种感慨。

对于这些经历苦难生活的丝路作家来说，他们对革命和社会主义建设的理解，总是从一个普通农民最为朴素的创家立业的梦想开始的，所以他们对革命历史的讲述，不纯粹是政治政策的简单图解，而是和老百姓的生活故事始终缠绕在一起的。杜鹏程在他的创作谈中这样说道："作为一个从事文学创作的人，在我心中，生活的基调，或者说生活的主流，是由这些生动的图景构成的：举目四望，生活的各个角落都有人奋不顾身地在扫除几千年遗留的贫穷和落后，都有人在那里血一滴、汗一点地把理想变成现实，都有人在用自己的青春的生命培植生活的新苗。这些推动历史前进的新人，在我看来是有力、英武而光辉的。"①社会主义建设是在一穷二白的基础上开始的，面临着物资和技术的严重匮乏。在这一过程中涌现出不少为改变国家落后面貌的社会主义创业者的光辉形象。《创业史》中的梁生宝，从梁三老汉手中接过创家立业的梦想，但在受压迫的旧社会，凭借勤劳节俭最终还是落得个创业失败的结局。梁生宝从个人的失败教训中很快接受了中国共产党关于共同富裕的政治理念，这是一个从丝绸之路的历史和现实中走出来的社会主义新人。他一方面继承了丝路人的勤劳质朴的创业精神，另一方面，丝路历史上涌现的那些筚路蓝缕开创新局面的英雄人

---

① 杜鹏程. 创作思考之一 [M]. 杜鹏程文集. 西安：陕西人民出版社，1993：261.

物，也给予了他在历史的转折点上能够挺身而出、屹立潮头的使命意识。梁生宝摆脱了父辈小农意识的羁绊，带领蛤蟆滩的贫下中农走互助合作的道路，进山捐竹子、买稻种。这些行为在梁三老汉看来，是梁生宝开始变得不喜欢创家立业，而对公家的号召着了迷的征兆。梁生宝这种带领大家走共同富裕的合作化道路，开创共产主义建设的新制度、新局面，在崇尚个人发家致富的蛤蟆滩是不被理解的。所以，他不仅要战胜来自郭世富、姚世杰等人的敌视和破坏，还要克服来自梁三老汉这些携带着传统乡土社会经验的农民的质疑和不理解。梁生宝始终不为所动，破除一切阻力，坚定地带领蛤蟆滩的贫下中农走共同富裕的合作化道路，最终获得了梁三老汉的理解和认同。梁生宝身上所体现出对信念的坚定和执着，让人无形中会想起两千多年前的汉中人张骞，《汉书》中评价张骞"为人强力，宽大信人"，[1] 认为他胸有大志，性格坚毅，为人心胸开阔并能以诚信待人，张骞所体现出不畏艰难的开创精神，在丝路文化中积淀和传承下来，深刻地影响了丝路人的精神结构和价值观念。所以，从某种程度上来说，梁生宝能够诞生在共和国的陕西文坛，不仅是文学发展的内部规律使然，也是一种丝路传统精神和现实政治的遇合。

新中国成立后的杜鹏程并没有停步不前，而是对生活和文学都进行了新的开拓，在长达十年的时间他到铁路建设工地深入生活，转战在宝成线、陇海线、大庆油田等重要的建设工地，看到眼前涌现出的热火朝天的劳动场面，他开始进一步思

_____

①庄适选注. 汉书[M]. 武汉：崇文书局，2014：160.

考在和平时期党和人民如何进行社会主义建设的问题，用文学的方式表现"我们的前人从来没有做过的极其光荣和伟大的事业"。《在和平的日子里》是杜鹏程发表于 1957 年的一部中篇小说，作品以宝成铁路建设工地为背景，描写了一支铁路工程队开秦岭、建铁路的过程，在题词中作者写到"献给铁路职工和修筑铁路的战士们"。宝成铁路在当时建设的难度非常之大，它全长一千九百多公里，要横穿秦岭和大巴山脉，连续跨越嘉陵江等 20 多条河流，架设了几百座桥梁和隧道。小说一开始就满怀激情地描写了宝成铁路建筑工地的劳动场面：

> 上下一千多里的工地上，有十几万工人奋勇地劳动着。他们在这荒无人烟的地带苦干了四年多，眼看这世界闻名的铁路就要修通，人人都把吃奶的劲儿使上了。成日成夜爆破声不断，好像这里在进行一场决定人类命运的大战。不论在太阳喷火的白天或是大风吼叫的夜里，运输材料的汽车、马车、人拉车和牲口驮子，塞满了山沟里的大小道路。①

这段描写不仅展现了工人们工作的热情，更重要的是，他赋予了劳动以崇高的意义。这是建设社会主义的英雄伟业，是一场决定人类命运的战争。在这样的意义世界中，工人就不仅是普通的劳动者，他们是一群在荒无人烟的山沟里开天辟地，

---

① 杜鹏程. 在和平的日子里 [M]. 杜鹏程文集：第 2 卷. 西安：陕西人民出版社，1993：3.

架桥修路的拓荒者，是社会主义建设事业的开创者。与其他作家对社会主义建设"莺歌燕舞"式的描写不同，杜鹏程笔下的革命建设总是充满了严峻的考验，要付出血与泪的代价。面对新的生活、新的问题、新的困难，是漠视逃避还是以革命的意志去面对，这是主人公阎兴和梁建之间深刻的分歧。杜鹏程通过这个故事向读者表明，社会主义建设作为一项开创性的事业，需要勇敢顽强的拼搏精神，永葆创业者的革命激情，才能顺利实现。

新中国成立之后丝绸之路沿途分布的大量油田得到了开采，产生了很多描写油田题材的作品。李若冰为积累创作素材，一次次西出阳关，奔走在河西走廊和酒泉盆地，并兼任酒泉地质勘探大队副队长，在柴达木盆地和塔卡拉玛干沙漠，以及高山、草原上留下了跋涉的足迹，创作了《陕北札记》《勘探者的足迹》《在柴达木盆地》等反映石油勘探生活的散文，被称为是石油文学的奠基人。李若冰以一种满怀激情的笔调写石油、写戈壁，写青海、新疆，讴歌着各条战线上劳动人民所创造出的业绩。"他用粗犷热情的笔，描绘了这壮丽的社会主义建设图画，勾勒了栉风沐雨的地质工作者以及其他拓荒者的形象，跳动着时代的脉搏。"[①]魏钢焰的创作专注于工业领域里社会主义建设生活的描写，他总是以饱蘸着战斗激情的笔调，展开对建设场面的描写。魏钢焰转业后曾先后到玉门油矿和大庆油田深入生活，创作了一系列反映石油战线劳动场景的作品，

---

①浦伯良. 李若冰传略［M］. 李若冰研究专集. 西安：陕西人民出版社，1988：7.

像散文《戴铝盔的战士》《这，就叫大庆》《大庆的心》《战地黄花分外香》，还有诗歌《路程》《西行放歌》《灯海曲》《草叶上的诗》等，描写了石油工人艰苦奋战的动人场面。魏钢焰还曾在南疆深入生活，创作了一系列歌颂铁道兵修建黎湛铁路的诗歌《赤泥岭》《郁江桥边的庆功会》《雨中会师》《六公里》。这些诗歌创作的背景是1955年4月26日，铁道兵铺轨大队在抢建黎湛铁路的工程中，创下了日铺轨6公里的新纪录。他亲眼看到了铁道兵日夜苦干，把枕木一根根铺设在漫长的轨道上，为祖国开辟新的线路，诗人满怀激情地写到："我们劈开早晨的薄雾前进，踏碎枕木上的露珠前进，冲破山沟里的寂静前进。"①这是对黎明时分工地场面的描写，诗人感受到战士们可贵的劳动热情，"并从眼前的一根根枕木的向前铺设，联想到祖国社会主义建设的巨人步伐"，"明确地把铁路工地的生活动脉和祖国整个社会主义建设的洪流连接在一起"。② 赋予具体的劳动场面以革命和建设的崇高意义，把个人的劳动提升到整个国家和社会发展创业的层面来描写，是这一时期作家普遍的叙事倾向。

二、英雄人物的重塑

丝绸之路是一条英雄的诞生之路，《大唐西域记》中穿越沙漠瀚海只身求法的玄奘，岑参"功名只向马上取，真是英雄一丈夫"的豪迈意气，还有少数民族创作的英雄史诗，《格萨

---

①魏钢焰. 六公里[M]. 魏钢焰文集：诗歌卷. 西安：陕西人民出版社，2008：187.

②胡采. 胡采文学评论选[M]. 长沙：湖南人民出版社，1983：153.

尔王传》中藏族英雄格萨尔王；《江格尔》中蒙古族英雄江格尔汗；《玛纳斯》中柯尔克孜族英雄玛纳斯。这些英雄人物的神勇和伟力反映了丝路人民对英雄的崇拜和向往，折射出积极进取的丝路精神和价值取向。当代丝路文学，一方面继承了古丝路文学的英雄主题，另一方面，对英雄人物的塑造融入了新的时代内涵。

在社会主义革命和建设中涌现出大量的时代英雄，丝路作家在英雄精神的鼓舞之下，自觉地承担起对英雄人物的塑造和时代精神的展现的任务。在当代作家的观念中，新时代火热的劳动场面和忘我的精神，"必然要反映到文学艺术中来。无产阶级领导的革命英雄主义时代，需要鼓舞人们革命意志的充满英雄主义气概的文学。"①这些新的时代英雄在战斗中能够奋不顾身，在社会主义建设中能够不辞辛劳，不仅是出于个人建功立业的"事功"心理，更是为了崇高的共产主义理想。杜鹏程的作品着力于英雄人物的塑造，《保卫延安》中的周大勇和王老虎，还有很多在战争中牺牲的普通战士，作家歌颂了他们为革命献身的崇高精神。和平时期社会主义建设中在平凡的工作岗位上涌现出无数个英雄人物。"在工地上，我看到了好多万人，以自己的双手削平高山，改造河道，创造英雄的新时代的不朽业绩。那些在战争年代里手持武器的革命战士，为民族解放踏遍了祖国的每一寸土地；现在，他们又手执风钻、钢钎，

---

①王汶石. 新英雄人物鼓舞着我们[M]. 中国当代文学研究资料——王汶石专辑. 金华：浙江师范学院中文系，1979：28.

深入到祖国的大山之中，江河之下。"①《年轻的朋友》中描写宝成铁路上公路塌方时奋不顾身救人的司机王军："把着方向盘，上身向前伏着……勇猛而机警地盯着前方，像运动员正在赛跑，也像端着刺刀的战士正向敌人冲击。"②《平常的女人》中塑造建筑工地上烧水的工人家属郑大嫂，在丈夫牺牲之后来到工地。"披着蓑衣，抱着膝盖，抵抗着风雪，守着她的开水锅。"③《夜走灵官峡》中那个"站在运输便道旁边的电线杆子下，已经变成一个雪人，像一尊石刻雕像"的年轻母亲，丢下孩子冒着严寒指挥交通，他们始终保持着艰苦年代里那种拼搏的精神，在社会主义建设中辛勤地劳动着、战斗着。"这些人，待遇最低，享受最少，任何时候都站在第一线；过去打仗是他们，现在建设也还是他们。这就是生活的支柱、中国的脊梁。"④经过他们披荆斩棘、艰苦奋斗，铁轨通向远方，荒漠升起了炊烟。

王汶石的小说也塑造了一系列在公社化运动中诞生的英雄人物，她们是《新结识的伙伴》中不甘人后的巾帼英雄，《风雪之夜》中为了农业合作化在风雪之夜奔走的区委书记严克勤，《严重的时刻》中带领群众抗灾自救的公社书记陆蛟。王汶石

①杜鹏程. 平凡的道路 [M]. 杜鹏程研究专辑. 福州：福建人民出版社，1983：23.

②杜鹏程. 历史的脚步声 [M]. 杜鹏程文集(第二卷). 西安：陕西人民出版社，1993：243.

③杜鹏程. 历史的脚步声 [M]. 杜鹏程文集(第二卷). 西安：陕西人民出版社，1993：269.

④杜鹏程. 平凡的道路 [M]. 杜鹏程研究专辑. 福州：福建人民出版社，1983：23.

曾被誉为"当着微笑看生活"的作家，他总是着力刻画人物刚强积极的英雄品质，在他看来"描写新的无产阶级英雄人物，永远是我们无产阶级文学的中心和首要任务。……要充分描绘和展现那堪称英雄的人们的精神风貌、思想情操。"①王汶石笔下的英雄人物大多是生活中的普通人，具有普通劳动者的本色，但是他们的思想境界却高于一般人之上，在关键时刻勇于为党、为人民牺牲自己的一切，敢于和旧的思想做斗争，所以，对人物精神世界的展现是王汶石英雄人物塑造的特点。

魏钢焰诗歌塑造了一系列英雄的群像。《保尔·柯察金》《共青团员》《煤矿工人之歌》《老船长》《坦克上的母亲》等，这些都是在工业战线涌现出来的既平凡又伟大的社会主义建设者。此外，魏钢焰还描写了现实生活中的英雄原型。像《忆铁人》中的石油工人王进喜，"他，戴一顶折断了檐的鸭舌帽，敞着衣领，棉工衣的袖口、膝盖都已磨破，随处可见汗水、油渍、铁锈的痕迹。而最引人注意的，是在这个中年人的额头眼角，过早出现的密密的深深皱纹！这皱纹、这衣着、这神态，使人觉得，这是块突兀于峰顶的坚硬岩石。酷日狂风，为它刻下了条条深纹；雨雪霜露，给它留下了片片苍苔。它，扎根大地，联结着群山，屹立于历史风雷中！"②这段话不但写出了铁人的外貌神态，而且写出了铁人的精神和意志，这是一个时代中流砥柱式的坚强战士形象。《红桃是怎么开的》描写了陕西

---

①王汶石.《风雪之夜》后记[M]. 中国当代文学研究资料——王汶石专辑. 金华：浙江师范学院中文系，1979：57-58.
②魏钢焰. 忆铁人[M]. 魏钢焰文集：散文卷. 西安：陕西人民出版社，2008：57.

咸阳国棉一厂的纺织女工赵梦桃的先进事迹，描写了赵梦桃如何从一个苦孩子到成长为工人阶级的先进分子。"好好干！下苦干！老实干！"这三句话是赵梦桃的口头禅，这个资质并不聪颖的姑娘就是凭借这种踏实吃苦的精神成为全国的劳动模范。《焦裕禄》中刻画为人民鞠躬尽瘁的党员典型，"呵，焦裕禄，看了你就知道：革命二字怎么写，共产党员怎么做；不变红旗怎么举，毛泽东路怎么走！"①这些英雄人物不仅具有个人层面的价值，而且具有示范的意义，其中的核心就是为党、为人民的奉献精神，这是共和国时期对英雄重新的定义。

　　英雄精神的展现还体现在人在面对严酷的自然环境中所表现出的勇气和力量。西北地区布满了崇山峻岭、戈壁沙漠，这种艰苦的自然环境不仅使本地人的生存异常艰难，而且也给革命和建设带来更多的挑战。但是人在战胜自然过程中力量的展现，并不导向古典式英雄个体人格的崇拜，而是为了说明政治信念之于英雄精神之间的决定关系。杜鹏程《历史的脚步声》中描写了1949年秋季我军一支部队穿越白雪皑皑的祁连山，经过河西走廊拦截打击敌人的残余部队的故事。这部小说叙事的重点就在于士兵如何战胜行军途中自然环境的恶劣，寒冷刺骨的河流，连绵起伏的雪山，稀薄的空气，尤其是途中那排山倒海式的暴风雪，更让行军途中要经历生与死的考验，文中的老方屹立在雪山上以自己的身躯给队伍指路，"双脚踏在祖国土地的深处，巍峨的身躯，像祁连山的最高雪峰一样崇高而雄伟。他，一个平凡的战士，没有别的，只有一颗无限忠诚的

---

①魏钢焰. 灯海曲[M]. 西安：陕西人民出版社，1978：163.

心。此刻，就要用这忠诚的烈火，为同志们照亮前进的道路，即使粉身碎骨，即使燃烧净尽，也是义无反顾，在所不惜。"①环境的严酷更加凸显了英雄人物崇高的革命精神。杜鹏程的小说经常把人放在极其恶劣的自然环境中去考验，把人物的英雄精神放在斗争中去展现，《和平的日子里》那时刻要到来的暴风雨和洪水，就像是悬在每个工人头上的达摩克利斯之剑，考验着人们对社会主义建设的信念，而像阎兴、老工程师、小刘、韦珍，都是在一次次和暴风雨搏斗的过程中涌现出的英雄人物。

三、景观书写的政治化

当代很多作家由于革命和建设的需要，曾经沿着丝绸之路数次的迁徙，丝路沿途的自然景观和人文景观开始进入他们的视野，成为创作的一个重要方面。尽管这一时期对丝路本土多元景观的呈现都被纳入政治主题，成为作家歌颂主题的一种特殊媒介，并不具有独立的价值和意义；但是从客观上来说，这些对丝路自然和人文环境的描写，艺术地再现了丝路多民族文化的多维景观。

景观叙事的主观化和抒情化是共和国时期丝路作家的一个共同倾向。在革命英雄主义的烛照之下，严酷的自然环境不再是一种外在于人的客观存在，在作家的想象中"自然"成为考验革命精神的试金石，是需要被不断战胜和超越的对象。杜鹏

---

①杜鹏程. 历史的脚步声 [M]. 杜鹏程文集：第二卷 . 西安：陕西人民出版社，1993：222.

程曾在解放战争期间作为随军记者转战于陕、甘、青新数省，他笔下有很多对丝路自然景观和民族文化的描写。《历史的脚步声》详尽地描写了行军途中河西走廊地带连绵起伏的雪山，村庄、喇嘛寺，还有戴白帽的回民同胞和穿长大衣服的藏族妇女，但作家的视点并未放在对异域风情猎奇式的描绘中，而是着重强调了大通河的汹涌翻滚和寒冷刺骨，途中最艰苦的祁连山，积雪没顶，空气稀薄，"抬头远望，前后左右都是埋在阴云和迷雾里的冰山雪峰；眼前是不见飞鸟、渺无人烟的荒漠世界"。① 这种画面让人联想起法显《佛国记》中"上无飞鸟，下无走兽"的景象，革命精神的崇高就是在和自然抗争的过程中得到了淬炼和提升。在魏钢焰的创作中，景观叙事在革命英雄主义的点染之下被诗意化，丝绸之路上的戈壁、湖泊、沙漠、盐碱滩，不再是荒凉静止的景象，而是融入了诗人战斗激情的诗意化的场景。"车队开去，灯光四射，一支银花，开在戈壁滩。"②这是描写钻工夜晚在戈壁滩上班的场景，诗人淡化了戈壁滩荒凉的景象，而凸显其中昂扬奋发的氛围。"把油井叫作'圣诞树'。在玉门，'圣诞树'排成茂密的森林。"③"青海湖呵，层层白浪滚卷，似千百匹烈马，振摇着白色长鬃，奔扑而来！从昆仑山巅飞来刚劲的风，它巨大的翅膀拍打湖面，青海湖昂头高吼，怒沫四溅。"④这里通过"白浪""烈马""怒沫"化

①杜鹏程. 历史的脚步声[M]. 杜鹏程文集：第二卷. 西安：陕西人民出版社，1993：213.

②魏钢焰. 灯海曲[M]. 西安：陕西人民出版社，1978：53.

③魏钢焰. 灯海曲[M]. 西安：陕西人民出版社，1978：54.

④魏钢焰. 灯海曲[M] 西安：陕西人民出版社，1978：57.

静为动，赋予了青海湖"动"的力量感，成为民族历史和现实创造者的象征。

严酷的自然是革命战胜的对象，而美丽的风景则始终和革命的伟大功绩缠绕在一起。以战争思维来设置人和自然之间的关系，不仅是出于一种政治需要，而且也是当时生产领域特定现实的反映。新中国成立之初面对大规模战争的结束和严峻的经济形势，中央人民政府革命军事委员会于 1949 年 12 月 5 日发出《关于一九五〇年军队参加生产建设工作的指示》，号召全军："除继续作战和服勤务者外，应当负担一部分生产任务，使我人民解放军不仅是一支国防军，而且是一支生产军，借以协同全国人民克服长期战争所遗留下来的困难，加速新民主主义的经济建设。"①国家抽调了大批部队前往工业、农业、交通等领域从事建设活动，西北军区第三军就奉命进驻玉门油矿，一方面维护矿区治安，一方面发展生产。所以，新中国成立后西北丝绸之路作为国家经济建设的重要区域，各条生产战线上都有从军队转业来的工人。这些昔日的战士奋战在铁路、公路建设工地，油田、工厂，以战斗者的激情投入到社会主义建设之中，不仅推动了生产经济，而且也深刻地影响了文学的思维模式。在李若冰笔下："柴达木的天空是明亮的。万里茫茫似海的盆地里，笼罩着一层薄薄的云雾，像鹅绒般轻轻地飘流着。透过云雾，在盆地的南方，矗立着昆仑山，气势雄伟，戴着银盔，披着银铠，真像一个老当益壮的将军。在盆地的北

---

①农垦部政策研究室，中国社会科学院农经所农场研究室编[M]．农垦工作文件资料选．北京：农业出版社，1983：19.

方，屹立着阿尔金山，脸面清秀，俊俏英武，显得干练可爱，很像一个年轻有为的少年。"①这段对柴达木盆地的描写充满了诗情画意，而把高山比附为将军和少年，则是赋予了景色以革命和战斗的意义。"尕斯库勒湖有多美哩！她穿着银白色的衣裳，闪着珍珠似的光亮，在柴达木流转着。这是多么好的一个湖！在柴达木，尕斯库勒湖会唤起人们多么丰富的欢乐，力量和想象呵！"②这一时期的景色描写中经常出现和"光"有关的词汇，"明亮""光亮"，还有"银色"也是非常普遍的修饰语，"银盔""银铠""银白色"，这些特定词汇的反复使用，一方面，是对景色的描绘，另一方面，也投射了作家的主观情感，赋予了景色以火热的激情和力量感，体现了创作主体相当迫切的政治诉求。

景观叙事的政治化，是这一阶段丝路文学的一个重要特点。作家对丝路地带特殊的自然和人文景观的描写，往往要导向对新中国的歌颂主题。1949 到 1953 年，杜鹏程随军进军新疆，到新华社新疆分社工作，他的《保卫延安》就是在新疆创作完成的。在新疆，杜鹏程通过采访，创作了反映新疆人民生活的通讯报告，《哈萨克族的猎手》是描写兄弟民族的猎手黑地尔汗打狼的故事，文章一开头就发出感慨："'不到新疆，就不知道祖国之大'。这话千真万确。这里有雪山、草原，也

---

①李若冰. 在柴达木盆地[M]. 李若冰散文选. 西安：陕西师范大学出版社，1989：33.

②李若冰. 在柴达木盆地[M]. 李若冰散文选. 西安：陕西师范大学出版社，1989：34.

有无边无际的戈壁滩。但最难忘的还是兄弟民族的人民。"①作家对新疆景色的描写相当地粗略，只泛泛点出了几个典型的地理景观，就很快从景色转向民族团结的主题。《一个故事》描写了柯尔克孜族牧民妇女绣毛主席像的过程，文中穿插了对当地牧民生活的描写："许多头牛在仔细地寻找肥美的草叶；许多骆驼吃饱喝足之后，卧在草地上凝望天空；许多肥实的马匹，时而互相追逐，时而迎风嘶鸣；而羊群像朵朵白雪似的掠过绿色的草地。"②这是作者想象中对放牧季节牧场景象的描写，"肥美""吃饱喝足""肥实"这些带着强烈感情色彩的词汇的运用，是为了体现牧民在新社会里生活的富足，从而歌颂了毛主席伟大的恩情。还有《戈壁滩上新城——阿图什》《喀什的巴扎》《三喜临门——访土改后的帕克太里克乡》《卡思木——十二木卡姆的老艺人访问记》等反映新疆少数民族生活的作品，尤其是介绍维吾尔族老艺人卡思木的这篇，体现了杜鹏程较为自觉的文化意识，解放初对各民族文化系统的整理和研究工作还很薄弱，尤其是能够几天几夜完整演奏十二木卡姆的老艺人更是不多了。杜鹏程通过对这位伟大的老艺术家的描写，详细地记录了十二木卡姆的内容和历史，为丝路文化的弘扬做出了重要的贡献。

魏钢焰在 1956 年转业后到玉门油矿和敦煌生活，创作了散文《敦煌留鸿》，描写了一批常年在千佛洞工作的画家为民

---

①杜鹏程. 哈萨克族的猎手[M]. 杜鹏程文集（第一卷）. 西安：陕西人民出版社，1993：578.

②杜鹏程. 一个故事[M]. 杜鹏程文集（第一卷）. 西安：陕西人民出版社，1993：576.

族文化建设做出的贡献。文中描写了千佛洞的"我仿佛看见从洞窟中飞出来对对的飞天，她们的衣带抽打着树叶，手中的鲜花，撒满了千佛洞顶；我仿佛看见在墙壁上的那位丰颐微笑、举步欲挪的塑像，正款步走下石窟那高高的台阶，飘带上的铃铛在叮当地响着；我仿佛看见那个拍镲的伎乐天，把那高举的铜钹打了下去，弹琴的伎乐天，闭上了眼睛忘情地疾速滑拨着琴弦，我甚至听到了那站在公主后面的侍女，她滚滚的眼泪，落在手中盛茶金盘上的声音"。① 这是作家在想象中对千佛洞壁画飞天的诗意描写，展现了丝路文化辉煌的历史。同时，作者还回顾了近代以来在敦煌盗取文物的三位外国学者，批判了他们对中国民族艺术的破坏。

相对于陕西作家强烈的政治倾向而言，宁夏作家的景观书写较为纯粹，展现了本土原生态的自然景观和人的精神风貌。宁夏回族诗人高深《春天的旗手》，通过对黄河上羊皮筏子和筏子工的描写，展现了丝绸之路的塞上风情，"羊皮筏子在黄河的舌尖上，捧起一朵朵呼唤生命的花朵，黄河号子染绿了黄土高原染绿了峡谷"。那些生活于黄河之上的筏子工在生与死的考验中，激发出生命的胆量和尊严。"摆筏子的男人在生与死的夹缝里，捧着大西北人的胆量。"②宁夏诗人朱红兵创作的叙事长诗《沙原牧歌》，借鉴宁夏本土民歌、说唱文学的艺术手法，通过主人公王夫和秀兰命运的表现，歌颂了他们对爱情的忠贞，形象地展示了在中国共产党领导下，贫苦农民争取解

---

①魏钢焰. 敦煌留鸿[M]. 魏钢焰文集(散文卷). 西安：陕西人民出版社，2008：223.

②高深. 春天的旗手[M]. 祖国，为你而歌. 合肥：安徽文艺出版社，2009：81.

放的历史画面。诗歌中展现了宁夏本土的塞外风光，"黄风卷沙满天嚓，树枝树干一起摇。雪像棉絮飘飘落，寒风吹透羊皮袄。"[1]还有诗中不断出现的"骆驼""沙梁梁""沙窝地""绿草滩""贺兰山"等塞外特有的景象，在政治主题之外，真实地再现了丝绸之路的自然风情。

第三节　新时期丝路文学的文化自觉

新时期"去政治化"的文学思潮中，丝路文学被遮蔽的文化意识开始觉醒，那些积淀在民族记忆深处的历史经验被重新唤醒，为丝路文学的发展提供了新的资源、能量和动力。陕西作家红柯、高建群对游牧文化的书写，新疆杨牧、周涛、章德益，青海的昌耀，甘肃的林染、李老乡等人为代表的新边塞诗派在当代文坛的异军突起，雪漠、古马、王新军、徐兆寿、李学辉等河西走廊作家群的横空出世，陈继明、石舒清、郭文斌、马金莲为代表的西海固作家群，构成了中国文坛中一道亮丽的风景，青海作家昌耀、罗洛、杨志军在文学创作上的卓尔不凡，这些作家作品不断地向丝绸之路的历史文化掘进，凸显了丝路文学创作中的文化意识的自觉，从不同的层面展现了丝路本土文学创作的实绩，提升了丝路文学在中国当代文学史中的地位和价值。

一、游牧经验与新边塞诗派的崛起

丝路文学作为一个群体形成自己独特的审美品格，引起全

---

①朱红兵. 沙原牧歌[M]. 银川：宁夏人民出版社，1983：1.

国文坛的注意，是以新边塞诗的崛起为标志的。"它在全新的时代精神的感召下，并凭借着祖先遗传给它的那种曾经是轰轰烈烈的历史性格，准备要试试自己的身手啦！"①这一建立在地域经验上的诗歌流派，在 20 世纪 80 年代开始出现在文坛上，它是指有意识地仿照汉唐时期边塞诗的风格和意象，描写当代边塞风情的诗歌流派。在新时期初期的文坛上，当朦胧诗人正在借助来自西方的写作经验，在内心对个人的历史和命运浅吟低唱之时，这一群身处大漠西域的诗人却立足于脚下的这片土地，以他们粗犷有力的声调，回应了古边塞诗人雄强刚健永不屈服的进取精神，从而构成了新时期诗坛不可忽视的一个组成部分。1981 年 11 月 26 日，周政保在《文学报》发表了《大漠风度天山气魄》，在这篇文章中最早提出了"新边塞诗"这一概念，"是不是可以这样说，一个在诗的见解上，在诗的风度和气魄上比较共同的'新边塞诗派'正在形成。"②1982 年 2 月 7 日周涛在《新疆日报》上发表《对形成新边塞诗的设想》，提出了"新边塞诗"的构想。同年 3 月，新疆大学中文系举办了全国首次"新边塞诗"学术研讨会。随后，甘肃的《阳关》《当代文艺思潮》等刊物相继刊登了"新边塞诗"，并展开了相关的学术讨论活动。之后，甘肃的《飞天》，新疆的《绿风》和《中国西部文学》等刊物都致力于"新边塞诗"的推介和宣传，这一诗歌流派开始得到广泛的关注和认同。先是杨牧、周涛、章德益等新疆诗人的创作和倡导，接着甘肃、青海、宁夏的诗人也纷纷响

①周政保. 小说与诗的艺术[M]. 杭州：浙江文艺出版社，1986：58.
②周政保. 大漠风度，天山气魄——读《百家诗会》中三位新疆诗人的诗. 天山气魄[N]. 文学报，1981-11-26.

应，成为现代以来丝绸之路诗人一次成功的集体亮相。

新边塞诗的崛起体现了丝路作家地方经验和历史意识的一种自觉。可以说，正是借助古边塞诗的历史传统，这些身处新疆的诗人才找到了自身的文学定位和审美风格。新边塞诗人从一开始就具有相当清晰的历史意识，他们正是从古边塞诗中汲取新的诗情。其实早在 1979 年周涛出版了诗集《八月的果园》，1980 年出版了《绿色的塔里木》，杨牧出版了《绿色的星》，这些诗歌中的果园、绿洲、塔里木等边地自然意象，已经显示了诗歌创作中的地域特色，只是诗人还未形成一种群体性的共识，直到"新边塞诗"这一概念的提出，他们才把自己的创作和古代边塞诗的地方经验明确地联系在一起。按照周涛的说法，他和章德义、杨牧同为新疆诗人，经常见面交流，在一次聚会中他们认为："新疆是古代边塞诗产生的地方，唐诗中边塞诗是重要的一章，新疆这种边远之地想独霸文坛是做不到的，大不了做一个当代文学的分支，在现在的条件下创造一种'新边塞诗'。这种边塞诗不是写征战、打仗，而是反映新疆地区的独特风貌。"①杨牧在《我们在衔接中开拓上升——新边塞诗抒怀》一文中，也表达了对边塞诗传统的一种认同和回归："赞美边疆的壮丽山河、倾注对祖国的挚爱之情；歌颂兄弟民族的勤劳、勇敢和聪明才智；记录历代屯垦边疆、开发荒原、发展生产、造福边民；记录边塞与内地在经济、文化诸方面的交流与联系；记录边风、边貌、边俗、边物等一百零一条

---

① 周涛. 新边塞诗[M]. 一个人和新疆——周涛口述自传. 广州：花城出版社，2013：127-128.

上闪着光辉（这里还没说古边塞诗特有的风格和艺术伟力给我们提供的可借鉴性）。"①从唐代边塞诗中汲取创作的经验和情感资源，反映本地的风土人情，是新边塞诗和共和国时期边地书写之间的重要区别。闻捷、郭小川、李瑛等人的诗歌尽管也或多或少地表现了边地风情，但是从本质上来说，他们的诗学理念主要来自"文学为政治服务"这样的指导思想，诗歌中的异域风情并不具有独立的审美价值，它只是为了更好地体现"为政治服务"而采取的一种修辞策略。所以说，在这一时期的诗歌创作中，同质化政治主题的全面扩张遮蔽了地域经验的表达和呈现。而新边塞诗人从一开始就把诗歌的美学精神追溯到汉唐边塞诗，恢复和重建了诗歌创作中的地方经验。新疆辽阔旷远的自然景象潜移默化地影响了生活在这里的人们的心灵和精神世界，转化为他们的生命意识和心理现实。这些凝聚着诗人生命体验的地域文化开始进入新边塞诗的创作之中，构成诗歌精神内涵和审美品格的内核。

　　新边塞诗人是从西北特有的地理人文景观中走向诗歌创作，走向对人与生命关系的思考，地域性是新边塞诗立身的根本。边塞雄奇壮丽的自然景观历来是边塞诗书写的主要内容，大漠雪山，辽阔的草原和各种自然意象，还有丝路悠远的历史，在这个由地理和历史交织起的文化语境中，诗人找到了他们思想和情感的立足点，并在叙事形式和审美风格上，继承了汉唐时期边塞诗雄浑粗犷的诗风。此时的大漠不再是人声鼎沸的建设工地，而恢复了它本来的面目"静的黄沙，静的凝云，

---

①杨牧. 我们在衔接中开拓上升——新边塞诗抒怀[J]. 诗探索，1985(1).

静的漠天，静的枯林"。① 西域的群山是大地对自然的一种挑战。"冈底斯山、喜马拉雅山、喀喇昆仑山，三大著名山系的躯体纠缠在这里，高度的竞争，力的交错，凝聚成无数突出的筋脉和肌块。"②大山在诗人的笔下，不仅是一种自然现象，同时也是力量的象征，这种力量凝聚着深厚的历史感和蓬勃的生命力。还有大漠中的流沙"那一阵它多么强大，这群风的信徒，像洪水，涌进村镇，像蛇，盘绕住树，像死亡永不撤退的驻军，牢牢地包围住绿洲。"③流沙是沙漠中常见的自然景象，诗人在流沙对"村镇""树""绿洲"侵袭的意象中，融入了自己对历史社会的思考。新边塞诗除了对边塞自然风光的描写，还有对动物和人的描写，汗血马是"虎豹一样的毛色，如天山石峰，风雪漂洗而不见淡褪，马毛汗蒸，马血腾烟"，④ 这彪悍激越的马的形象既是写实的，也是写意的。就连人的出场也是在特定的自然地理中得以呈现的。杨牧在《哈萨克素描》中写道："站着是一匹伊犁马，睡着是一架乌孙山。动时是一条喀什河，静时是一片大草原。"⑤诗人用"伊犁马""乌孙山""喀什河""大草原"这四个阔大的自然意象，把哈萨克民族悠远的历史和刚健的生命准确形象地刻画出来。有评论家认为，新边塞

---

①章德益．大漠之静[M]．大漠和我．长沙：湖南人民出版社，1983：9.

②周涛．角力的群山[M]．新疆文学作品大系(诗歌卷)．乌鲁木齐：新疆美术摄影出版社，2009：252.

③周涛．流沙[M]．新疆文学作品大系：诗歌卷．乌鲁木齐：新疆美术摄影出版社，2009：248.

④杨牧．汗血马[M]．新疆文学作品大系：诗歌卷．乌鲁木齐：新疆美术摄影出版社，2009：187.

⑤杨牧．哈萨克素描[M]．杨牧文集：上．重庆：重庆出版社，2003：219.

诗人最大的贡献"在于他们创造性地把中国当代人的思考溶解于西部特有的自然景观之中。他们使那些粗犷的、强悍的、坚韧的，乃至荒凉的、悲慨的一切，无不洋溢着当代人新的心灵渴望与吁求。他们讲沙漠上的动物或植物，他们讲大戈壁的日出和日没，他们讲盐湖和绿洲，他们都是在中国当代现实生活的土壤上的沉思和召唤"。① 新边塞诗在对景观地域性的呈现中带给读者全新的审美体验，并透过景观的表象不断开掘其背后的历史文化内涵，在现实景色和历史内涵的衔接中给人以深刻的启示，在景色的书写中也融入了西北人的精神品格。

历史上的边塞曾是无数爱国将士建功立业之地，也曾是贬戍文人被放逐的苦寒之地，亦是共和国时期火热的斗争和建设之地。这些作家大多是出于某种具体的原因，短暂地寓居在边疆，所以他们对边疆自然风光的描写是浮光掠影式的平面展示，很少去开掘它自身的历史文化内涵和生命本质。而这些新边塞诗人大多是拥有长期的"在地经验"，周涛 1946 年出生在山西，1955 年新疆维吾尔自治区成立，九岁的周涛时跟随父母工作调动来到乌鲁木齐，长达此后几十年的时间一直生活在新疆。生活在北疆的杨牧和生活在南疆的章德益都是在 1964 年来到新疆，到新边塞诗提出的 1981 年，他们在新疆已拥有 17 年的生活经历，已经相当程度的"在地化"。所以，他们对新疆的描写不再是行旅式的外在视角，而是剥离了附着在对象之上的浪漫想象，企图还原边地真实的"在地经验"。"不要再缠上白云的纱锭，那不过是一团空幻的水烟，不要再缠上太阳

①谢冕. 崭新的地平线[J]. 中国西部文学，1986(1).

的红线团，那实在是太高太远。让它只把一缕生活的真味，缝进荒沙，缝进漠天，即使淡吧，也会留下人世间的真苦真甜。"①在厌倦了对新疆诗意化和激情化的虚假想象之后，诗人更愿意做一个单纯的《地球的译员》(章德益)，去倾听风与沙的密语，去理解天与地的密谈。另一方面，在对新疆的书写中，新边塞诗人融入了本土生活的切身体验，往往把自己和对象融合在一起。在诗人笔下自然不再是人崇拜恐惧的对象，也不是征服的对象，而是和人融为一体互相印证，以此重建了人与边地之间的内在联系。章德益在《我与大漠的形象》中"大漠"和"我"互相塑造着对方，"我额头上，有了风沙的凿纹"，"我胸廓中，有了暴风的回响"，同样，"叶脉里，有了我的笑纹"，"花粉里，有了我的幻想"，"我像大漠的：雄浑、开阔、旷达，大漠像我的：俊逸、热烈、浪漫。"②大漠和人在互相塑造中达到了和谐统一，人成为自然的一部分，自然成为人的内在精神的对象化。"我自豪，我是开荒者的子孙。在我的世界上，也有一片荒原。"③诗人在向历史上那些拓荒者的回望中确立了自身的身份和价值。"我应该有黄土高原般陈郁的肤色，我应该有嘉峪关般伟岸的背脊，我应该有九曲黄河曲折的手纹，我应该有塔克拉玛干般开阔的胸怀，我应该有祁连雪峰般

---

①章德益. 在地球的大线团上[M]. 大漠和我. 长沙：湖南人民出版社，1983：6.

②章德益. 我与大漠的形象[M]. 大漠和我. 长沙：湖南人民出版社，1983：11.

③章德益. 我自豪，我是开荒者的子孙[M]. 生命. 乌鲁木齐：新疆人民出版社，1985：6.

阔大辽远的视野，我应该有伊犁骏马般雄烈长啸的豪气。"①如果说，共和国时期诗人对边塞的描写是政治化的；那么，新边塞诗人笔下的边塞风情则是自我精神和人格的对象化。

新边塞诗人把自身对历史和生命的思考融入对新疆自然风情的描写之中，表现了丝路民众刚毅豁达和不羁的生命质感，体现了一种阳刚壮美的情怀。朱光潜曾对刚性美的内涵做出说明："'雄伟'有两种，一种是'数量的'，其大在体积，例如高山；一种是精力的，其大在精神气魄，在不受外物阻挠，在能胜过一切障碍，例如狂风暴雨。"②杨牧笔下遥远的地平线，广袤的准噶尔，周涛笔下旷远的荒原，神山和圣海，章德益笔下的沙漠瀚海，绿洲与荒野，这些辽阔的空间意象体现了诗人壮美的情怀。杨牧曾主张诗歌要"大气些，再大气些"，周涛说："我毫无疑问地崇尚豪放派。我只能被它感动、击中，并且坚信这一脉精神乃是我们民族精神中最可贵、最伟大、最值得发扬的东西。这也许就是我的文学性格。"③尽管这些诗人厚此薄彼的观念有失偏颇，但是却真实地反映出了他们的审美追求。在创作中诗人不断实践着自己的美学理想，周涛笔下的很多动物意象，就体现了一种力量和气魄的美。他笔下的鹰迅疾强悍，"它有被太阳烘暖的热血，闪电般犀利的目光"④，"像一

---

①章德益. 我应该是一角大西北的土地[M]. 李小雨，曾凡华编. 中国新时期朗诵诗选. 北京：线装书局出版社，2013：173-174.

②朱光潜. 文艺心理学[M]. 北京：中华书局，2012：326.

③周涛. 在新边塞诗讨论会上的发言[J]. 中国西部文学，1990(9).

④周涛. 鹰之击[M]. 新疆文学作品大系(诗歌卷). 郭兴富主编. 乌鲁木齐：新疆美术摄影出版社，2009：244.

支劈空射下来的响箭，追杀狐，带着烈烈风声"，① 这种势不可挡的气魄使诗歌产生了壮美的效果。还有郭维东笔下的马群"从高山上汹涌而下的，是我的马群，笼盖四野，如暴嚣的泥石流"。② 马群在奔驰中的速度、气势、力量，都在彰显着一种强劲刚健的美学精神，而这种对阳刚之美的追求，构成了新边塞诗创作中的一种主导风格，成为它独特的审美精神。

二、从本土文化到丝路文化的自觉

新时期以来新边塞诗的崛起和西部文学概念的倡导，都是在凸显西北丝路文学的地域性特征，这首先是出于一种文学上的"边疆策略"，是对以北京等发达城市为核心的文学中心地位的一种挑战，这种挑战无疑是成功的，不管是在创作上还是批评界都赢得了很多的关注。越来越多的作家在向本土文化掘进，丝绸之路成为他们确立自身文化根基的重要依据，它不再是一个尘封在遥远的历史中的抽象概念，而是和当代社会的发展紧密联系在一起，是我们重新认识中国和世界、地方和文学之间关系的一个全新维度。"在今日的大西北土地上，无论是柴达木，准噶尔，塔里木、吐鲁番，还是河西走廊与黄河两岸，我们都可以看到古老文明的沉积与现代开发的挺进交相并存的动人画面，看到悠久的过去与光辉的未来之间的摩擦碰撞

①周涛. 放鹰[M]. 中国新诗百年大典. 何言宏主编. 武汉：长江文艺出版社，2013：164.

②郭维东. 西部马群[M]. 美丽的跋涉. 何言宏主编. 乌鲁木齐：新疆人民出版社，1992：95.

所迸溅的火花。"①丝绸之路沟通了历史和现实，地方和国家，东方和西方，引导着丝路文学从本土经验的发掘走向丝路文化的自觉，突破了文学创作和研究中地域文化决定论的单一视野，在地域性、历史性、现实性的维度中重建文学内涵的丰富性。尽管之前也有很多作家表现出对丝路文化的一种认同和回归，如新边塞诗人就是在汉唐边塞诗的历史经验中汲取了新的诗情，有些作家的创作围绕丝路上某个特定空间展开文学想象，"作为这片土地上的写作者，圣敦煌是我们心中一个永恒的母题。"②但是，从本质上来说，这些认识是局部的、片段的，是把丝路文化中某些典型经验作为一种地域性要素来认识，而忽视了丝路文化和文学的多样性和丰富性。从丝路文学的发展历程来看，这种沟通丝路文化和文学创作的努力，一直或隐或显地存在着，红柯、高建群、昌耀、冯玉雷、刘亮程等作家的作品，从丝绸之路的历史中获得了丰富的题材，他们对现实的认识与思考都建立在丝路文化的历史经验之上。

丝路文化的自觉首先体现在丝路题材的丰富性和多样性，越来越多的作家把自己的目光投向丝绸之路的历史经验和文化形态。丝绸之路斑斓绚丽的文化最先激起诗人们的歌唱，昌耀的《河西走廊古意》《在敦煌名胜地听驼铃寻唐梦》《忘形之美：霍去病墓西汉古石刻》，沈苇的《新疆词典》《西域记》《喀纳斯颂》，叶舟的《敦煌诗经》，杨炼的《飞天》，韩作荣的《丝绸之路》，高平的《望阳关》《敦煌记事》。丝绸之路上的历史故事和

①周政保. 小说与诗的艺术[M]. 杭州：浙江文艺出版社，1986：58.
②叶舟. 在圣地敦煌，寻求一种伟大的庇护[M]. 敦煌诗经. 兰州：甘肃文化出版社，2015：2.

传奇人物为文学创作提供了丰富的想象空间。徐兆寿的《荒原问道》《鸠摩罗什》，冯玉雷的《敦煌百年祭》《敦煌遗书》《敦煌：六千大地或者更远》，这些作品通过对丝路文化的创造性书写，激活了丝路题材所蕴含的叙事活力。

　　丝绸之路作为独特的地理文化场域，为当代文学创作提供了丰富的形象构型空间。《丝绸之路》杂志社的社长、甘肃作家冯玉雷，多年来专注于丝路文化的研究与书写，不断探索传统文化的创新之路。冯玉雷的创作生涯开始于大学时期，在大量的阅读之余他相继写出了《五月的玫瑰》《野渡》《红纱巾》《雁歌》等作品，这些早期创作带有明显的模仿迹象，在题材和风格上尚未形成自己的风格。冯玉雷创作的起步阶段恰是20世纪80年代末西方现代派文学思潮风起云涌的时代，昆德拉以现代手法表现传统文化的写作经验，给冯玉雷的创作带来了很多启示，也成为影响他后来创作的一种重要方式。1992年到1998年期间，冯玉雷专注于甘肃地区民俗文化和佛教文化的书写，创作了中篇小说《陡城》《野糜川》和长篇小说《肚皮鼓》《黑松岭》《血煞》。这些作品大多取材于甘肃地区的历史和民俗文化，探索如何在继承传统的基础之上实现文化与文学的创新。从1998年创作的《敦煌百年祭》开始，冯玉雷将创作的视点开始从本土文化转向敦煌文化，连续创作三部以敦煌为题材的长篇小说，逐渐形成自己的题材特色和"找到属于自己的句子"。敦煌是古代丝绸之路上的一个重镇，是中外文化交流的核心地带，拥有大量丝路文化的历史遗存，如何对这一丰富的文化宝藏进行开掘和再创造，是冯玉雷这一阶段主要的文学命题。《敦煌百年祭》就取材于莫高窟道士王圆箓发现藏经洞的过程和西方探险家盗宝的史实。2006 年《敦煌·六千大地或者更远》中，冯玉雷把以敦煌为核心的文化圈作为一个整体来进行关照，体现了作家对敦煌文化的一次自觉重述与创造。2009 年《敦煌遗书》采用现代派的手法表现了斯坦因的四次西域探险故事，在这个历史背景之下把敦煌文化精神和欧洲现代工业发展相结合，给历史事件和传统文化注入新的生命和活力。2018 年冯玉雷出版了丝路题材长篇小说中的第四部《野马，尘埃》，小说取材于敦煌藏经洞、吐鲁番等地出土的有关文献资料，以安史之乱前后的唐朝作为历史背景，以青藏高原、西域大地、河西走廊、中原地区作为人物活动的历史空间，展现了丝路沿途各民族、各阶层人民的命运和生活状态。"丝绸之路是文化融合之路、贸易发展之路，具有时间跨度长、涉及范围广、牵涉主体多的特点，是文学创作取之不尽的源泉，丝绸之路开通、发展过程中很多人物、事件乃至各种物品都可以成为文学创作的原型。"[1]冯玉雷的敦煌系列小说取材于丝路上的人与故事，实现了对丝路文学的创造性书写。

青海诗人昌耀，早期的诗歌创作都是取材于青海高原的流放地，新时期以后逐渐把笔下表现的空间从青海高原的流放地扩展到从长安至新疆的丝路古道，在这种宏阔的时空背景中展现出民族鼎盛期生命的大气象和精神品格。昌耀艺术视野上的转变始于 1982 年的一次旅行，他和青海省美协的几个画家从西宁到兰州，沿着河西走廊到达张掖，再折入青海返回西宁，这次看似普通的采风旅行在昌耀的创作生涯中具有重要的意

---

①冯玉雷，冯雅颂. 新时期敦煌文学的建构与发展[J]. 兰州大学学报，2018(3).

义，"这就是通过河西走廊这一粘连着陕西、甘肃、青海、新疆的西北腹地的主干线，昌耀敏锐地感受到了一个相对于诗歌而言的、新的地理文化形态和板块。"①这个比青海高原更为开阔的地理版图，使昌耀走出了流放经验的书写，他根据这次旅行写下了《所思：在西部高原》。"我似乎觉得，高车部自漠北拓荒西来尚是昨天的事，汉将军班超与三十六吏士的口碑，也还依然一路风闻，可你们后来者，还听得敦煌郡歌伎女反手弹琵琶吗？"（《所思：在西部高原》）这首诗中所描绘的西部高原超越了纯粹行政区划的意义，具备了一种历史文化内涵，它们是"由历史上在北方草原游牧的铁勒部族为代表的游牧民族（因其善造车轮高大的木车，故又被称之为"高车"部族）；出使西域的汉将军班超及其部属；丝绸之路上的重镇敦煌以及歌舞等等构成的，这样一个历史大时空"。②丝绸之路上丰富绚烂的历史文化给昌耀带来了一种更为开阔的艺术视野，唤醒了他诗歌创作中丝路文化的自觉。

随着游历的足迹和思维的推进，一个建立在丝绸之路的历史和文化之上的西部形象在昌耀的心中逐渐清晰起来。"在我国西部，即便我是行走在戈壁大野，也会意识到足下的土地原是浸透了古老文化汁液的土地。周穆王'西征昆仑丘，见西王母'之类的记载永远使我们感到亲切。这种文化意识必为我们的西部文学构成增添深度与层次感。"③一个融合了历史和现实

①燎原. 昌耀评传[M]. 北京：作家出版社，2016：335.
②燎原. 昌耀评传[M]. 北京：作家出版社，2016：336.
③昌耀，肖云儒等. 就西部文学诸问题答《当代文艺思潮编辑部问》[J]. 当代文艺思潮，1985(3).

的丝绸之路的宏阔空间，在他的诗歌中逐步地打开和呈现。昌耀相继写出了《河西走廊古意》《在敦煌名胜地听驼铃寻唐梦》《忘形之美：霍去病墓西汉古石刻》等诗歌，他在历史的光阴中反复地喟叹："我记得夫人嫘祖熠熠生辉的织物，原是经我郡坊驿馆乘坐双峰骆驼，由番客、鼓箜篌、奏觱篥、抱琵琶，向西一路远行。我是织丝的土地。我是烈风、天马与九部乐浑成的土地。"（《旷原之野》）这是诗人首次来到新疆的创作，是把古西域的历史和当代现实贯通起来的大时空叙述，昌耀笔下的新疆连接起的是中国历史上辉煌的汉唐时期，和丝绸之路上双向交流的文化形态：丝绸、经卷、天马、九部乐等，以及西域三十六国之间的战争和被战争的烈焰烤红的天空，正是这种丝路文化精神的灌注成就了昌耀诗歌创作的大格局和大气象。

　　丝绸之路蕴含着丰富多样的民族文化基因，给予了作家开放多元的文化视野，为我们认识当代社会现实和文化困境提供了重要的思想资源。陕西作家红柯被誉为"丝路文学上的歌者"，他的人生沿着关中到天山之间的古丝路数次迁徙，新疆十年，宝鸡十年，西安十年，近三十年的时间都在天山——祁连山——秦岭之间的丝路古道之间奔波。这种特殊的人生经历成就了一个丝路文学的卓荦表达者。红柯创作了数十部丝路题材的长篇小说，还有散文如《丝绸之路：人类的大地之歌》《丝绸之路开始的地方》《从黄土地走向马背》《文学的边疆精神》等作品。对于红柯来说，丝绸之路这个阔大的地理空间不仅是他创作的表现对象，激发了他创作的激情和飞扬的想象力。另一方面，丝绸之路所带来的农耕和游牧文化融合的历史经验构成了他最为重要的知识场域。可以说，他对中国文化发展的思考都是建立在这个背景之上。红柯多次提到他对丝绸之路民族文化融合的认识。"在地理上，天山、祁连山与秦岭不仅一脉相承，关中平原也是古代游牧民族与汉族融合的大熔炉。我现在执教的陕西师大者王大华著有《崛起与衰落》，基本上大批胡人进入关中，每进一次，关中就兴盛一次。古时，陕西人就有走大漠的传统，张骞凿空西域，苏武北海牧羊，玄奘西天取经，班超就更不用说了。"①他的丝路书写正是建立在这样的认识之上，希望通过游牧文化和关中文化的融合实现中国文化的重建，这是红柯与其他新疆书写者的重要区别。作家杨献平认为，对于西北和古老的陆上丝绸之路的文学呈现和表达上，红柯是一位深知其详的作家。批评家李敬泽说："红柯关注的西域不是一个简单的地方，它涉到我们这个伟大国家的精神文明的整合。"②

丝绸之路作为中西文明交流的载体，"承载着丰富多样的文化基因和含量，关联着民族文化的深层心理与人格，体现出华夏民族的文化自觉与自信，具有'文化史'和'心灵史'的特殊意义，它无疑体现出更多的华夏文化表象之'元'。"③能够为文学创作提供丰富的文化资源和想象空间，推动文学走出地域文化的局限，有利于文学民族性和世界性品格的形成。

①红柯，杨梦瑶. 西域给我换了一双内在的眼[J]. 时代文学，2014(5).
②张杰. 追寻西去的旗手，发现丝路的红柯[OL]，http://www.sohu.com/a/231169466335965.
③李西建. "丝绸之路"与当代文艺的创新[J]. 兰州学刊，2017(2).

第三章　西行与丝路文学

虽然从近代之后西北丝路失去了它在政治、经济、文化方面的优势地位，但是丝路曾经在世界文明发展中所具有的重要作用，使中外学者发现丝路、重走丝路的思潮和呼声一直延绵不断，大量的探险家、学者文人、官员等社团群体踏上了考察、游历丝路的旅程，并根据自己亲历体验撰写了大量反映丝路沿线风土人情和民众生活的作品，推动了西行题材文学创作的繁荣。

第一节　西行与丝路游记的繁荣

近代以来中国社会政治的剧烈变革，使西北丝绸之路的战略地位得到凸显，致使中外文人学者纷至沓来，推动了丝路游记的繁荣。西方探险热和国际东方学的兴起，吸引很多国外学者来到中国进行丝绸之路的文化考察，撰写了大量的丝路游记，把丝绸之路的历史文化传播到世界各地；随着"开发西北"和抗战的爆发，一些心系国家民族命运的学者、文人沿丝路西行，他们的游记作品真实地反映了西北丝路的社会现实；

共产党在延安的发展和壮大，促使中外记者来到延安进行实地访问调查，他们的游记塑造了一个全新的"红色丝路"形象。在近代以来由西方现代文化所主导的知识体系中，有关丝绸之路的研究并不多见，国外民众对丝绸之路也知之甚少，那些前来丝绸之路考察游历的学者文人也大多带着一种"发现丝路"的眼光，重在突出游记作品的纪实性，对丝绸之路沿途的历史文化和社会现实进行了真实的描写和记录。

一、西方探险家与丝路游记

现代丝路游记创作的先声是由西方探险家发起的，20世纪前后随着中亚地理考察热和国际东方学的兴起，吸引了很多西方探险家纷至沓来，使丝绸之路这个被历史风沙所掩埋的文明之路开始重新引起世界的关注，成为国际性探险和考察的热点，这一文化思潮催生和拉开了现代丝路探险游记的序幕。这些外国学者在考察结束后形成了一个惯例，他们通常会根据自己的经历撰写两类著作。一类是专业性的学术考察报告，另一个是面向普通读者撰写的文学性的考察纪实或游记，这些探险游记构成了现代丝路文学的一个重要组成部分。这一时期丝路探险游记是由一批来自西方的探险家、地理学家、考古学家根据自己实地考察经历所撰写，如（俄）普尔热瓦尔斯基的《荒原的召唤》《走向罗布泊》，（俄）科兹洛夫《死城之旅》、（瑞典）斯文·赫定的《亚洲腹地旅行记》《丝绸之路》《游移的湖》《马仲英逃亡记》《罗布泊探秘》，（英）斯坦因的《斯坦因西域考古记》《沙埋和阗废墟记》、（法）伯希和的《伯希和敦煌石窟笔记》《伯希和西域探险记》《伯希和西域探险日记1906—1908》、

（日本）儒家高僧大谷光瑞的《丝路探险记》、（美）兰登·华尔
纳《在中国漫长的古道上》等。

首先，这些丝路游记通过科学考察揭开了丝路文化神秘的
面纱，还原和再现了丝绸之路辉煌的历史。20世纪前后的丝
路探险家主要来自瑞典、英、法、德、俄、日、美等西方强
国，这和他们在世界政治格局中的地位大体一致，由于大多数
探险者都带有历史考古和盗取文物的双重目的，所以他们的考
察以丝路文化遗存密集和保持较为完整的西段为主。"我的主
要考古区域是西至妫水、东到中国本土的中国西部广大地区，
那片地方虽然现在是荒山野岭、万顷沙漠，但在古代历史上却
有十分重要的作用。这里是古代经营了几百年的'丝绸之路'
的必经之地，中西文化在这里交汇发展，形成了古代文化史上
很重要的一个高峰。由于这些地区气候干燥，这些古代文明的
遗迹历经千百年仍得以保存至今。测量这一地区的地理环境及
考证挖掘古代实物，就是我这几次历经磨难进行探险的主要目
的。"①和斯坦因一样，大多数探险家都把考察的重点集中在新
疆和敦煌的丝路遗迹和文物。他们之中除了少数人之外，大多
是地理学家、考古学家、人类学家，游记内容也属于地理、考
古方面的知识考察，他们在现代科学理性精神的观照下发现丝
路和认识丝路，注重考察的严谨和叙事的客观，真实地再现了
丝路沿途的地理文化概貌，为我们提供了一个认识丝路的文学
信史。尤其是在西方探险家中影响最大的斯文·赫定，他的

①［英］斯坦因. 斯坦因西域盗宝记［M］. 海涛，编译. 北京：西苑出版社，
2009：2.

《亚洲腹地旅行记》中所记载的路线和测量数据被后来很多科考队所沿用和借鉴。同时这种对丝路的科学叙事也伴随着以现代知识对丝路和中国的"去魅"和"启蒙"。"1907 年，瑞典探险家斯文·赫定来到冈仁钦波雪山和玛旁雍错圣湖，在佛教和印度教的世界观中，前者是须弥山，是世界的中心、众水之源，是众神居所，而后者是永恒的、洗净一切罪孽的湖；然而，在《亚洲腹地旅行记》中，我们看到那山那水被斯文·赫定还原为纯粹的自然地理现象，笼罩其上的神奇光环被驱散，山就是山，水就是水，在一个以人为中心重新组织起来的世界里，它们等待着被认识、被征服、被利用。"[①]可以说在由现代知识所建构起的丝路形象中，祛除了这条道路在历史中曾被赋予的神性和宗教色彩，它不再是一个让人类敬畏的对象，而是一个可被人类认识和征服的客体。从这个层面来说，西方探险家的丝路游记具有划时代的历史意义，它开启了对丝路的科学叙事传统，并因此深刻地影响和塑造了民国时期知识分子的丝路叙事，科学叙事从一种西方的外在视角演变为建构现代民族国家的一种内在冲动。

其次，这些探险游记也具有重要的文学价值，它们的影响早已超出科学界的范围，这些经过戈壁沙漠生死淬炼的"'沙漠旅行家'所贡献的旅行文学，不但佳作辈出，而且往往精湛内敛，最令人深思徘徊"。[②] 民国时期著名的学者翁文灏在评

[①]林建法，徐连源编. 中国当代作家面面观——灵魂与灵魂的对话[M]. 杭州：浙江文艺出版社，2004：438.

[②][法]蜜德瑞·凯伯，法兰西丝卡·法兰屈著. 戈壁沙漠[M]. 黄梅峰，麦慧芬，译. 北京：中国青年出版社，2002：6.

价李希霍芬的游记时说："李希霍芬关于中国的著述，在小处看，我们固已有许多改正，但是在大处看，真是我们的绝好的模范。不但他的旅行日记和他的与上海商会通信，都是很好的游记，就是他的不朽著作《中国》一书，也可说是一种绝好游记类的文章。读他的书，好像亲到其地，不如平常地质报告的拘束割裂，枯索无味。他对于中国的历史、地理都有整个的了解，而且使这种了解与他的地形地质的观察能够融合为一，互相发明。"①这些探险家不但具备丰富的科学知识，而且具有很高的文学素养，他们以洗练朴实的语言把科学考察的经历描述得生动有趣，记事考证与写景抒情相结合，让人有身临其境之感。

在由西方学者撰写的丝路游记中，有一些是女性作家创作的，女性对日常生活的兴趣使她们更关注所到之地的风俗人情，在对服饰、饮食等生活纪实的基础上融入了更多个人的情感体验，这种充满温情的叙述方式体现了游记文学的人文关怀和诗意追求。《戈壁沙漠》是两位法国女性传教士蜜德蕊·凯伯和法兰西丝卡·法兰屈根据自己的经历所撰写的游记，她们怀着宗教的虔诚沿着西北丝路古道穿行于戈壁沙漠之间。这个在西方看来荒凉孤绝的丝路古道，在她们的笔下却充满了诗意：

> 风悄悄隐退了，一切都静止不动，黑暗迅速遍布漠原。傍晚的星星出来了，然后，众星一颗接一颗挂上天鹅绒似的深空，像一盏盏黄金灯。我整晚注视着

①杨钟健. 西北的剖面[M]. 兰州：甘肃人民出版社，2003：1.

浩瀚的苍穹，它的光辉灿烂令我惊讶。北极星准确指引着路途，星座缓缓移过中天，唯一的声音是动物平稳安静的沉重步伐，和着车夫布鞋触地的声音。我们全都意识到正在通过一种伟大的寂静，本能地尽量不去打搅。

午夜，地平线上一团朦胧的光霭，昭告着月亮即将升起。很快地，一切景色全都沐浴在明亮柔和的月光中。明月映彻，更添了几分寂静。以前我曾见识过静默，但与此相较，那远算是嘈杂了。这儿甚至没有一片草叶作飒飒声，没有一片树叶摇动，没有任何鸟在巢中鼓翅，也没有虫子嗡嗡飞过。没有人说话，我们只是专心凝听，一切振动好像都静止了。当月亮高挂中天，时近清晨三点，车夫说了一句话："那边，就是淘金铺。"①

与其他男性探险家对戈壁大漠所体现的征服心理不同，这几位踏上丝路古道的女性探险家是带着一种强烈的融入和认同感来为当地民众传教，所以她们对当地自然风景的描写体现出了教徒般的沉静和哲思，在丝路探险游记中体现了一种温婉清新的女性叙事风格。

探险游记所带来的一个重要经验就是知识的增长。"探险游记的真正目的在于它在寻求一种从未有过的经历，并且通过

①[法]蜜德瑞·凯伯，法兰西丝卡·法兰屈著. 戈壁沙漠[M]. 黄梅峰，麦慧芬，译. 北京：中国青年出版社，2002：14.

这种经历来获得知识'。① 中国古人所说的"读万卷书，行万里
路"，这种身体力行的行旅所追求的是一种见识的丰富，着眼
于自我素养的提升，而探险游记所谓的知识"不同于见识，它
不仅仅只是一种感官的印象，而是一种经过认同、提升、内化
的文化经验。"②同时，我们必须清醒地认识到，知识的产生绝
对不是纯然客观和被动的，正如东方学的代表人物萨义德所
说："作者并不是机械的为意识形态、阶级或经济历史所驱
使；但是我们相信，作者的确生活在他们自己的社会中，这在
不同程度上塑造着他们的历史和社会经验，也为他们历史和社
会经验所塑造。"③20 世纪前后产生的丝路探险游记诞生于西方
资本主义发展和帝国扩张的时代背景之下，是和西方殖民者对
中国的侵略和掠夺联系在一起的，这便决定了作者从一种"欧
洲中心主义"的立场来认知和讲述丝路故事，甚至是带有文化
殖民者的偏见。至此马可·波罗所建构的富饶繁荣的中国形象
逐渐褪色，代之而起的是"穿街过市的一串串驼队、颧骨突
起、晒得黝黑的蒙古人的脸庞，男人们拖在脑后的长辫子，还
有那鬼腔怪调、不可理喻的陌生语言"，④ 这些融汇着文化偏
见的丝路探险游记成为西方认识中国历史文化的重要媒介，是
西方把中国建构为文化他者的重要方式，也就是萨义德所说的

①［瑞典］斯文·赫定. 失踪雪域750天［M］. 乌鲁木齐：新疆人民出版社，2000：2.
②郭少棠. 旅行：跨文化想象［M］. 北京：北京大学出版社，2005：107.
③［美］爱德华·W. 萨义德. 文化与帝国主义［M］. 李琨，译. 北京：三联
书店，2003：72.
④［俄国］普尔热瓦尔斯基. 荒原的召唤［M］. 乌鲁木齐：新疆人民出版社，
2000：1.

"东方幻想"。

由西方探险家所撰写的丝路游记充满了传奇性和趣味性，区别于僧侣游记的悲苦和科学游记的枯燥，尤其是其中所表现出的冒险精神和征服精神，对中国现代文学的影响是长久而深刻的，他们不仅成为现代文学描写的对象，而且也为现代作家的丝路叙事提供了精神源泉。斯文·赫定在中国期间和新文化运动的很多学者都有较多的往来，1926年赫定带领的西北科学考察团成员之一北大教授徐炳昶，根据此行经历撰写了《西游日记》，西北史地专家黄文弼也作为考察团的成员参加了此次考察，语言学家刘半农也曾随团赴西北考察，赫定还曾和他商议推荐鲁迅作为诺贝尔文学奖的中国候选人。刘半农在1934年病逝的原因就是要代表中国学术界参加国际地理学会，为纪念斯文·赫定七十寿辰而编印的论文集撰写论文，去绥远做方言调查途中被庙里的"蒙古虱子"感染伤寒病逝。所以，斯文·赫定和中国的文化和文学界的联系是密切的。甘肃作家冯玉雷的《敦煌·六千大地或者更远》就是描写发生在20世纪初丝路沿途的故事。其中贯穿始终的一个人物就是"把自己嫁给了六千大地"的探险家斯文·赫定。他在小说中是敦煌文化的守护者和传承者。陕西作家红柯在《喀拉布风暴》中以斯文·赫定的爱情故事作为一条重要的叙事线索，以写西藏著名的先锋作家马原，就从斯文·赫定的探险经历中获得很多灵感，女诗人马丽华的西藏游记，就一再援引斯文·赫定著作中的见闻，当代批评家胡河清在一篇文章中谈到赫定对他的影响："在少年时代，曾因母亲的推荐而读了瑞典人斯文·赫定的名著《亚洲腹地旅行地》，为他的冒险经历神而往之。我决

定以后也能做一名深入中亚腹地的探险者。"①他不但自己对赫
定神往，而且在一篇评论中把马原比附为进藏的冒险家赫定。
总之，西方探险家及其游记作品在中国的影响早已超出了科学
界，其人其文对中国的知识界、文化界和文学界的影响是广泛
而深远的。

二、文人学者与丝路游记

在西方探险家"发现丝路"和国民政府"开发西北"的号召
之下，知识界一批怀抱固边强国愿望的有识之士纷纷前往西北
丝路考察，根据亲身经历撰写了丝路考察游记，谢彬的《新疆
游记》、徐炳昶的《徐旭生西游日记》、黄文弼的《蒙新考察日
记》、宣侠父的《西北远征记》、顾颉刚《西北考察日记》、萨空
了的《由香港到新疆》等，这一时期丝路游记开始了从古代向
现代的转变，语言上以白话文为主，主题上从古代的寄情山水
转变为游记和爱国情怀的紧密结合。

近代以来民族国家的危机语境，使游记文学的创作观念始
终是和爱国主题联系在一起的，它经历了从古代审美性游记向
纪实性游记的现代转型。曾任京、沪、杭、甬铁路管理局局长
的黄伯樵在谈到现代旅游的意义时说道：

> 足之所经，手之所摩，耳目之所接，游名山胜
> 水，而识其风物之优美；历幽壑古洞，而识其构造之
> 奇特；睹先贤遗迹，而识其言行之卓绝，品格之崇

---

① 胡河清. 灵地的缅想[M]. 上海：上海学林出版社，1994：6.

　　高；乃至游都会，而验其建设之进退；游商埠，而察其工商之兴衰；游乡镇，而知其民生之荣悴，民俗之奢俭。故老于旅行者，对于国中地理、历史、经济、风尚等等，恒有普遍之认识，即对于国家往古来今，有整个之认识；而惟认识其国家，始油然而起爱护其国家之心，不待勉强而致。试观我国人民，何为而对于国家之利害，有若秦人视越人之肥瘠，莫不相关，实以未尝认识国家之故。导游机关提倡旅行，同时予旅行者以种种之便利，推其结果，寖假而认识国家，爱护国家者愈众，而后国之基础赖以立，国之事业赖以振。①

　　旅行通过耳听目闻，手摩足经的方式认识国家的自然风景、工商之兴衰，国家的历史，进而产生爱国之心，这是现代兴起的新的旅游观念。中国第一家旅行社创办的《旅行杂志》在 1938 年的"岁首献词"中写道："我们的见解，是要把国内名胜奥区，尽量阐扬其幽秘，考证其古迹，详计其道里，研求其民情，务使读者对于每一个地方，有深切之认识，油然而激发爱国之观念。故就表面看来，河山破碎何处游观，然而旅行杂志所贡献于读者的，是希望每个人于批读之余，注意到地理和人文所表现的事实，激发爱国之心情。"②把旅行和爱国联系起来，可以说是中国现代旅行和西方休闲消费旅行之间本质的

---

①黄伯樵. 导游与爱国[J]. 旅行杂志，1936（10）.
②赵君豪. 岁首献词[J]. 旅行杂志，1938（12）.

区别。中国的旅行产生于近代以来山河破碎的时代语境中，所以它必然和救国图存的时代主题紧密地联系在一起，整个社会从政府到个人都把旅行纳入现代民族国家的建构之中。"国族主义与旅行的相容性在此得以体现，具言之，国族主义即是旅行(及旅行书写)持续的动力亦是其目的，而旅行则成为国族主义宣传与实践的工具。同时，旅行与国族主义的相关性，也决定了旅行的范围(或对象)必然因国族主义关注点的转移而转移。"①

　　这种基于爱国情怀的旅行在西北丝路一带体现得尤为突出，西北丝路在历史上具有重要的战略地位。近代以来，从龚自珍的《西域置行省议》到梁启超、孙中山都从解决边疆危机和战时需要的角度出发，强调西北丝路战略地位的重要性，倡导开发西北，尤其是新疆。到 20 世纪三四十年代还曾成立过研究西北问题的专门社团，荒凉而又神秘的西北丝路一时成为社会的热点问题，各种研究西北问题的社团和刊物相继出现，政府鼓励民众到西北考察了解，很多人不远千里深入西北丝路游历考察。"前往西北的路途中，除了政府官员外，各大城市的青年学生，带着年轻人的好奇和振兴西北的雄心壮志，利用假期千里迢迢赴西北考察；长城抗战的英雄为谋长期抵抗之政策也组织人员到西北考察，甚至海外华侨也组织了对西北的考察。"②这个在国家层面掀起的大规模的西北考察热潮推动了丝

---

　　①崔磊. 抗战与爱国：抗战时期国族观下的旅行书写与甘宁青少数族群的国家认同[C]. 黄贤全，邹芙都主编. 中国史全国博士生论坛论文集. 重庆：重庆出版社，2015：409.

　　②沈社荣. 九一八事变后"开发西北"思潮的兴起[J]. 宁夏大学学报，1995(4).

路西行游记创作的繁荣，在民国出版的游记作品中，"西北地区游记图书以 37 种居第三位，半数以上是 1934 年西北开发后出版的"。① 近代以来对中国对西北丝路的重视主要是出于战略地位的考虑，所以这一时期游记创作的主体由西方探险家演变为国内的官员和学者；考察的地段由丝路文化遗存密集的新疆和敦煌转变为以新疆为主；考察的内容由文化考古转变为经济资源等关系国计民生的现实问题；风格由富有冒险传奇色彩的英雄精神转变为对民族国家命运的忧患意识。

在"开发西北"的号召之下，最先撰写丝路游记的作者是一些因公西行考察的官员和学者，这些人员大多出于政治原因或任职、或奉命考察，如《新疆游记》的作者谢彬，就是作为北洋政府特派员的身份奉命调查新疆财政情况，《新疆纪游》的作者吴蔼宸是以外交部新疆特派员的身份赴新考察，《亲历西北》的作者林竞是受财政部、农业部委派作为谢彬的助手考察新疆，《西北历程》的作者李烛尘是西北工业考察团的成员之一。这些官员大多具有海外留学的经历，谢彬、林竞、宣侠父、李烛尘、侯鸿鉴、马鹤天等人都曾留学日本，攻读政法、教育、工科等专业，是受到民主与科学熏陶的现代知识分子。他们对西北的游历和考察不是出于休闲娱乐的目的，而是一种爱国行为的体现，是对民族救亡和西北开发的关切和渴望，"期以所得，贡献国人，以资确切认识边疆状况，并促开发计划之早日实现"。② 陈赓雅的这段话可以代表西行知识分子的

①贾鸿雁. 民国时期游记图书的出版[J]. 广西社会科学，2006（1）.
②陈赓雅. 西北视察记[M]. 兰州：甘肃人民出版社，2002：2.

心声。高良佐也表示，"惧民族之衰颓，倡恢复历史精神，以充实民族生存奋斗之动力，务实学，黜虚华，瘏口哓音，笔不殚书，为国人所周知。此次西北视察，盖欲探先民发祥之地，促开发复兴之道，为国家民族尽最大之努力。"①从以上学者的言论可以看出，民国时期的西北行旅绝非是游山玩水式的消遣和娱乐，而是寻找救亡之道的爱国之旅。

这种从爱国主义出发的西行游记就不同于古人对名山大川的寄情抒怀之作。它不仅关注当地的自然地理、山川河流，同时还描写了西北地区的政治经济、交通教育等民生内容，使一向遥远而落后的西北面貌逐渐清晰起来，依此给国人建构起一个关于认识和了解西北现状的知识体系。《新疆游记》是民国时期西行游记的一部代表作，最先刊载于《时事新报》，迅速引起国内各大报刊的关注与转载，1923 年上海中华书局出版单行本到 1936 年重印九次，可见此书在民国时期影响的广泛。该书的作者谢彬，在 1905 年加入中国同盟会，受到资产阶级民主主义思想的影响，后赴日留学在早稻田大学攻读政治经济专业，是一位爱国的知识分子。《新疆游记》的创作缘由是谢彬奉国民政府财政部的命令赴新疆和阿尔泰调查财政状况，于 1916 年 10 月 16 日从湖南长沙出发到北京，经陕甘到新疆迪化，历时 14 个月，最终完成财政部委派的任务。《新疆游记》即是他此行的见闻实录，孙中山亲自为此书撰写了序言，称赞他"行路四万六千余里，记载三十万言，述其足迹所经、视察所及以飨国人，使致国境之内，尚有此广大富源，未经开发

①高良佐. 西北随轺记[M]. 兰州：甘肃人民出版社，2003：2.

者，可为吾人殖民拓业之地，其兴起吾国前途之希望，实无穷也"。[①]孙中山对谢彬及其游记的评价代表了民国时期官方对西行游记的意识形态诉求，把旅行书写纳入和整合到现代民族国家建构的时代主题之中，通过实地考察建构起关于西北知识的真实性，从历史和现实层面论证开发西北的合理性，从而把民众有效地动员到这一国家意识形态之中。《新疆游记》就是这一社会思潮的产物，它以日记的形式逐日记录了游历新疆途中的见闻，基本上沿袭了古西行记的结构，谢彬的任务本是调查新疆财政，但他却用了大量的篇幅描写了沿途各地的政治经济、道路交通、物产风俗，还参照地方志和前人著作，勾勒所到之地的历史地理面貌，内容丰富，言辞真切，真实地反映了20世纪初西北的社会状况。除此之外，我们通过此书感受到谢彬作为一个现代知识分子救亡图存的爱国精神，他的游记不仅如实地记录了西北地区的社会面貌，而且针对当地的情况，作者提出了自己的看法和建议，如途经陕西拜访督军陈柏生，认为其"言论风采，似非治世之良才"，在深入了解新疆的领土问题后，作者对俄、英两国的侵略行为怒不可遏，痛斥满清政府和袁世凯"罪岂容诛"，呼吁政府"力图自强"，谢彬对国家的忧患意识和爱国之心清晰可见。

国族主义下的丝路游记推动了游记文学的现代转型，陈赓雅的一段话可以看作是对丝路游记文学史价值最为中肯的认识和评价：

---

①孙中山. 新疆游记·序一[M]. 乌鲁木齐：新疆人民出版社，1990：1.

昔者太史公好游名山大川，所撰《史记》，辨而不华，质而不俚，千载以降，奉为圭臬。苏子由更谓其文跌宕有奇气，实得江山之助。其后诗人墨客，蹑屐担簦，探奇选胜者，亦复代不乏人。而咏叹游赏之诗文，尤至不胜枚举。然类皆模范山水，寄兴抒怀之作；而绝少涉及其地、其时社会组织之利弊、人民生活之苦乐者。作者仰冀曩哲，踵武前修，此遭斩荆榛，犯风雪，历程数万里，而所持之旨趣，则异乎是：举凡各地民俗风土、政治经济、社会状况，均在采访考察之列。名山大川，古迹胜境，假以机缘，固往登陟；而荒陬废垒，破窑羊圈，亦多加造访；当地名流、地方当局，自往讯以社会之情事、设施之概要；而农夫力役、编户矿工，亦就以探索生活环境之实际资料。俾转以公诸社会，并供负责治理及研讨学术者之参考。信能循兹以为兴革政俗、改进社会之张本，则作者间关跋涉之劳，庶几其不等诸虚牝，而足以自慰于万一者乎？①

除了学者因公考察撰写的游记，文人的“走丝路”及其记游作品，构成了现代丝路游记的另一个重要内容，相对于学者游记的纪实性，文人游记的文学色彩更为突出。现代文人的西行不仅把新文化和新观念带到了丝绸之路，推动了当地文化和文学的发展和建设，而且他们的创作也把丝路沿途的社会现实

①陈赓雅．西北视察记［M］．兰州：甘肃人民出版社，2002：4.

和历史文化传播到整个社会。鲁迅、丁玲、茅盾、张仲实、张恨水等作家就先后沿丝路西行，他们打破了西北沿途封闭落后的文化局面，为丝路古道带来了新思想、新文化。

　　1924 年鲁迅、孙伏园等人赴西安暑期学校讲学，拉开了现代文人西行的序幕，孙伏园和王桐龄根据此次经历分别撰写了《长安道上》和《陕西旅行记》。文化和文学的传播受到政治、经济、交通发展的影响，近代以来丝绸之路在中西交通中的地位逐渐被海路的勃兴所取代，但是依丝路古道所形成的陕、甘、新驿道，仍是沟通西北地区的主动脉，驿道运输工具十分落后，肩挑、车载、畜驮是基本的运输形式。1922 年西潼（西安到潼关）公路的开通标志着西北交通由驿道向汽车运输时代转变的开始。"公路的出现和汽车运输业的兴起，对一向以人背、肩挑、畜拉、畜驼为主的运输方式来说，无疑是一场革命，这对社会经济的发展和人民物质文化水平的提高有着重大的意义。"[①]西北公路交通的发展对新文化在丝路沿途的传播起到很大的推动作用，1924 年鲁迅等人赴西安暑期学校讲学走的就是西潼公路，他们从北京乘火车沿陇海路到河南陕州，然后坐民船沿黄河溯流西上到潼关，一百八十里黄河水路他们足足走了四天，其间在子营夜遇大雨，船倒行数十里所幸有惊无险，到陕境后弃舟登陆，改乘汽车沿西潼公路到西安。从鲁迅等人赴陕的经历中可以看到，当时陕西交通非常地落后，尽管新文化运动所带来的思想解放潮流席卷了全国，但由于交通的梗塞难以对西北丝路产生影响，封建文化仍在此地占据统治地

---

　　① 魏永理. 中国西北近代开发史[M]. 兰州：甘肃人民出版社，1993：352.

位。20 世纪 20 年代陕西的文化教育界还在提倡国粹玄学,《古文观止》《庄子》等文言典籍是大多数中学所采用教材,教师和学生对新思想新文化知之甚少。"在甘肃,据云物质的生活还要降低,而理学的空气还要严重哩。夫死守节是极普遍的道德,即十几岁的寡妇也得遵守,而一般苦人的孩子,十几岁还衣不蔽体"。① 在这样的社会背景下,1923 年 7 月,陕西军阀刘镇华为了沽名钓誉,委托西北大学校长傅铜邀请朱希祖、王星拱、陈大奇、徐旭生及美国人柯乐文做过演讲,为了进一步扩大影响,1924 年暑期陕西省教育厅与西北大学筹办了"暑期学校",邀请全国知名学者来陕给中小学教师讲学,"为不能入大学者设法俾得略亮高等学识之谓,此我暑期学校之所以设也","借以宣传文化,输入新识"。② 邀请人员包括王桐龄、李顺卿、林砺儒、李济之、吴宓、鲁迅等人,讲学范围涉及历史、教育、农业、社会学、物理、文学等内容,虽然"暑期学校"的创办是刘镇华沽名钓誉的政治手段,但是在客观上起到了传播新思想的作用。鲁迅的讲学内容是《中国小说的历史的变迁》,为陕西新文化、新文艺播下了种子,很多文学青年的思想和创作都受到了鲁迅的影响。鲁迅讲学所得报酬三百元,有感于陕西经济的落后和民生工作的艰难,主张把讲课所得酬金"取之于陕,用之于陕"。在得知易俗社的戏曲学校和戏园经费困难后,便捐赠现金五十元和匾额并题词"古调独弹",当时西安《新秦日报》做了有关鲁迅讲学的报道。鲁迅虽然没

---

①孙伏园. 长安道上[M] 商金林编. 孙伏园散文选集. 天津:百花文艺出版社,1991:53.

②单演义. 鲁迅在西安[M]. 西安:陕西人民出版社版,1981:13.

有专门谈及西安讲学的文章，但在《说胡须》《看镜有感》《关于知识阶级》等文章中曾提及他赴陕时的见闻和感受，借此表达了他对陕西和中国文化的看法。王桐龄是北京师范大学历史系教授，曾在日本东京帝国大学攻读史学专业。他根据自己赴西安讲学的经历创作了《陕西旅行记》，以一个历史学家的敏锐视角记载了陕西的市政建设、文教实业、市民生活，并对一些社会现象提出自己的看法和认识。

孙伏园回京后写了《长安道上》，详尽地描述了此次西安之行的经历和见闻。这篇游记是现代文学史上出现较早、影响较大的文人撰写的丝路游记。虽然孙伏园只到达和描写了陕西，但是它却以现代文人的视角真实地反映了作为丝路起点的陕西在20世纪20年代的社会思想状况。孙伏园以"信手写来"的自由笔法叙写了陕西的历史古迹、地方教育、民生疾苦，陕西的自然景色有江南一般的秀丽，"一入潼关便又有江南风味了"，"丈把高的石榴树，一丈高的木槿花，白色的花与累赘的实，在西安到处皆是"。陕西的人是"安静，沉默，和顺的"，"精神生活方面，则理学气如此之重"，孙伏园以一个现代启蒙知识分子的立场表达他对当地社会发展的看法和认识，"希望东边人的物质生活与精神生活的好的一部分，随着陇海路输入关中，关中必有产生较有价值的新文明的希望"[1]。《长安道上》体现了现代文人丝路游记的特点，和官员游记对丝路沿途社会状况全面客观的记录相比，文人游记更多地融入了自

---

①孙伏园. 长安道上[M]. 商金林编. 孙伏园散文选集. 天津：百花文艺出版社，1991：67.

己的审美感受和情感体验，尤其是对当地民众思想精神现状的深入观察与思考。

随着抗战爆发大量文人怀着爱国情怀重走丝路，来到陕西、甘肃、新疆等地游历、从事进步的文艺活动，他们的西行带动了西行游记的繁荣。现代文人创作的丝路游记，除了对丝路沿途自然地理的描写，更注重对当地民生疾苦和民族精神的展现，具有突出的时代内涵。1934 年，张恨水乘车到陕西、甘肃等地游历，原打算由兰州前往新疆，但因新疆政局不稳，遂又从兰州返回西安，他根据此行见闻创作了《西游小记》，张恨水在前言中谈到自己西行的初衷，"予作陕甘之游，意在调查西北民生疾苦，写入稗官。"①该游记详细地介绍了西北地区的风景名胜、历史地理、民生民俗等情况，他还以此为题材创作了《小西天》和《燕归来》两部反映西北民生疾苦的长篇小说。茅盾在抗战期间有长达两年的丝路游历生活，他 1938 年在香港受到老朋友杜重远的邀请，前往新疆从事教育事业，在这一时期茅盾根据自己的经历见闻，撰写了《风雪华家岭》《西京插曲》《"战时景气"的宠儿——宝鸡》《秦岭之夜》等，以纪实的手法描写了"走丝路"的经历，成为现代文人西行游记中的重要篇章。丝路沿途"多民族异质文化区域给予了他更宽广的文化关注视野"，和"一般现代作家所未有的全新审美体验"，② 这种全新的审美体验使这位来自江南的文人写下了风格刚健的《白杨礼赞》《兰州杂碎》《新疆风土杂忆》《新疆杂咏》

①张恨水．西游小记[M]．朱鸿主编．中国西部人文地图．成都：四川文艺出版社，2002：1．

②李继凯，李国栋．茅盾与中国大西北的结缘[J]．社会科学辑刊，2016（5）．

《风景谈》等经典散文。这些作品是茅盾"走丝路"的文学结晶，他说："白杨礼赞非取材于我一地或一时，乃在西北高原走了一趟(即赴新疆，离新疆赴延安，又离延安赴重庆)以后在重庆写的。"①正是"走丝路"的经历使茅盾强烈地感受到西北丝路自然的粗犷和生命力的强悍，加深了他对自然和生命的理解与审美体验，使茅盾的创作进入到一个新的对民族精神歌颂的阶段。和茅盾同往新疆的还有张仲实。他于1939年撰写的《赴新途中》《伊犁行记》，这些作品从不同的角度真实地记录了民国时期丝路沿途的自然风光和社会现实。

三、中外记者与丝路游记

20世纪30年代以来，在国人眼中荒远落后的西北地区一跃成为舆论关注的焦点。随着红军长征的结束和延安革命根据地的建设，中国出现了一个知识分子奔赴延安的潮流，这其中就有很多关心中国革命前途的进步记者。这些记者根据自己的采访调查，撰写了大量的通讯报道和丝路游记。《大公报》特派记者范长江的《中国西北角》《塞上行》《西线风云》，《国讯》特约记者陈学昭的《延安访问记》，《新民报》主笔赵超构的《延安一月》，美国记者斯诺的《西行漫记》等，这些作品冲破了国民党的新闻封锁，把中国西北地区的社会现实和延安的真实情况介绍给中外读者，在社会上引起了很大的反响。

在中国记者撰写的通讯中，影响最大的是范长江的《中国

---

①茅盾．致柳尚彭[M]．孙中田，周明编．茅盾书信集．北京：文化艺术出版社，1988：343．

的西北角》。范长江在 1935 年 7 月以《大公报》旅行记者的身份，只身到西北地区进行考察。西北问题是 20 世纪 30 年代《大公报》关注的一个重要问题，当时的主编张季鸾就是陕西榆林人，他曾亲自撰写过关于西北问题的《归秦杂记》《归乡杂感》。有人经过统计认为，"如果没有对西北的报道，该报将失去八分之一的版面。"①范长江对西北问题的关注和《大公报》一拍即合。他翻越崇山峻岭，横渡荒无人烟的戈壁，深入了解红军北上之后对于中国政治的影响和西北地区民众的生活现状。范长江基本是沿着红军长征的部分路线，从成都出发经兰州到西安，"从繁华的都市到偏僻的野山，从古老的废墟到景色如画的贺兰山旁"，② 对甘肃、陕西、青海、内蒙古进行了实地考察，撰写了《成兰纪行》《毛泽东过甘入陕之经过》《陕甘形势片断》等一系列的通讯报告，陆续在《大公报》发表，首次公开报道了红军长征的情况和西北地区的社会现实。1936 年 8 月，大公报馆出版部把这些通讯报告以《中国西北角》为名出版，深受读者欢迎，数月之内连印九次，书的热销说明了整个社会对西北问题的关注。

　　记者作为社会舆论的代言人角色，决定了他们撰写的游记较少个人色彩，大多是从民众关心的问题出发，重在对丝路沿途地理环境和社会现实的真实呈现。近代以来西北地区由于交通的梗阻和信息的闭塞，再加上国民党的新闻封锁，外界一直

---

①贾晓慧. 大公报新论：20 世纪 30 年代《大公报》与中国现代化[M]. 天津：天津人民出版社，2002：203.

②周飞. 评中国的西北角. 中国的西北角[M]. 天津：天津大公报馆出版部，1937：2.

对西北的现状不甚了解，"兼之道里悠远，荆榛塞途，全国人士惮于行役，群相裹足"。① 而抗战爆发之后，西北被国民政府塑造为"民族救亡的生命线"，落后的西北究竟是什么情况，能否担当起民族救亡的重任，是民众迫切关心的问题。虽然近代以来关于西北的游记不断出现，但是之前由学者撰写的游记往往专业性、纪实性太强，和普通读者之间的阅读期待有很大差距，文人游记又偏重于主观思想的表达，对所到之处的景观叙述会有所选择和取舍，所以西北在普通民众心中的形象一直是陌生的。而范长江记者的身份，使他能够从普通读者的心理期待和阅读习惯出发，对西北丝路特殊的地理环境、经济状况、风俗习惯进行详细的刻画，揭开了西北陌生而神秘的面纱，多角度立体地呈现了西北的现实面貌。

范长江描写了西北丝路特殊的地理概貌和风土人情。作者具有丰富的历史地理知识，每到一处都会对当地的空间和历史进行详细的叙述，把此地特殊的自然地理概况一一介绍给读者。这里有和现代都市完全不同的自然风光。"秦岭的北坡，一片白雪覆盖了大地，要不是地势高低之间，以及涧谷村落露出一点褐黄色，我们简直看不到除白色以外的任何其他杂色来。"② 还有陕北甘东边境上古老而奇特的居住方式，"地下窑洞，多于地上房屋。往往有所谓村落也者，地面上并不见有房

---

①钱宗泽. 西行记·序[M]. 北京：商务印书馆，1934：1.

②范长江. 中国的西北角[M]. 范长江新闻文集(上册). 北京：新华出版社，2001：159.

舍，而地下却有若干人家"。① 还有兰州黄河上的羊皮筏的奇象，夜晚策马奔驰的途中乐趣，还有回族骑士"在马上仰卧上下，或马上倒立，或马腹藏身"的绝技。② 对西北丝路特有的自然风俗现象的描写，极大地满足了外界对西北地区的异域想象。范长江在介绍西北的过程中，往往会调动起丰富的历史和文学知识。如他在《长安剪影》一节中就引用杜少陵《丽人行》"三月三日天气新，长安水边多丽人"，还有《曲江》中"曲江萧条秋气高，菱荷枯折随风涛"的诗句，这些诗词唤起了读者对长安繁华历史景象的追忆。尤其是范长江在陇东一带《凭吊古战场》一节，详细地回顾了汉族在西北地区的发展历史，并引用范仲淹的《塞上吟》说明庆阳作为古战场的景象。范长江的记者身份，使他对西北史地的描写并未陷入学者游记专业性的藩篱，叙述上的通俗性和读者的阅读期待之间建立了有效的沟通效果。对文学资源的充分调度，能够召唤起读者对西北地区的历史记忆，在现实和历史之间架起了一座桥梁，把一个地理上的西北塑造为中华民族文化的发源地。

其次，范长江还用大量的篇幅描写了丝路沿途多样的风土人情和人民生活的疾苦。当时报道西北情况的新闻通讯不在少数，而范长江的《中国的西北角》之所以能脱颖而出，就在于他始终带着对西北社会和政治问题的关切，西北这个中华民族的发源地，在今天能否作为支撑民族救亡的生命线，是贯穿

①范长江. 中国的西北角[M]. 范长江新闻文集(上册). 北京：新华出版社，2001：153.
②范长江. 中国的西北角[M]. 范长江新闻文集(上册). 北京：新华出版社，2001：186.

《中国的西北角》一书的一个重要叙事线索。如文中《贺兰山的四边》一节开头作者在引言中就说道："这里关联着若干正在变化的军事政治和民族问题。或者读者可以得到了解决某种问题上一部分有关系的材料。"①范长江对西北的描写始终是和中国的军事政治问题联系在一起的，这是当时整个社会对西北问题关注的一个焦点。"他使我们在积极方面对西北有个明确的认识，知道他的伟大处与灿烂处，在消极方面并看出了在这个伟大灿烂的地方所活动着的各民族因政治的腐败，经济的压榨，风俗的固陋，有的尚停留在原始状态，有的则又堕落到难以自拔的地步。"②问题意识的自觉使范长江的通讯报道并不拘泥于事件的新闻价值，而是把叙述的视点延伸到大众所关注的西北社会状况和底层人民的日常生活层面。西北民生的疾苦是范长江关注的一个重要问题，曾被誉为"金张掖"的街道上，"有许多根本无家的孩子，只好在大衙门和阔人们的公馆背风的墙下，过战栗的生活。"③宁夏民生的痛苦和西北地区随处可见的种植鸦片的现象。范长江对西北地区社会现实的描写是从民间立场出发的，并未有明确的政治倾向，祛除了政府宣传的美化性和政治性，对西北的反映和认识都较为客观真实，这是他能够赢得读者认同的一个重要原因。

斯诺的《西行漫记》改变了近代以来外国学者对丝路的探

①范长江. 中国的西北角[M]. 范长江新闻文集(上册). 北京：新华出版社，2001：250.

②范长江. 中国的西北角[M]. 范长江新闻文集(上册). 北京：新华出版社，2001：3.

③范长江. 中国的西北角[M]. 范长江新闻文集(上册). 北京：新华出版社，2001：204.

险叙事模式，塑造了一个"红色西北"的现代形象，不同于范长江对党派问题和民族救亡问题的关注，斯诺则是带着对国际共产主义运动的同情，进入陕甘宁边区进行采访的。"中国的红军是不是一批自觉的马克思主义革命者，服从并遵守一个统一的纲领，受中国共产党的统一指挥的呢？如果是的，那么纲领是什么？""中国共产党究竟是什么样的人？他们同其他地方的共产党人或社会党人有哪些地方相像，哪些地方不同?"①从斯诺的这段自述可以看出，他是带着西方的革命经验进入到对陕甘宁边区的观察和认知之中，是以西方的革命经验作为衡量和考察中国的价值标准，"与其说是跨国际的外国观察者，不如说是跨族际、跨语际的域外观察者，他们的延安书写跨越了国别界限，从中国本土之外的域外视角出发，自觉地将延安置于世界历史的视野之中。"②所以，《西行漫记》不仅是关于陕北解放区的新闻报道，更是一种跨文化交流的文学产物，是西方文化语境之下对中国西北的想象和认知。

　　斯诺首先是从中国传统历史和文化的角度进入对现代西北的叙述中。斯诺是一位中国文化的爱好者，他到中国来的最初目的就是要寻找"东方的魅力"，曾经阅读过大量的东方文化方面的书籍，对中国悠久的历史和文化遗产有着深入的认识，所以他到陕西的见闻经常会唤起他对中国历史和文化的记忆。在去苏区之前斯诺和邓发在西安郊外见面，脚下的皇城遗址就引起他对中国历史的感慨。在从西安府北去的途中，他回顾了

---

①[美]斯诺. 红星照耀中国[M]. 斯诺文集：第二卷. 董乐山，译. 北京：新华出版社，1984：2-3.

②赵学勇，王鑫. 域外作家的延安书写[J]. 中国社会科学，2018：4.

中华民族渭河流域农耕文明的发展和秦始皇的历史功绩。在《毛泽东印象记》中，斯诺在介绍保安时说道："在唐朝和金朝之际，保安这个地方，乃是抵御北狄侵入汉土的要冲。"①从这个角度来说，斯诺对中国西北地区的想象不仅是西方文化和红色文化交流的产物，也是西方文化和中国传统文化交流的结果。但是斯诺笔下现实的西北却和历史有很大的差距，黄土高原"那些奇形怪状、不可思议有时甚至吓人的景象，好像是个疯神捏就的世界"②，途中休息，在"洛川一间肮脏的茅屋里的土炕上过了一夜，隔壁屋里关着猪和毛驴，我自己屋里则有老鼠"。③ 这一方面反映了西北当时的社会现实，另一方面，也体现了现代西方人对中国社会贫困落后的想象。

延安在斯诺笔下则是蕴含着生机和活力的一个全新中国的缩影，与周围落后的现实形成了鲜明的对比，这不仅是对解放区的一种艺术再现，而且融入了斯诺对未来中国革命的想象，他是在西方经验和延安现实的对照中展开了对"红色西北"的书写。这主要体现在对一系列革命家的描写中。斯诺认为，从毛泽东身上可以感觉到某种力量，"这种力量不是一闪即逝的，而是一种坚实牢固的根本活力"。④ 并把毛泽东比喻为美

①[美]斯诺. 红星照耀中国[M]. 斯诺文集：第二卷. 董乐山，译. 北京：新华出版社，1984：61.

②[美]斯诺. 红星照耀中国[M]. 斯诺文集：第二卷. 董乐山，译. 北京：新华出版社，1984：29.

③[美]斯诺. 红星照耀中国[M]. 斯诺文集：第二卷. 董乐山，译. 北京：新华出版社，1984：29.

④[美]斯诺. 红星照耀中国[M]. 斯诺文集：第二卷. 董乐山，译. 北京：新华出版社，1984：53.

国推崇民主平等的总统林肯；周恩来则"似乎是一点也不像一般所描绘的赤匪。相反，他倒显得真的很轻松愉快，充满了对生命的热爱。"①徐特立则像慈祥乐观的圣诞老人。斯诺对共产党革命家的描写突出了他们身上全新的革命品质，以西方历史人物的人格和精神品质来比附中国的革命家，认为他们是推动中国复兴的动力。在对解放区的革命女性和儿童的描写中，斯诺也表现出类似的西方价值倾向，这其中投射了西方对中国革命的期待和想象，也拉近了西方读者和中国之间的距离，在中西跨文化的交流过程中做出了重要贡献。

第二节　西进热潮中的"牧歌"与"战歌"

新中国成立之后，国家在西北丝路地带进行了一系列的开发和建设，在全国掀起了一股"西进热潮"。青藏、甘青等公路相继开通，兰新线、包兰线、兰青线等铁路也开始通车，交通的发展加强了西北地区和外部的联系。玉门、柴达木油田的开采，煤炭、钢铁、纺织等方面的发展，极大地改变了西北地区经济文化落后的面貌。在"西进热潮"的感召之下，"有一批汉族知识分子（包括一些已成名的作家），或随军、或屯垦、或'支边'，或以记者身份长驻塞外，或因政治运动'流放'边地，或为文学写作深入生活"。② 他们创作了大量反映边疆建设生活的文学作品，这些作品以其突出的地域色彩参与到主流

①[美]斯诺. 红星照耀中国[M]. 斯诺文集：第二卷. 董乐山，译. 北京：新华出版社，1984：55.

②於可训. 当代文学史著为新收获[N]. 文艺报，2007（5）.

意识形态的建构之中。这些作品中，诗歌和散文的数量最多，影响最大，多角度真实地反映了西北地区的开发和建设生活，并以一种革命浪漫主义的情怀歌颂了丝路地带的新生活、新面貌。像闻捷的《天山牧歌》《河西走廊行》，李季的《玉门诗抄》等，还有"文革"以前被打成右派的老诗人艾青，在新疆生产建设兵团生活了 16 年，写下了《垦荒者之歌》《烧荒》《帐篷》等反映军垦生活的短诗，碧野的散文《天山景物记》《雪路行程》，袁鹰的《天山路》《戈壁水长流》等，朱光潜 1956 年到西北调研期间写下了《别长安》《甘肃记游杂诗》《经戈壁赴敦煌》。这些作品与强调纪实性的游记不同，在叙事之外，更注重对丝路沿途多民族文化和建设生活的描写，热情地歌颂了丝路古道上人民的新生活和新变化。

一、闻捷的边疆"牧歌"

1949 年新疆和平解放，中国共产党带领广大人民推翻了封建剥削制度。"苦难的新疆结束了黑暗，迎来了光明。"①但是刚解放后的新疆面临的政治形势非常严峻。一方面，新疆是多民族聚居的地区，经济比较落后，社会结构异常复杂；另一方面，还有英、美等帝国主义在边疆的分裂活动。所以，解放后的新疆不仅要发展经济，改变贫穷落后的局面和少数民族受压迫的历史命运，同时还要团结各民族，把各少数民族纳入社会主义的大家庭之中，这是能否彻底粉碎反动势力分裂新疆阴谋的关键所在。在这样一种时代背景之下，进疆的军队就肩负

①包尔汉. 新疆五十年[M]. 北京：文史资料出版社，1984：361.

着屯垦、戍边两大历史使命。他们一方面要发展生产和经济，另一方面，还要剿匪平叛保卫边疆的统一。正如碧野在《阳关灿烂照天山》中所说，"当年，我们是用战斗的脚步把这边疆和祖国连成一片；现在，我们是用劳动的双手使天山和昆仑山麦海相连。"①

闻捷是当代一位比较典型的丝路作家。他创作的诗大多取材于新疆、河西走廊、敦煌等丝路古道上的人和事，反映了各民族的风土人情和新的生活，具有鲜明的地域性和时代性。闻捷是当代第一位用诗歌表现新疆解放后社会面貌的汉族诗人。他是从新疆开始走向诗坛，他的代表作品《天山牧歌》和长篇叙事诗《复仇的火焰》都取材于新疆的生活。即使他后来离开了新疆，但是"这个时期的生活和艺术经验的积累，极大地影响了他后来创作取材和艺术方法的构成"。② 闻捷在 1950 年 3 月跟随中国人民解放军第一野战军第二军从延安经甘肃到达新疆，在新华社西北总社任采访部主任，1952 年担任新华社新疆分社社长。闻捷在新疆期间，在天山南北进行了长期的采访。"据有关史料，闻捷采访和深入生活的地方，主要是北疆的吐鲁番，对象是吐鲁番一带的维吾尔族老百姓。当地人对作家的欢迎态度，让他感到乐观，容易看到表面上喜气洋洋的欢腾场面。他也会参加他们的聚会。例如古尔邦节，一路上都是迎来送往的。"③吐鲁番在突厥语中是"富庶丰饶之地"的意思，这里有著名的水利工程坎儿井，物产丰富，以盛产葡萄和棉花

---

① 碧野. 阳光灿烂照天山[M]. 北京：中国青年出版社，1959：659.
② 洪子诚. 中国当代文学史[M]. 北京：北京大学出版社，1999：69.
③ 程光炜. "当代文学"与"新疆当代文学"[J]. 南方文坛，2012(5).

而著名，这是当时新华社新疆分社针对当时交通不便、语言不通的实际困难确定的重点采访区域。历史上的吐鲁番也曾是连接中国和中亚地区的交通枢纽，是丝绸之路上的重镇，分布着交河故城、高昌故城，还有千佛洞和壁画，写在桑皮纸上的摩尼教残卷。新疆独特的风土人情和乐观的民族性格给这个出生于江南的诗人以新鲜的文化感受，为他的创作积累了丰富的写作素材。"我从东到西、从北到南，处处看到喷吐珍珠的源泉。"①闻捷在采访期间撰写通讯报告的同时，就开始了他的诗歌创作的生涯，他的《天山牧歌》中的大部分诗歌都是在这一时期完成的。闻捷的诗歌创作不仅是丝路文学的代表作品，也为当代诗歌艺术的多样化做出了重要的贡献。

闻捷的《天山牧歌》从一个革命战士的立场，"唱着新生活的牧歌"，第一次向读者展现了新疆少数民族的生活和风土人情，是边疆游牧文化和当代政治文化成功结合的典范之作。闻捷小学毕业就在南京一家煤场当学徒，历经战乱，后到延安在陕北公学学习之后开始写作，陕北公学是抗战爆发后中国共产党在延安创办的一所抗日干部学校。"陕公主要培训政治干部，教学计划的安排原则是七分政治，三分军事。"②革命政治教育是陕北公学的主要内容，所以闻捷在学习生涯中并未接受过关于中国古代文学的系统教育，艺术准备不足是他们这一代人普遍的局限。从闻捷对边疆"田园牧歌式"的书写方式来看，汉唐边塞诗的传统在他的知识结构中并未构成决定性的影响，

---

①闻捷. 天山牧歌[M]. 北京：作家出版社，1956：1.

②成仿吾. 战火中的大学——从陕北公学到人民大学的回顾[M]. 北京：人民出版社，2014：26.

他的艺术观念更多地受到伊萨科夫斯基、苏尔科夫等苏联作家的影响，他们从生活经验中提取材料和发掘诗意的"生活牧歌"式的表现方式给了闻捷以很大的艺术启示。所以闻捷的"新疆牧歌"着眼点并不在于接续传统，而是学习苏联文学的结果，重在把边疆的牧歌情调纳入到政治主题的合法化表达之中。

闻捷诗歌中充满异域风情的生活和景物，柔和清新的抒情方式，这种以"牧歌"笔调对"颂歌"主题的表达，让人觉得耳目一新。闻捷真正走上文学创作的道路，是从 1955 年发表在《人民文学》上的组诗《吐鲁番情歌》开始的，随后又相继发表了《果子沟歌谣》和《博斯腾湖滨》等组诗，1956 年出版了他的第一本诗集《天山牧歌》，在当代诗坛上引起轰动。这些诗以清新的牧歌情调反映了维吾尔族、哈萨克族和蒙古族人民新的生活和精神面貌，被誉为是洋溢着激情的赞歌。诗人对新疆的描写是受到新生活的感召，怀着对新中国、新时代的赞美展开他的叙述的。所以他笔下的博斯腾湖是一片和谐宁静的田园诗。"肥美的牧草贴着地面，金色的花朵开在上边，湖风送来牧人的对唱，羊群沐浴在阳光里面。"[1]生活在这里的蒙古族青年向导异常的英俊，打狼模范苏木尔是那么的魁梧和骁勇，骑马领队克里更是带领大家奔向幸福的雄鹰。"人喊、狗咬、羊叫，喧闹温暖了女人的心。"[2]还有那帐篷里幸福的笑声和掌声，诗人对新生活的歌颂体现在景、人、声组成的画面中，还

①闻捷．天山牧歌[M]．北京：作家出版社，1956：9.
②闻捷．天山牧歌[M]．北京：作家出版社，1956：14.

有在这诗一样的画面中流露出的浓浓的情意和对美好生活的赞美。

《天山牧歌》时期，闻捷笔下的新疆没有敌我的斗争、没有火热的几乎要灼伤人的激情，他的诗是平静的、柔和的，是从兄弟民族的日常生活中发现诗意，展现新生活的美好。但是这种田园牧歌式的写法也遭到了郭小川的批评，认为闻捷对新生活和新思想的表现"不深刻、不够强烈"，反映时代生活"也用了跟他描写爱情时差不多的轻柔的调子，使人感到软绵绵的"。① 这在一定程度上表现了闻捷"边疆牧歌"式写法和时代主潮的一种疏离，这种情况在后面的创作中得到了调整。在时代火热的斗争中，闻捷逐渐走出了牧歌式的浅吟低唱，发出了越来越激越的歌声，先后写出了《东风催动黄河浪》《河西走廊行》《复仇的火焰》等紧扣时代脉搏的作品，这些诗歌题目频繁采用"催动""火焰""动荡""战斗"这样的字眼，诗人一改往日的柔情，开始用"金铸的嗓子"，"扬起铿锵的歌声"②。"大跃进"时期，面对沸腾的玉门油田，敦煌新八景，金色的粮仓张掖，陡峭险峻的乌鞘岭，诗人热情地歌颂人类改造自然的力量。《复仇的火焰》描写了解放初期党和人民粉碎新疆巴里坤草原的一次反革命叛乱。"记载下解放初期聚居在巴里坤草原的哈萨克人从怀疑、反对到拥护共产党的历史过程，记载下帝

---

①郭小川. 评闻捷的诗[M]. 中国当代文学研究资料——闻捷专集. 上海：复旦大学中文系编，1979：142.

②闻捷. 复仇的火焰[M]. 北京：作家出版社，1959：10.

国主义者和民族反动派的幻梦和末路。"①这首诗把对新疆风景民俗的描写和时代斗争结合起来，大量地借鉴了哈萨克族的民间传说和谚语，还有通过对"劝嫁歌""告别歌""婚礼对唱"等改编而成的优美歌词，多角度地呈现了哈萨克民族的风俗习惯和情感世界。

　　作为一个来自中原的异质文化的拜访者，闻捷感受到的不仅是自然风俗的差异，还有少数民族那种热烈而真挚的爱情生活，和汉族被赋予太多社会内涵的爱情相比，少数民族的爱情显得更为纯粹和乐观，这种充满了自由和青春气息的爱情和那个积极进取的时代精神契合在一起，创造出一种丝路爱情新的书写模式。闻捷的爱情诗主要集中在《吐鲁番情歌》和《果子沟山谣》这两组诗歌之中，普遍采用了"劳动加爱情"的叙事模式，体现了革命文化对民众爱情观念的一种整合。"诗人密切地注视着在我们年轻一代人们的身上正在产生着的崇高的情感，这是在一个崭新的社会制度和人与人之间的关系的基础上所产生的感情。"②建国初期的诗坛上，很少有对爱情的直接描写，尤其是少数民族人民的生活和爱情，更是很少在文学中得到正面的表现。像闻捷这样对少数民族大胆热烈的爱情描写，在现代以来的文学史上并不多见。闻捷笔下的爱情诗是充满了男女青年之间的两情相悦，是明朗的欢快的，很少有感伤哀婉的情调，也没有那种充满功利色彩的世俗气，既自然纯真又富

---

①闻捷. 动荡的年代后记[M]. 中国当代文学研究资料——闻捷专集. 上海：复旦大学中文系编，1979：82.

②叶橹. 激情的赞歌——读闻捷的诗[M]. 中国当代文学研究资料——闻捷专集. 上海：复旦大学中文系编，1979：125.

有理想的色彩。闻捷总是把青年人的爱情放置在一种充满浪漫情调的异域文化中加以表现。它不是发生在"苹果树下"和"葡萄园里"，就是出现在"古尔邦节的舞会后①"或"赛马场上"。这些富有民族风情爱情场景本身就包含着诗的元素，闻捷一方面再现了这些原生态的少数民族生活，另一方面，又在其中融入了新的时代内涵。巴拉汗和心上人约定的婚期是"等我成了青年团员，等你成了生产队长"。② 面对琴师和鼓手的追求，聪明的姑娘做出了自己的选择："阿西尔已把我的心带走了，带到乌鲁木齐发电厂去了。"③漂亮的种瓜姑娘枣尔汗面对年轻人热烈的情歌，也用唱歌的方式表达了她对爱情的追求："要我嫁给你吗，你的衣襟上少着一枚奖章。"④牧羊人的爱情是："你爱我一身是劲，我爱你双手能干。"⑤以劳动为标准的爱情观被巧妙地融合诗歌的叙事之中，丝毫让人没有牵强之感。

闻捷的爱情诗，之所以具有长久的艺术生命力，不仅在于他以牧歌方式对"颂歌"主题的成功表达，而且取决于他诗歌中鲜明的民族特色，在现代文学史上第一次成功地塑造了新疆少数民族刚健活泼的民族性格。现代以来由于交通的梗阻和持续的战乱，人们对西北丝绸之路少数民族的生活状况十分陌生，之前游记文学中对少数民族的叙述，大多着眼于一些具体情况和数据的考察，很少能够深入到对少数民族性格心理的探

①古尔邦节，即宰牲节，在这一天，伊斯兰教徒宰牲感谢真主。
②闻捷．金色的麦田[M]．天山牧歌．北京：作家出版社，1956：35.
③闻捷．舞会结束以后[M]．天山牧歌．北京：作家出版社，1956：32.
④闻捷．种瓜姑娘[M]．天山牧歌．北京：作家出版社，1956：40.
⑤闻捷．河边[M]．天山牧歌．北京：作家出版社，1956：44.

究。相对于学者那种走马观花式的考察，闻捷在新疆有较长时间的生活经验，作为记者的身份使他能够走进当地人民的生活，深入了解他们的心理世界。"白日里我和年轻人一同劳动，领受红漆盘托出的羊肉抓饭。月夜我听老艺人弹唱古今，铺一席绿草，盖一块远天。"①闻捷不是一个异域文化的猎奇者，而是一个美好生活的同行者和发现者。对于他和少数民族之间相处的方式，除了诗歌中的只言片语之外，这方面能够找到的资料很少，但是，袁鹰回忆他和闻捷在出国访问期间，在当地牧民家里的情景可以给我们提供一些线索。"进入帐篷，你热烈地向主人致贺，席地坐了下来。在那些还有点拘谨的牧民中间，你却谈笑风生，好像又坐到陕北高原上牧羊老汉或是天山脚下哈萨克男女青年们当中了。主人端来一盆'库斯库斯'——用羊肉拌杂粮的民族食物，油腻先不说，单是停留在上面的许多苍蝇，连我们的司机赛义德都忍不住要皱眉头。但是，主人刚说声请，你就第一个举起羹匙。那几位老者眯起眼睛微笑着望着我们，没等他们开口，你就大声赞美起好味道来。"②袁鹰的这段话印证了闻捷诗歌中对他在新疆生活的叙述，我们可以看到闻捷和兄弟民族之间亲密无间的交往状况，只有通过共同经历的日常生活经验，才能真正深入到对方的心理世界。在《向导》一诗中，闻捷和那个十八岁的蒙古少年"我们并马缓缓地行，掏出赤诚的心相谈"，只有这样的坦诚相见，诗人才能不仅看到他英俊矫健的外表，还知道了"他生长

①闻捷. 序诗[M]. 天山牧歌. 北京：作家出版社，1956：1.
②袁鹰. 故人入我梦[N]. 解放日报，1978-12-14.

在开都河畔，热爱着和硕草原，他爱雪白的羊群，更爱牧羊的姑娘乌兰。天上飞过一块乌云，他要抬头看一看，迎面走来一个生人，他要下马盘一盘"。这段叙事性的描写把这个蒙古少年对生活的热爱和调皮的性格刻画得非常生动，诗歌最后这个青年纵马飞奔，"脸也没有红、气也没有喘，他笑着问我，'那时候，我能不能做个骑兵战斗员？'"通过这几个生动的画面，这个蒙古族青年自信、乐观、勇敢的性格跃然纸上。闻捷对少数民族性格的刻画不是静观远看，也不是空洞地歌颂，而是深入地交流并走进他们的生活和内心世界，赋予了"颂歌"主题以生活的实感，这或许就是闻捷的"边疆牧歌"之所以成功动人的原因所在。正是通过异域文化元素的融入和借鉴，极大地拓展了当代诗歌的题材和艺术表现的空间，使闻捷的"边疆牧歌"在新诗史上具有独特的价值和地位。

二、边疆"战歌"

建国之后一批来自内地的作家相继踏上丝绸之路，丰饶的绿洲，浩瀚的沙漠，还有火热沸腾的建设生活，都极大地激发了作家们的创作灵感，当郭小川来到无数边塞诗人曾经挥洒豪情的地方，看到生活在沙漠中的战士，不由得写道："尊敬的读者啊，我必须在这里写点什么，不仅用纸笔，而且用我全身血脉；亲爱的同志啊，我必须在这里唱一支歌，不仅用喉咙，而且用我的整个心窝。"[1]在革命战士改造自然的崇高精神激励

---

①郭小川. 在大沙漠中间[M]. 郭小川代表作. 郑州：河南人民出版社，1986：200.

之下，诗人用壮美的诗句描写祖国边疆的变化。从整体上来说，这一时期的诗歌创作，在闻捷"边疆牧歌"式的写法之外，大多数西行诗人受到时代主潮的感召，纷纷加入"边疆战歌"的书写之中。

古代诗词中的边疆是文人建功立业的战场，是贬谪生涯中的伤心之地，凝结着旅人的离愁别恨，充满了一种悲凉的色彩。而当代的边疆则是挥洒热血、建设祖国的新征途，是锻造革命精神的熔炉。"骨软如泥的，可别混进来。"①诗人对边疆形象的重建首先是建立在对历史和传统否定的基础之上，郭小川说"什么'西出阳关无故人'！这样的诗句不必吟，且请把它埋进黄沙百尺深。"②艾青也果断地认为"说什么'西出阳关无故人'，老战友都在国营农场"，③ 以革命战士的激情否定传统边塞诗所建构的情感谱系，是"边疆战歌"展开叙事的逻辑起点，从而以"战友"、以"建设"这样的词汇和内容重新建构起一副新时代的边疆画卷，以革命乐观主义置换边塞诗的悲剧色彩。从这个层面来说，古代边塞诗虽然伴随着丝绸之路的衰落而失去了它往日的荣光，但是作为一种深厚的文化心理积淀，对于任何踏上这片土地的人来说，它总是能以其强大的文化惯性召唤出丝路文化的历史记忆，给后来者提供文学想象的空间和叙事的逻辑起点。

---

①郭小川. 雪满天山路[M]. 郭小川代表作. 郑州：河南人民出版社，1986：198.

②郭小川. 西出阳关[M]. 郭小川代表作. 郑州：河南人民出版社，1986：194.

③艾青. 垦荒者之歌[M]. 雷茂奎等编. 边塞新诗选. 乌鲁木齐：新疆人民出版社，1983：4.

这一时期描写边疆的作品，一个重要的成就，就是对边疆人民建设生活画卷的反映，与闻捷"边疆牧歌"对兄弟民族日常生活的关注不同，这些诗人重视的并不是地域性和民族性的元素，而是能够展现时代精神的画面，尤其是奋战在各条战线上的革命战士，还有边疆的新生活、新现象，都化作鲜明的艺术形象跃入作家的笔下。丝绸之路作为中国版图上连接西方的门户地带，是历代屯垦戍边的重要区域。这一历史经验成就了丝路文学中的一个重要类型——屯垦文学。这些作品反映了边疆的风土人情和屯田生活。建国之后，西北丝路也成为国家屯垦戍边的一个重要区域，这些由军队改编的兵团被赋予了"生产队、战斗队、工作队"的三重职责，他们化剑为犁，把荒漠戈壁变成农田和工厂的壮举，成为文学作品歌颂的对象。郭小川和贺敬之边疆题材的诗歌创作，与其他诗人的不同之处，就是他们更多地着眼于边疆战士的屯垦生活。郭小川笔下的塔里木不仅是一个现实的地理空间，同时也是战斗精神延续的精神空间，塔里木"不就是咱们的冲锋陷阵处"，"不就是咱们的南征北战路"，① 防风林带是"军中的大纛"，农业机具是"手建的碉堡"，牲口棚是"临时性的军火库"，粮棉是"战斗中的缴获物"，未割的庄稼是"新抓的俘虏"，诗人在这里以战争思维来理解新疆生产建设兵团在塔里木的屯垦生活。对于郭小川这些在革命战争中成长起来的作家而言，他们自觉地以一种战斗的姿态来看待文学和生活，重视文学的社会功能。郭小川被誉为

---

① 郭小川. 夜进塔里木[M]. 郭小川代表作. 郑州：河南人民出版社，1986：183.

"战士诗人"，在他的观念中诗人首先是战士，要用诗歌唤起人们的斗争，向往一种"战斗的文学"。他在60年代前往新疆，以磅礴的革命激情写下了歌颂新疆建设的诗歌，如《夜进塔里木》《西出阳关》《在大沙漠中间》。在这些诗歌中，传统屯垦诗中的地域性要素降低到次要地位，诗人展开了一种对边疆的同质化叙述，不管是大漠戈壁，还是绿洲草原，都只是激发诗人革命想象和诗情的空间，重要的是，人在这片土地上革命力量的呈现，诗人始终是以一个革命战士的心态来看待新疆的建设生活。《雪满天山路》这首诗的诗题，让人想起岑参的"轮台东门送君去，去时雪满天山路"，（《白雪歌送武判官归京》）与岑参诗中离愁和苦寒意象不同的是，郭小川以一种昂扬乐观的战斗精神，把这条天山路比喻为"咱们那又亮又美的大舞台"，借此歌颂了"咱们这又新又好的大时代"①，从而赋予了边疆书写以全新的时代内涵。

为了能够体现边疆人民的战斗精神，诗人往往会选用一些雄浑壮阔的意象。明代胡应麟在《诗薮》中提出"古诗之妙，专求意象"的美学判断，认为诗歌的特质就在于意象，它是诗人情感的载体，是诗歌的灵魂和生命。古代边塞诗经常选取"沙漠""风雪""古塞""月亮"这样的意象，形成一种以"苦寒"为内质的审美情感。与古代边塞诗中的"苦寒"意象不同，这一时期诗歌中经常出现"日出""火""光""金色"这些具有积极进取内涵的自然意象。李瑛的《戈壁日出》中，用"醒""支撑"

①郭小川.雪满天山路[M].郭小川代表作.郑州：河南人民出版社，1986：199.

"站起""抛出""投出"这样体现力量和速度的词汇描绘出戈壁日出的特点，和诗歌结尾勘探院"雄浑的歌声"和"美丽的意志"互为表里，互相说明，艺术地传达出一个战士眼中的景与情。艾青在《烧荒》中写道："好大的火啊，荒原成了火海。火柱飞舞着、旋转着，火柱直冲到九霄云外。""火"是艾青诗歌中经常出现的一个核心意象，体现了诗人对光明的向往。在这首诗中"火"的意象则象征着屯垦战士在边疆的开创精神，"小小的一根火柴，划开了一个新境界。"① 还有蔡其矫的《沙漠落日》，把落日喻为扫除黑暗的斗士。西部曾被认为是日落的地方。"日落作为审美的物象，常常和寒冷、黑暗、孤独、衰败、孤僻、无望等等情绪、感受联系在一起。"② 西部的苦寒环境和天体运行的自然规律重叠在一起，使古代描写西部日落的诗歌往往投射了悲凉孤独之情。但是蔡其矫笔下的落日是"血红的"，"射出孔雀开屏的毫光"，③ 具有一切摧毁黑暗世界的力量。闻捷的《复仇的火焰》，也通过"火"的意象颂扬了边疆战士坚定的战斗精神。"金子"作为"光"的延伸意象，也大量地在诗歌中出现，"金子一样的泉水"，"金子一样的汗水"，"化成了无边的黄金的大海"，④ 这是草原人丰收的写照和喜悦。

---

①艾青. 烧荒[M]. 雷茂奎等编. 边塞新诗选. 乌鲁木齐：新疆人民出版社，1983：3.

②肖云儒. 中国西部文学论[M]. 西宁：青海人民出版社，1989：230.

③蔡其矫. 沙漠落日[M]. 雷茂奎等编. 边塞新诗选. 乌鲁木齐：新疆人民出版社，1983：70.

④严辰，金泉[M]. 雷茂奎等编. 边塞新诗选. 乌鲁木齐：新疆人民出版社，1983：66.

　　诗人也经常选用一些植物和动物的意象歌颂边疆新生活，表现战士艰苦奋斗的精神。李瑛的《红柳·沙枣·白茨》一诗中，选取了沙漠中常见的植物来象征支援边疆建设的青年同志，把他们比喻为生活中真正的勇士，"满街都是冲天的白杨"①则是伊宁八月最为突出的特色。还有那些苹果树"棵棵具有战士的气魄"，②"看见青青槐树枝，就会想起长安街"，③诗人往往会采取"拟人似喻"的修辞方式，从这些生长在大漠戈壁的植物中提炼出某种艰苦进取的品质，以此作为边疆战士战斗精神的写照。边疆的一些特有动物也是经常出现在诗歌中的意象，动物本身本无意识和复杂的情感，但是一进入诗人的艺术视野，便成为某种特定情思的载体。"鹰"是生活在沙漠、高山、丛林中的鸟类猛禽，性情孤傲，凶猛无比，成为经常出现在边疆题材诗歌中的意象，"草枯鹰眼疾"（王维《观猎》），"独臂秋鹰飞鞚出"（吴兆骞《奉赠副帅萨公》），这些边塞诗中"鹰"的意象，往往营造出一种空旷阔远的空间感觉，表现出一种刚烈英武之气。新中国成立之后边疆题材中"鹰"的意象，通常被赋予一种力量和征服的内涵。严辰笔下的"山鹰"是老猎手刚毅精神的象征，蔡其矫诗中的"树和鹰"，它们代表的不仅是一种速度和力量，也是边疆战士征服自然的精神写照，体现了一种刚健雄浑的审美风格。

---

①李瑛. 伊宁八月[M]. 雷茂奎等编. 边塞新诗选. 乌鲁木齐：新疆人民出版社，1983：93.

②杨树. 苹果树的雄姿[M]. 雷茂奎等编. 边塞新诗选. 乌鲁木齐：新疆人民出版社，1983：113.

③艾青. 槐树[M]. 雷茂奎等编. 边塞新诗选. 乌鲁木齐：新疆人民出版社，1983：12.

这种边疆"战歌"式的书写在情感抒发和意象选择上都具有很大的趋同性，并未超出政治意识形态所设定的革命乐观主义的经验模式，不能真正深入到对象的心理和精神世界，只能通过对外在景观和形象的再现，捕捉能够体现时代精神的画面和片段，而边疆真正的生活体验和文化意涵，却处于一种被遮蔽的状态。

第三节　丝路小说：流寓作家的在地经验

新时期以来西行作家不约而同地选择以小说作为表达这段流寓经历的主要载体，他们被抛出了原本所属的社会群体，带着"文化降格"的身份踏上身体和思想的双重改造之旅。丝绸之路这块广袤而贫瘠的土地，本属于这些作家现实中的"流寓之地"，最后却成为他们确证自我价值的心灵栖息之所。历史上的西北丝绸之路一直是建功立业、屯垦戍边、贬谪流放之地，岑参、高适、林则徐、纪晓岚等人的丝路之行成就了他们文学创作的最高成就。新时期以来，王蒙、张贤亮、史铁生、张承志等人书写丝路流寓经验的小说，也构成了当代文坛的一大文学景观。

一、流寓作家类型

流寓意即"流落他乡居住"，是一种被迫的、不得已的行为。20世纪五六十年代流寓丝路的作家主要是因为政治原因：一是因创作被打成"右派"的作家，像艾青、王蒙、张贤亮、杨牧等；二是受到"上山下乡"运动感召的知识青年，像张承志、史铁生、陆天明等人。

　　张贤亮出生于江苏南京一个资产阶级家庭，他的祖父和父亲都是在国外留学的知识分子。1949 年"因资本家家庭被抄家，父亲入狱，几年后死于狱中。从此孤儿寡母，13 岁的张贤亮便扛起了生活的重担"。① 1955 年，因在大城市生活困难，张贤亮和母亲、妹妹作为"闲散人员"，响应支援大西北的号召，来到宁夏，一家人被安置在银川附近的贺兰县农村。1956 年，张贤亮到甘肃省干部文化学校当语文教员，在工作之余进行文学创作。1957 年，因为在《延河》发表《大风歌》被开除公职，打成"右派"，下放到银川西大滩西湖农场劳教，从此开始了长达 18 年的劳教、管制和关监生涯，而且惩罚全是第一次罪名衍生出来的。宁夏是见证着张贤亮血与泪、生与死的一个地方，也是他人生中最痛苦的一段经历，我们今天已无法去体会作家在苦难中的挣扎，但是从他的作品中，从作品中人物的经历中，能够触摸到他对这块土地的爱与恨。宁夏同时也是张贤亮文学创作起步的地方，曾经的苦难成为他日后小说创作中的一个重要题材和思想的源泉，像《邢老汉和狗的故事》《灵与肉》《绿化树》《男人的一半是女人》《肖尔布拉克》等作品，都取材于作家流寓生活的经历，具有自叙传的性质。

　　王蒙的新疆之行，一半是不得已的选择，一半也是他人生的幸运。从 1963 年远走新疆，到 1979 年重回北京，王蒙在新疆生活了 16 年，这是他人生的第二个故乡。王蒙到新疆的原因并不完全是被迫的，虽然他因为《组织部来了个年轻人》被

---

①吴惟君整理. 张贤亮年表[J]. 朔方，2014(11).

打成"右派"，受到批判，但是就当时的政治形势而言，还没有到流放的境遇。之所以携全家远走新疆，一方面，是出于对即将到来的政治运动的敏感，选择一个远离政治中心的边缘地带去避祸；另一方面，是寻找人生和文学创作的新天地。王蒙并不满足于做一个大学教师的生活，而是希望能到广阔的社会中有所作为。"我之所以提出去新疆是由于我对生活的渴望。渴望文学与渴望生活，对于我是一而二，二而一的东西。"①与其他遭到流放的右派作家不同，王蒙在新疆并未受到迫害，他与各少数民族、各个阶层的人民结下了深厚的感情。王蒙重返文坛之后，写下了大量以新疆为题材的小说和散文，《杂色》《买买提处长轶事》，《在伊犁》系列小说和长篇小说《这边风景》，这些作品在讲述个人命运的同时，展现了新疆各族人民的生活和伊斯兰文化的风貌。

新边塞诗人杨牧本是四川人，因为和几位乡村文学爱好者编印了一本油印的诗集被打成"反动集团"，被撤掉了民办教师的工作，作为一个"盲流"来到茫茫无际的戈壁瀚海，成为一个真正的"西域流浪汉"，在准噶尔北部的大沙漠度过了一段颠沛流离的生活。杨牧的这段经历与同为新边塞诗人的周涛和章德益完全不同，周涛是小时候就随父亲工作调动来到新疆，后考入新疆大学中文系，章德益是随着六十年代支边的洪流来到新疆的，被分配到阿克苏生产建设兵团军垦农场当了一名农业工人。周涛和章德益的人生经历并未受到多少政治运动的冲击，而杨牧的新疆之旅却是一场充满了苦难的流放。"那

---

① 王蒙. 王蒙自传[M]. 广州：花城出版社，2006：219.

种生存困顿背后尖利的政治疼痛，只有与昌耀经历近似的杨牧，才有非一般人可比的刻骨铭心的感受。"①杨牧的创作除了诗歌之外，还以自己这段流亡的人生经历作为题材创作了自传体小说《天狼星下》，真实地展现了诗人在边疆不断的流浪和逃亡中的坎坷经历。

　　流寓作家的丝路经历是受难式的，这和那些主动放逐去体验人生的作家是完全不同的。像高尔基和契诃夫这些有意识体验人生的作家，本身就把文学作为一种事业，自我流放中的苦难经历是他们认识社会的一种方式和途径，所以他们会有意识地去关注和捕捉苦难的"众生相"。而对于这些被动受难的作家而言，他们被"身份降格"的同时也就失去了创作的权利。"在踏上苦难历程的同时，就把文学创作置诸脑后了。待痛苦的历程到了头，回顾过去，脑子里只剩下一股惋惜和惆怅而已。"②在这种被强加的惩罚中他们更关注的是自己痛苦的体验和原因，所以对自身苦难的讲述和对国家命运的思考成为他们创作的重心。

　　作为知青来到边疆的代表作家是张承志。他出生在北京的一个回族家庭，1967年从清华附中毕业后，随着知识青年"上山下乡"的浪潮来到内蒙古大草原的东乌珠穆沁旗插队，以"插包入户"的方式在公社里当了四年的牧羊人。"在张承志那里，每个知青都单独入住牧民家里。虽然知青间仍聚会来往，但每日之食宿起居，都和牧民（而非其他学生）在一起。相对

---

①燎原．西部大荒中的盛典[M]．西宁：青海人民出版社，1992：94.

②张贤亮．满纸荒唐言[M．张贤亮谈创作．宁夏大学学报编辑部，1985：2.

来说，最后这种形式，对城市学生的改造应该最为彻底。农（牧）民不仅成了学生的劳动伙伴、再教育老师，而且也成了他们的家人（母亲）。"①通过这种"插包入户"的方式，张承志完全融入了牧民的生活，草原游牧文化深刻地影响了他的性格和文学观念。张承志不仅学会了蒙古语，还用蒙古文写了诗歌。"文革"结束后，张承志考取了中国社会科学院的研究生，开始以这段知青生活的经历创作了一系列的小说，如《骑手为什么歌唱母亲》《黑骏马》等，这些作品表达了张承志对草原人民和游牧文化的热爱。1984 年，是张承志人生和创作中的一个重要转折点，他深入到回族生活最为典型的宁夏西海固，潜藏在内心深处的民族血统意识被重新点燃，创作出了被认为是代表他最高创作成就的《心灵史》。之后张承志创作了一系列反映回族人民生活和文化的作品，《黄泥小屋》《西省暗杀考》《终旅》《残月》《辉煌的波马》等作品。

史铁生也是受"上山下乡"运动的感召，在 1967 年从清华附中毕业后，来到陕北农村插队的。史铁生的母亲曾找到学校工宣队，说孩子患有先天性脊椎裂，不能到农村长期劳动，但是史铁生被那种塞外的诗意所感染，带着扎根陕北的想法来到延安的清平湾落户插队。褪去革命光环的陕北显露出它本来的面目，"我们那里突出的特点是穷，穷山穷水"②，贫瘠荒凉的自然环境，但是却有一群憨厚质朴的农民，这种艰苦却又温暖的知青生活，成为史铁生创作中的一个重要主题，在《我的遥

---

①许子东. 当代小说阅读笔记[M]. 上海：华东师范大学出版社, 1997：117.
②史铁生. 我的遥远的清平湾[M]. 回首黄土地. 武汉：武汉大学出版社, 2012：2.

远的清平湾》《命若琴弦》《插队的故事》《黄土地情歌》等小说中得到了充分的体现。

在上海长大的陆天明，为了接触更广阔的天地，为了响应党的号召，14岁时报名到安徽插队落户，成为"祖国第一代有文化的农民"。后又在"到边疆去，到祖国最需要的地方去"的歌声中，作为支边青年来到新疆生产建设兵团农七师，到奎屯"建设边疆，保卫边疆"，在兵团生活了12年。"只要一出乌鲁木齐城看到条田、林带，成熟的玉米，复杂的回忆和感觉涌上心头。兵团，新疆，我们大西北，这恐怕是我永生难忘的。它会一直支撑着我去完成我所要做的事情。"①陆天明后来写了大量描写军垦生活的小说，如中篇小说集《啊，野麻花》，长篇小说《桑那高地的太阳》《泥日》等。

不管是对于"右派"分子，还是知识青年，他们的流寓生活都是以和农民结合的方式进行的，相对于那些因组织派遣来到丝路工作的作家而言，他们在和农民一起劳动的过程中，更加深入到当地生活和文化的内里，和流寓地的人们之间建立了一种深刻的血肉联系，如陆天明所说，"他们给过我爱，给过我支持；他们在我面前哭过、叫过、骂过。他们——兵团农工，深深地烙进了我的生命里。"②这种强烈的"在地感"使他们的创作，逐渐疏离了那种对异域文化表象的捕捉和热火朝天的劳动场景，代之而起的是对人的生存境遇和文化观念的关注及

①张志尧，于立波主编[M].大时代的记忆.乌鲁木齐：新疆美术摄影出版社，2011：191.
②李红."这一生最离不开的就是新疆"——访著名作家、国家一级编剧陆天明[N].新疆法制报，2010-09-22.

表现。

二、丝路书写在地化

从作家和描写对象之间的关系来说，现代以来文人学者的西行大多是一种较为短暂的行旅和寓居，这就决定了他们始终是以一种外来者的观看姿态，印象式地捕捉丝路景观和人的外在表征，以实现对特定政治主题的文学化表达。流寓作家相较这些行旅作家而言，大多是和当地农民生活在一起，拥有较长时间的丝路生活经验。在新时期以来"去政治化"的文学语境中，流寓作家拥有了更多自由表达的空间。所以，他们的丝路书写体现出"在地化"的倾向。"在地化"是一个带有方位感和共同体想象的概念。就是说，作家的写作不是从外在的观念出发，而是从自己流寓地的生活经验出发，作家不是外在于他的描写对象，而是和对象融为一体，达成一种内在的认同，把自身的在地经验和对社会历史的思考结合起来。

流寓作家与所在地之间是一种双向交流的关系。王蒙曾说："新疆生活使我有可能从内地——边疆、城市——乡村、汉民族——兄弟民族的一系列比较中，学到、悟到一些东西。"①他们在共同的生活和交流中表现出一种对所在地强烈的认同感，这种认同不是建立在"战士""人民"这些阶级属性的想象之上，而是通过生活事件累积起的一种真实的生活整体感。王蒙在新疆的 16 年中，有 6 年是在伊犁巴彦岱乡劳动，

①王蒙. 文学与我——答《花城》编辑部××同志问[M]. 王蒙文存：第 21 卷. 北京：人民文学出版社，2003：80.

与当地人民结下了深厚的友谊，他曾自称"巴彦岱人"。"我与维吾尔、哈萨克农牧民同蔫而眠，同桌而餐，有酒同歌，有诗同吟。我们将心比心，相濡以沫，情同手足，感同一体。"①在当时风云诡谲的政治局势中，王蒙以"自我放逐"的方式远离政治斗争的中心。其间或受波及但都未造成大的影响。之所以能够这样自我保全，一方面，来自王蒙个人的政治智慧，另一方面，得益于边疆人民善良朴实的天性，在生活中，他们从未将王蒙当作另类看待，反倒是以他们的包容处处庇佑这位被放逐的诗人。

如果说，王蒙对新疆人民的认同感，或多或少夹杂了主流话语对劳动人民的话语设定，那么，张承志和草原文化的遇合，则是他的心灵不断打开和寻找归宿的过程，是一种对生存和生命新的认知。张承志作为草原知青，"插包落户"的方式使他们不能像别处以知青点作为据点，在和草原人民朝夕相处的过程中，他亲身经历了汉文化和草原文化的冲突、碰撞到和解、重构。张承志的足迹始终沿着丝绸之路的文化轨迹，从内蒙古大草原，到新疆的戈壁沙漠，再到回民生活的西北黄土高原，他不是以文化考察者的姿态来审视这片土地，而是全身心地融入和理解。张承志一再拒绝那种对草原文化猎奇式的观看方式。"对于我这样的牧民出身的人来说，进毡房喝奶茶不用说是享受和运气——然而对很多知识分子却不然。他们只是应酬或一次性解渴，他们是永远不会为奶茶所魅了的。"②在《回

①王蒙. 你好，新疆［M］. 永忆新疆：代自序. 北京：人民文学出版社，2011：2.
②张承志. 清洁的精神［M］. 合肥：安徽文艺出版社，2000：10.

民的黄土高原》中，他也反复强调："我还想提醒你：带着一副旅游客的派头和好奇心是不可能进入这个世界的，甚至连靠近它都很困难。"①草原对张承志的意义不是一个抽象的地理空间，而是一个精神的栖息之地。在初登文坛的时候，就表达过他对草原人民的依恋："草原是我全部文学生涯的诱因和温床。甚至该说，草原是养育了我一切特征的一种母亲。"②草原不仅是张承志从红卫兵到知青的人生转折，也是他文学和生命新的起点。

创作主体在地化的视野中，丝绸之路的景观书写不再呈现为异域风情，而是一种本地人的常态化叙事。在描写屯垦和建设的丝路文学中，自然或者是作为人类征服或改造的对象，或者是作为一种异域风情的政治修辞，人和自然更多的时候呈现出一种紧张的对立关系，它是人的力量的被动呈现，自然在这里所呈现出的空间形象从来不是一个给予者，只是一个承受者。在这些流寓者的受难生涯中，自然却恢复了它和人之间的和谐关系，它往往是故乡、母亲，或是精神的启示之地。白音宝力格重返草原的时候，"看见蓝玻璃般的河水静静地嵌入浓暗的绿草，在远远的大地上划出我的故乡和邻队的界限。望着河湾里影绰可辨的星点毡包，我不觉带住了钢嘎·哈拉的嚼子。故乡——我默念着这个词。故乡，我的摇篮，我的爱情，我的母亲"！③ 这段景色描写中的草原不再是一个外在于人的抽象的整体，在白音宝力格的视野里明确标示出了"故乡和邻

---

① 张承志. 大西北[M]. 北京：中国青年出版社，2007：36.
② 张承志. 牧人笔记[M]. 广州：花城出版社，1996：5.
③ 张承志. 旗手为什么歌唱母亲[M]. 南京：译林出版社，2013：16.

队的界限"，边界是产生在地感的一个核心要素，"从在地性
自我辨认的临界点来看，'过了这里就不是'的在地归属感，
一直需要'边界'来维系。"①边界之内的"星点毡包"才是养育
白音宝力格的故乡和母亲，是养育他的精神家园。那种广阔无
垠没有界限的草原景观，只能出现在和对象不发生任何关联的
游人的视野中。张承志的笔下也描写过草原日出这种壮观的景
象。但是，这种景象始终是和人物的情感世界联系在一起的：

> 我们已经不觉站立起来，在那强劲而热情地喷薄
> 而来的束束霞光中望着东方。索米娅惊讶万分地睁大
> 眼睛，注视着那天际烧沸的红云，她的脸上久久凝着
> 感动的神情。金红的朝霞辉映着她黑亮的眸子，在那
> 儿变成了一星喜悦的火花。我忍着心跳，屏住了呼
> 吸，牢牢地抓着她的手。那半轮红转动着，轻跳着，
> 终于整个挣出了大地，跃进了人间。索米娅忽然抱住
> 了我，我也把她紧贴在胸前。我们目不转睛地看着这
> 千载难逢的美景，心里由衷地感激着太阳和大地，感
> 激着我们的草原母亲，感激着她们对我们的祝福。②

在这段描写中，人和景之间是互动的，是交相辉映的。天
际的红云让索米娅惊讶和感动，朝霞则在她的眼眸中变成"喜
悦的火花"，两个年轻恋人之间的感情随着日出的变化被不断

①杨弘任. 何谓在地性：从地方知识与在地范畴出发[J]. 思与言，2011(4).
②张承志. 旗手为什么歌唱母亲[M]. 南京：译林出版社，2013：34.

推进到高潮。在这里对草原日出的描写仍然突出了其宏大壮观的特质，但这种壮观不仅是自然力量的一种客观显现，它同时是给予性的，是对这对恋人爱的祝福。在张承志的小说中，不管是辽阔的草原，还是沉默不语的黄土高原，它都是那些边地流浪者精神的家园所在。

张贤亮小说中对景物的描写也重在突出自然和人的整体感。《灵与肉》中的许灵均是一个被家庭和社会双重遗弃的人，小说一开始就引用《悲惨世界》中的话标明许灵均的"弃子"身份。他来到归国华侨的父亲所在高级饭店的七楼。"窗外，只有一片空漠的蓝天，抹着稀稀疏疏的几丝白云。"父亲所代表的天，但那天上却空空荡荡，没有实际的内涵。与此相对照的，是他生活的大西北的农场，"在那黄土高原的农场，窗口外就是绿色的和黄色的田野，开阔而充实。"①这段在想象中对两种景色的并置，形成了一种隐喻式的对比，农场象征着土地，象征着根的所在。小说中有一段许灵均在放牧时的景色描写，他躺在斜坡上，望着周围的景色，"风擦过草尖，擦过沼泽的水面吹来，带着清新的湿润，带着马汗的气味，带着大自然的呼吸，从头到脚摩挲遍他全身，给了他一种极其亲切的抚慰……他能闻到自己的汗味，能闻到自己生命的气息和大自然的气息混在一起"。② 这段景色描写突出了自然宁静柔和的一面，这是流寓小说中一个普遍的倾向。如果说，"边疆战歌"侧重描写自然"动"的一面，景物中蕴含了更多社会性的内容，

①张贤亮. 灵与肉[M]. 天津：百花文艺出版社，1981：1.
②张贤亮. 灵与肉[M]. 天津：百花文艺出版社，1981：12.

那么，流寓者笔下的自然更多地流露出"静"的一面，承载了更多的心理内涵，是人物精神世界的一种外在呈现。但是这种人和自然之间的和谐，并不是在"天人合一"中追求对现实的逃逸和超越，而是从自然中找到精神的皈依，找到面对这个世界的立足点，从中汲取生命前行的力量和信心。许灵均最终拒绝了父亲带他出国的想法，回到了西北的小县城，因为"那里有他在患难时帮助过他的人们，而现在他们正在盼望着他的帮助；那里有他汗水浸过的土地，现在他的汗水正在收割过的田野上晶莹闪光；那里有他相濡以沫的妻子和女儿；那里有他的一切；那里有他生命的根"！[1] 在许灵均被社会和家庭同时放逐了的时候，是这块博大和温情的土地接纳了他，给了他爱和生活的动力，他也把自己的汗水和青春洒在这块土地上，正是这种在患难中惺惺相惜、携手前行的经历，把人和地之间紧密地联系在一起。

三、民间文化的内在认同

新时期以来随着政治宏大叙事的解体，这些曾流落到社会最底层的流寓作家，自觉疏离了当代以来丝路叙事的政治化传统，在自己曾经生活过的民间社会找到了人生和文学新的价值皈依。史铁生在回顾插队经历时说："刚去陕北插队的时候，我实在不知道应该接受些什么再教育，离开那儿的时候我明白了，乡亲们就是以那些平凡的语言、劳动、身世，教会了我如何跟命运抗争。现在，一提起中国二字（或祖国二字），我绝

---

①张贤亮. 灵与肉[M]. 天津：百花文艺出版社，1981：28.

想不起北京饭店，而是马上想起黄土高原。"①民间在面对苦难时那种乐观质朴的精神，给这些在放逐路上同样历经磨难的作家们，不仅带来了心灵的慰藉，而且给予他们超越困境的智慧和勇气。

陈思和在《民间的浮沉——从抗战到"文革"文学史的一个解释》中，提出"民间"这一概念。他认为，民间文化形态有三个方面的特点。一是在国家权力控制相对薄弱的领域产生，能够比较真实地表达出民间社会生活的面貌和下层人民的情绪世界；二是自由自在是其最基本的审美风格；三是形成了"藏污纳垢"的形态。民间作为新时期创作中的一个群体现象，绝不是偶然发生的。它的出现是建立在 20 世纪五六十年代大量作家流寓经验的现实基础之上的。高晓声、张一弓、梁晓声、韩少功等具有流寓经验的作家纷纷用笔诉说自己的民间生活经历。这些作品大多呈现了民间灰暗落后的一面，充满了对苦难的哀叹和青春的惋惜。与此相反的是，曾经流寓在西北丝路的作家却呈现出更多人性的亮色。从张贤亮笔下的马缨花、秀芝、史铁生笔下的"破老汉"，张承志笔下的额吉和索米娅，他们在苦难中所表现出的仁慈和善良，不仅给这些被放逐者以极大的帮助和宽慰，而且他们身上所体现出的人性的光辉，体现出西北丝路民间精神的可贵品质。

现代以来，西北丝路民众在"外来者"的视野中，被表现成需要被开发和拯救的对象，要不就是政治意识形态的民间化

---

①史铁生. 几回回梦里回延安——《我的遥远的清平湾》代后记[M]. 回首黄土地，武汉：武汉大学出版社，2012：193.

身，他们真实的生存境遇和情感世界往往被各种话语所遮蔽。流寓作家因其长期的在地经验，他们往往在叙事中重在对西北民众文化心理的揭示和表现。在张贤亮的文学世界里，民间文化的精神本质往往体现在女性人物的塑造中。《灵与肉》中的秀芝，《绿化树》里的马缨花，《男人的一半是女人》中的黄香久，这些生活在西北丝路的农村女性，平凡而普通，但是却时刻闪耀着人性的光辉。尤其是马缨花这个人物，集中了张贤亮笔下农村女性的所有优点，这个带着中亚细亚血统的农村妇女，善良热情，给予了章永璘在苦难中的所有的温情。"马缨花"本为一种植物名，又名绿化树，"喜光，耐干旱贫瘠"，这种作为树的生物学特征和人的精神品格互相说明，那些生长在干旱贫瘠的黄土高原上，树皮粗糙、枝叶葱郁的绿化树，正是无数个像马缨花、海喜喜、谢队长这些生活在西北丝路，在艰苦的环境中却依然保持了乐观善良的品性的人们的生动写照。史铁生在《我的遥远的清平湾》中塑造的那个姓白的"破老汉"，和小孙女相依为命，面对贫瘠单调的生活但却依然善良宽厚，为了孙女一直单身，在"我"回北京看病的时候，让人捎来他卖了10斤好小米换来的粮票，别人告诉他这粮票北京不能用，他坚决不相信，一定要让人捎了来。这些世代生活在黄土高原上，面朝黄土背朝天的"受苦人"，他们的人生词典里并没有高深的大道理，只有这些最质朴的对人的善良和对未来的希望，正像"破老汉"那山歌里唱的："崖畔上开花崖畔上红；受苦人过得好光景。"

民歌是西北流寓小说中反复出现的一个重要内容，张贤亮小说中的宁夏"花儿"，史铁生小说中的陕北民歌，张承志小说中的蒙古歌谣，王蒙小说中的喀什噶尔民歌。作家对这些民歌的描写，不是纯粹为了小说中审美意蕴的增容，而是从这些自然自在的民歌中，发现和理解民间文化的心理内涵。丝绸之路生活着众多的民族，拥有着丰富多元的民间文化。从现代知识分子在 20 世纪 20 年代以来对"花儿"的发现和传唱，使这种极具地方特色和民族特色的丝路文艺走向全国，但在现代知识分子的观念中，"花儿"只是作为一种西北地区的民俗文化，经过王洛宾的再创作，这种原始而自然的丝路文艺满足了国民对西北地区的边缘想象，但是由于生活经验的局限，却很少有人真正去关注这些民歌中所承载的当地人的情感心理。流寓作家生活的地区都是西北边远的农村，那里有很多原生态的民间艺术，他们正是从这些质朴的民歌中，走进了当地民众的心理世界。

张承志的小说同样表现出对蒙古族民歌极大的兴趣。他的《黑骏马》就是直接以蒙古族民歌作为自己小说的题目，并以这首歌的歌词贯穿了作品的始终，和整个小说的叙事形成一种文本内在的互文关系，而且也是白音宝力格的心灵成长史的生动写照。《骑手为什么歌唱母亲》中，也是以蒙古族民歌的介绍而开头，小说中反复叙述驰名乌珠穆沁草原的古歌《乃林呼和》(《修长的青马》)，歌中对母亲的歌颂体现了草原人宽厚博大的胸怀，正是通过这首饱含深情的民歌，才让主人公真正理解了草原文化的精神。

那些民歌中有生活在丝路地区民众的喜怒哀乐，有他们的忧愁，也有他们对未来的希冀。史铁生在《我的遥远的清平湾》中，详细地列出了一系列的陕北民歌，《走西口》《光棍哭妻》《女儿嫁》《山丹丹开花红艳艳》《揽工调》《赶牲灵》《三十里铺》，这些粗犷深沉的民歌通过自由的韵律，真诚朴素的语言，诉说着生活的艰辛，体现了民间深厚的历史蕴含和乐观的生命活力。"我真是喜欢陕北民歌。她不指望教导你一顿，她只是诉说；她从不站在你头顶上，她总是和你面对面、手拉手。她只希望唤起你对感情的珍重，对家乡的依恋。"①民歌中没有复杂的逻辑推理，也没有高高在上的说教，它蕴含着乡亲们在苦难中对生命的深情，给人以生活的智慧和勇气。张贤亮在《绿化树》中，用极其生动的语言描写海喜喜唱"花儿"时的情态，他用高亢而忧伤的声音唱出的情歌，毫不掩饰地赤裸裸的情欲表达，体现了西北黄土高原豪放雄奇、彪悍不羁的男性气概。"他声音的高亢是一种被压抑的高亢，沉闷的高亢，像被一股强大的力量猛烈挤压出来的爆发似的高亢。""它全然是和这片辽阔而令人怆然的土地融合在一起；它是这片土地，这片黄土高原的黄色土地唱出来的歌。"②海喜喜那种对爱沉痛的忧伤，那种在压抑中所迸发出的激情和力量，正是黄土高原上无数个生命的写照。马缨花所唱的"花儿"则展现了西北女性的多情和野性美。它们同样都唤起了章永璘对自身命运的反思和人的意识的觉醒。

流寓作家在小说中毫不掩饰地表达了他们对丝路民歌的喜爱和赞颂，不仅是一种自觉的文化意识，而且把民歌和对丝路人民精神世界的展现联系在一起。史铁生笔下的民歌展现了陕

---

①史铁生. 几回回梦里回延安——《我的遥远的清平湾》代后记[M]. 回首黄土地. 武汉：武汉大学出版社，2012：193.

②张贤亮. 绿化树[M]. 张贤亮代表作. 郑州：河南人民出版社，1989：106.

北人质朴乐观的性格，唤起人和命运抗争的精神；张贤亮笔下的河湟"花儿"则表现了西北男性豪放彪悍的力量美；张承志小说中的蒙古族古歌则是宽厚博大的草原文化的写照。流寓小说对这些民歌的描写，不但展现了丝路文化的丰富性和多样性，而且也充分体现了作家对丝路民间文化精神的肯定和认同。

第四章 多元文化语境中的丝路文学

　　丝绸之路既是一个历史概念，也是一个文化概念；既是民族文化和中西文化融合交汇的核心地带，也是文化多样性呈现的典型地带。丝路文化是一种超越了地域、民族界限的混合型文化，具有多元性和原生性的特质，是华夏文化发展范式和精神根基的一种符号表征。丝绸之路突出的价值即在于文化资源的多样性和丰富性。这种极具包容性的文化形态，不仅是由丝路地带独特的自然地理、生产方式等因素决定的，而且也是在丝绸之路长期的民族交流中历史地生成的。中华民族本身就是多元一体的格局。"它的主流是由许许多多分散孤立存在的民族单位，经过接触、混杂、联结和融合，同时也有分裂和消亡，形成一个你来我去、我来你去，我中有你、你中有我，而又各具个性的多元统一体。"①在中华民族多元一体文化格局的产生过程中，丝绸之路由于其特殊的地理位置成为民族融合的联结地带，形成了多民族共生、多元文化共融的典型区域，由此形成的丝路文化是一种由民族交融所催生的混合型文化。从

---

①费孝通. 中华民族多元一体格局[M]. 北京：中央民族学院出版社，1989：1.

193

内涵上来说，既包括本土性的农耕文化、游牧文化、宗教文化，还有近代以来席卷中国的西方现代文化。这里既是传统文化保留较多的地区，又是传统文化经历剧烈重构的地带，它们共时性的存在于丝绸之路这个特定的历史时空之中，这是丝路文化最为本质的特征。"阐释丝绸之路的文化就是阐释中华民族错综复杂的多样性的人文性格。"①以前我们在谈论丝路文化的过程中，往往只把它当作是一种地域性文化，突出其与中原文化异质性的一面，在潜意识中把它等同于西域文化，在研究中形成了以新疆和敦煌为偏重的倾向，造成了对丝路文化单一化和片面化的理解。这既偏离了丝路文化的历史本质，也造成了对研究对象意义的遮蔽，重新确认丝路文化多元性的内涵，是我们深化和拓展丝路文学研究的必要前提。

第一节　文化守成与乡土书写

古代中国农桑并举。"嘉谷、布帛二者，生民之本，兴自神农之世。"②养蚕缫丝构成了中原农业发展的重要组成部分。在以丝绸为主要媒介的中西文化交流中，乡土文化也成为丝路文学描写的重要内容。新时期以来丝路文学中的一些经典作家作品都出自这一领域。如刘亮程的《一个人的村庄》《在新疆》《虚土》，贾平凹的《秦腔》，郭文斌的《大年》《开花的牙》，石舒清的《清水里的刀子》《苦土》《开花的院子》，李学辉的《末

---

① 来永红. 丝绸之路的文化内涵[J]. 丝绸之路，2016(24).
② 汉书·食货志(上)。

代紧皮手》《国家坐骑》《麦女》《麦婚》，雪漠的《大漠祭》，唐达天的《悲情腾格里》，季栋梁的《在西海固的一个村子里》等。这些作品书写了生活在丝绸之路乡土社会中人们的生存状态和精神世界。其中，或多或少地流露出某种乡土守成和道德理想主义的精神因子。

一、刘亮程：边地乡土的诗性建构

刘亮程的散文体现了儒家文化和谐中庸的精神对新疆乡土生活的影响。刘亮程是一个出生在新疆的土著汉人，与其他新疆作家专注于大漠草原这样的边塞风光不同，刘亮程通过对狗、驴、马、羊、蚂蚁、炊烟、树的描写，建构起一个"村庄"的意象，表达了自己对边地乡土的诗意体验。"诗意是我感受世界的一种方式。无论散文或小说，我呈现的世界诗意弥漫。"①他的散文《一个人的村庄》《在新疆》《风中的院门》《正午田野》，小说《虚土》《凿空》等一系列反映新疆农村生活和乡土文化的作品，从黄沙梁、虚土庄到库车老城，实现了对新疆大地上"一个人的村庄"的诗性建构，为中国现代以来的乡土书写注入了一种边疆精神。

刘亮程的散文以一种"在新疆"的内在视角，表现了新疆的自然风貌和人文色彩。他的乡土叙事是建立在深厚的生活经验基础之上的。黄沙梁是刘亮程文学世界展开的一个重要地理空间，它位于新疆古尔班通古特沙漠边缘的沙湾县。1961年刘亮程的父母从甘肃逃荒至此，开始了在这块异乡的土地上耕

①明江．刘亮程：我的文字充满了新疆的气息[N]．文艺报，2012-04-06．

种劳作的生活。刘亮程就在这个沙漠绿洲中度过了他的童年和青年时期，沙漠绿洲最能体现新疆的地理特点和空间特征，在塔里木盆地的河流四周星罗棋布地分布着大大小小 80 多块绿洲，人民聚居在绿洲中生存和繁衍，这里是新疆经济文化的命脉所在。同时绿洲也是丝绸之路得以贯通的自然基础，正是绿洲的存在，为那些跋涉在丝路古道上的旅人提供了物质的给养。所以，刘亮程生活的黄沙梁是不同民族、不同语言、不同文化交流融合的区域。它不仅具有农耕文化共有的特点，同时还因其特殊的地理环境具有新疆维吾尔农耕文明的一些特质。黄沙梁赋予刘亮程的是从内到外的新疆气质。他说自己的长相既像维吾尔族人，又像哈萨克人和蒙古人，还有点像回族人，他的语言、口音、眼光、走路姿势都已经彻底新疆化了。除了这些个人气质上的影响，新疆还赋予了作家一个观照中国的宏阔视野。"我知道除了长江黄河，我们还有塔里木河、伊犁河、额尔齐斯河。在泰山庐山之外，还有昆仑山、天山、阿尔泰山。除了《诗经》、唐宋诗词，我们还有英雄史诗《江格尔》《玛纳斯》、十二木卡姆诗歌，等等。这些伟大河山，千古文字，一样在养育我们中华民族的精神和文化。"[1]刘亮程在这段话中指出了中华文化构成中的边疆精神。这种对边疆文化的认同不但拓展了刘亮程创作的视野，而且使他对乡土生活的表现带上了新疆文化的精神烙印。

黄沙梁和库车老城是刘亮程乡土世界的两个基本单元。黄沙梁位于天山北麓准噶尔盆地边缘，这里居住着汉族、回族、

---

[1]明江. 刘亮程：我的文字充满了新疆的气息[N]. 文艺报，2012-04-06.

维吾尔族等农业人口，是西域农耕文化的典型代表。库车位于天山南麓塔里木盆地的北缘，这里的绿洲文化是新疆最有特色的文化之一。刘亮程通过对这两个区域日常生活和民俗风情的描写，展现了新疆文化的多样性和民族性。

《一个人的村庄》是刘亮程对北疆汉族农耕文化的独特展现，和大多数中原作家通过土地和家族的描写表现乡土文化的方式不同，他的乡土书写具有突出的新疆特色。这种特色之一就是它是由一系列自然和动物意象所构成的。《狗这一辈子》《逃跑的马》《最后一只猫》《两窝蚂蚁》《鸟叫》《那些鸟会认人》，这里的人是《通驴性的人》和《与虫共眠》的人，是《一村懒人》，这里的村庄是"人畜共居的村庄"，《炊烟是村庄的根》《树会记住许多事》《风改变了所有人的一生》。这就是刘亮程对"一个村庄的见识"。他通过对这些自然意象的描写，刻画出一种和中原建立在人情基础上的乡土社会迥异的边地乡土，这里的动物、植物和人平等而和谐地生活在一起。这里曾是刘亮程现实中的家乡，他对这里的一切都带着亲人般的熟悉。"熟悉你褐黄深厚的土壤，略带碱味的水和干燥温馨的空气，熟悉你天空的每一朵云、夜夜挂在头顶的那几颗星星。我熟悉你沟渠起伏的田野上和每一样生物、傍晚袅袅炊烟中人说话的声音、牛哞声、开门和关门的声音……"①刘亮程对黄沙梁乡土社会的描写投入了一个土著作家的巨大热情，那种和谐宁静的田园牧歌式的描写拓展了边地叙事的表现范围和审美风格。

刘亮程笔下的黄沙梁不仅是作者现实中的家乡，更是他理

---

①刘亮程. 一个人的村庄[M]. 沈阳：春风文艺出版社，2006：186.

想中的精神家园。这里人畜共居、人虫共眠，过着一种和外界快节奏的现代生活完全不同的慢生活，沉默寡言的驴在作者看来，"社会变革跟它们没一点关系，它们不参与，不打算改变自己。人变得越来越聪明自私时，它们还是原先那副憨厚样子，甚至拒绝进化。它们是一群古老的东西，身体和心灵都停留在远古。当人们抛弃一切进入现代，它们默默无闻伴前随后，保持着最质朴的品质"。①驴是新疆生活的一个重要部分，作者对驴的描写不仅是作为一种独特的文化现象，而且在其中寄予了自己的生命观念和生活态度，人和驴在缰绳的两端互相感知，互相说明。这种慢生活首先是基于新疆独特的地理气候，干旱少雨造成了农作物生长缓慢，在此基础上形成了一种生活观念。"我理解的所谓乡村文化，其实就是在这样一个等待作物生长的缓慢时间里，被人们一点点地熬出来的一种情怀、一种理念、一种对待生活或者过生活的方式。"②可以说，《一个人的村庄》就是在这种慢和闲的乡土心态下创作的。刘亮程正是从动物和植物以及乡民那种自在的状态中领悟了生命的启示，获得了观照生命和文学的角度和方式。

如果说，《一个人的村庄》是刘亮程以一个土著身份对北疆故乡的描绘，那么，《在新疆》则是他自觉地以一个新疆人的身份对维吾尔族农耕文化的集中表现。走出黄沙梁的刘亮程把他的笔触从"村庄"转向"集市"，从"集市"中千姿百态的众生相透视新疆维吾尔文化的精神特质。这部作品延续了刘亮程

---

①刘亮程. 一个人的村庄[M]. 沈阳：春风文艺出版社，2006：7.

②刘亮程，高方方. 西域沙梁上的行吟歌手——刘亮程访谈录[J]. 百家评论，2013(5).

闲散的叙事风格，沿着库车老城那条《通往田野的小巷》，有铁匠铺、馕坑、烧土陶的作坊，居住着《最后的铁匠》《两个古币商》《一口枯井和两棵榆树》，还有《五千个买买提》《逛巴扎》《祖先的驴车》，通过对老城中这些普通人物日常生活的描写，展现了维吾尔族的民俗风情。除此之外，南疆维吾尔族一些特殊的文化也吸引了这个北疆汉族作家的关注。《木塔里甫的割礼》中描写了维吾尔族神秘的割礼习俗，还有那古老隐秘的《托包克游戏》，虽然作家怀着一种猎奇的心理去描述维吾尔族这些异域文化，但是他的新疆土著身份使作家的叙述获得了一种内部视角，刘亮程只是客观地展现了维吾尔族的世俗生活和宗教信仰，祛除了知识分子在面对异域文化时那种居高临下的审视态度。他以自己多年新疆生活的经验来理解维吾尔人的生活方式。在《通往田野的小巷》中，作者写到库车城外田野里野草、果树杂生的现象，否定了这是南疆农民懒惰的说法，提出了自己的看法，"这跟懒没关系，而是一种生存态度。在许多地方，人们已经过于勤快，把大地改变得不像样子。"①这种基于边地生活经验基础上对新疆文化的理解，在刘亮程的散文中随处可见，这是他和很多外来作家的根本区别。

刘亮程对边地乡土的诗性建构是一种自觉的文化选择和立场，他通过对儒家和谐中庸生活形态和文化观念的标举，使不同民族之间、传统和现代之间的文化达成一种沟通和交流。刘亮程对新疆在丝绸之路上的地位及其多民族混合型文化的特质有着非常明确的认识，文学创作对他的意义，不仅是一种生命

---

① 刘亮程. 在新疆[M]. 沈阳：春风文艺出版社，2016：69-70.

观念的表达，同时也是对新疆文化独特价值的挖掘和发现。新疆作为中西方文明交汇的核心区域，具有丰富的文化交流的历史经验。它既受到多种宗教文化的影响，同时也受到中原儒家文化的影响，儒家文化以世俗文化的形式对新疆的历史文化产生了深远的影响。在现代中国社会转型的过程中，乡土及其儒家文化被动地卷入了现代化的历史进程之中，建立在进化论时间维度上的现代文明，对传统乡土文明进行了价值的降格和贬低。在这样一个进退失据的情况之下，乡土文明只能无奈地走向了衰落。对于这个在现代化进程中落败的群体，很多拥有乡土童年经验的作家是惋惜的、同情的，他们无法做到从主流意识形态的精神高地对社会变革的欢呼与鼓舞，他们更多地是站在传统农民的立场，在时代潮流的裹挟中被迫走向现代化，但在其间又怀着感伤和留恋不断地向乡土回望，向自己精神家园的消逝发出无限的忧思。刘亮程就是通过对边地生活的诗性建构，来表达他对即将逝去的农耕文化的惋惜，这或许就是有些评论家认为，刘亮程在以乡土文化对抗现代文明发展的原因所在。

二、郭文斌：民俗事相中的文化退守

宁夏作家郭文斌的乡土小说体现了一种向传统文化的回归和退守。他通过对那种封闭的和看似和谐的社会形态的书写，向现代文化发出质询和抵抗。郭文斌在谈到他对家乡的荞面灯盏的领悟时说道："它，不正是对被人们炒得过热的生命的一种清凉的制衡吗？"①用这种原始而质朴的生命形式反思现代人的生活，这句话里所传达的也正是郭文斌创作的一种基本立场和价值指向。

郭文斌的小说展现了丝路重镇——固原地区的民俗，在一系列民俗文化事相中书写了乡土社会诗意的一面。所谓民俗是一个特定的社会群体在长期的生产实践和社会生活中形成的文化事项，具有传承性、稳定性和地域性的特点。班固在《汉书·地理志》中说："凡民函五常之性，而其刚柔缓急，音声不同，系水土之风气，故谓之风；好恶取舍，动静忘常，随君上之情欲，故谓之俗。"②民俗的形成受到自然环境和社会环境的影响，具有强烈的地域性。所谓"十里不同风，五里不同俗"说的就是这个意思。固原地处黄土高原上六盘山北麓清水河畔，自古就是关中通往塞外西域的交通要道，处于丝绸之路东段的北道，历史上曾是中国和西方之间进行贸易往来的丝路重镇。固原因其特殊的地理位置成为中原农耕文化和草原游牧文化的接合地带，决定了它的民俗文化具有强烈的地域特征。"西海固地方民俗文化既有儒家传统文化中的淳朴简约的礼仪价值体系，又有因严酷的自然条件和长期的生存压力影响而产生的安贫乐道、恋守故土、随遇而安的宿命观念和保守心态，以及浓厚的家族意识、小农意识与淡泊内向的价值追求，也有其高亢、豪迈、雄浑、粗犷的一面。"③固原地区独特的民俗文化，一方面涵养了本土作家的价值观念和审美意识，另一方

①郭文斌. 写意宁夏[M]. 北京：华文出版社，2017：21.

②班固. 汉书·地理志[M]. 北京：中华书局，1962：1642.

③张进海编. 传统文化与当代宁夏[M]. 银川：宁夏人民出版社，2012：177.

面，也为文学创作提供了丰富的素材。

节日民俗是郭文斌小说的一个重要内容，《大年》描写除夕写对联、请祖先、糊灯笼、吃长面、泼洒、分年、拜年的习俗，《点灯时分》是写正月十五做灯盏的过程；《吉祥如意》则详细地描写端午节做花馍、甜醅子、绑花绳、带香包、上山采艾的习俗；《中秋》描写八月十五一家人摘梨、挖土豆、供献、赏月。除了一年中重要的节日习俗，还有对生活中的生老病死、婚丧嫁娶的风俗描写。《开花的牙》里描写老人去世后的丧葬习俗，《三年》是去世后三周年的纪念习俗，《呼吸》里村人在牛死后的葬骨仪式，《大生产》中的生育习俗等。郭文斌以一种针脚绵密的笔法详细地描写了各种民俗仪式的细节，每一个细节都凝结着儿时的记忆，其中融汇着乡土社会对生命的理解和尊重。郭文斌的创作体现了一种向传统文化认同和回归的倾向，面对现代社会思想观念和伦理道德方面的病症，郭文斌倡导返归丝路传统文化的思想资源，认为"在传统所提供的世界观中，人们才会感到稳定和安全"①，以此来重建人与社会之间的和谐关系。

民俗不仅反映了特定地域人们的生活形式，还具有深刻的心理内涵，体现了当地民众的生活观念和价值追求。《大年》中父亲给乡亲们写了一院子的对联，"不多时，就是一院的红。明明能够感觉得到，满院的春和福像刚开的锅一样热气腾腾，像白面馒头一样在霭霭雾气里时隐时现。大家看着满院红

---

① 王立新，王旭峰. 传统叙事与文学治疗[J]. 长江学术，2007(2).

彤彤的对联抽烟、说笑，明明和亮亮幸福得简直要爆炸了。"①
郭文斌笔下的固原从来不是一个以金钱或权利这些世俗标准来
界定生命价值的地方。这里的人们追求的是和谐的幸福，明明
和亮亮正是通过日常生活里民俗的耳濡目染，从父辈身上感受
到了幸福的含义和生命的另一种意义。《吉祥如意》中作者从
端午节做甜醅子开始写起，详细地叙述了清晨插柳枝、祭奠神
仙、吃花馍、绑花绳、买香料、挑花绳、舂香料、做香包、上
山采艾，这一系列的仪式每一个环节都异常地认真和庄严。采
艾时一定要在太阳刚出来的时候开始，"这样采到的艾既有太
阳蛋蛋，又有露水蛋蛋。这太阳蛋蛋是天的儿子，露水蛋蛋是
地的女儿，它们两人全时，才叫吉祥如意"。② 这就是固原民
俗中体现出的天地合一、阴阳调和的生命观念，太阳代表阳
气，露水则为"阴气之液"，自然万物和生命都是阴阳运动的
结果。"从固原社会经济特点看，农业始终在社会生产中占主
要地位，由于生产力极端低下，墨守成规，靠天吃饭是小农经
济的基本特点。在这种情况下，晴雨适当，阴阳调和，成为人
们的共同愿望。"③这些从生存经验中产生的生命观念，就在一
个个朴素的民俗仪式中一代代地延续下去，它不是理论灌输式
的，而是通过从生命的感动中生发出来的。五月和六月在关于
露珠和艾的生死问题的讨论中，似乎逐渐触摸到生与死之间的
辩证关系，死亡不是生命的消失，而是生命的另一种开始。

　　郭文斌的小说追求一种"安详"的精神格调，追求一种生

---

①郭文斌. 大年[M]. 郭文斌小说精选. 银川：宁夏人民出版社，2008：10.
②郭文斌. 大年[M]. 郭文斌小说精选. 银川：宁夏人民出版社，2008：58.
③张家铎编著. 固原民俗[M]. 银川：宁夏人民出版社，2008：4.

命的和谐，这使他即使在描写死亡的主题时，也没有陷入悲观绝望之中，死的伤感总是和生的欢乐交织在一起，这是西北丝路民俗文化中的一个重要特点，体现了底层民众达观积极的人生态度。《开花的牙》描写一位慈爱幽默的老人的去世，对固原地区的丧葬习俗进行了全景式的描写。这些复杂庄严的民俗事相，通过老人的小孙子牧牧的视角叙述出来，就增添了很多喜剧的色彩。家里大人的忙碌和玩笑让牧牧异常地兴奋，他想起和爷爷之间很多有趣的对话，一切的仪式在他眼中都是新鲜的、好奇的，他和放放加在人群中玩游戏、看热闹，就连爹"出迎"时的样子，在他看来都是奇怪的、好笑的："爹倒踏着一双蒙着白布的鞋，穿着长长的白褂子，戴着一种很可笑的帽子，手里拄着一根缠着白字条的柳木棒，腰弓着，鸡啄米一样往出跑。"①死亡在牧牧眼中不是恐惧，他似懂非懂地探寻着成人世界里的秘密。小说最后描写牧牧添牙了，他看见爷爷在开花，生与死就以这样交替的方式在牧牧和爷爷之间轮回，民俗和仪式成为牧牧的生命启蒙。

郭文斌的小说通过对民俗的描写营造了一种诗意的乡土生活，但是这种诗意是以对苦难的遮蔽和斩断现代文明作为代价的。郭文斌出生的宁夏固原地区，因为地理和气候的原因，生存环境非常恶劣，常年缺水，90%以上的耕地属于旱地，生产力非常低下，曾被联合国评为最不适宜于人类居住的地方。但是在郭文斌"安详"的阐释之下，这一切都被遮蔽了。"对于西海固，大多数人只抓住了它'尖锐'的一面，'苦'和'烈'的一

---

①郭文斌. 开花的牙. 大年[M]. 银川：宁夏人民出版社，2005：43.

面，却没有认识到西海固的'寓言'性，没有看到它深藏不露的'微笑'。当然也就不能表达她的博大、神秘、宁静和安详。培育了西海固连同西海固文学的，不是'尖锐'，也不是'苦'和'烈'，而是一种动态的宁静和安详。我一直认为，真正的认识其实就是生活。花的成长只有花自己有权力表达。西海固人生活得并不比都市人痛苦，尽管这是一片被联合国官员认为'缺少人类基本生活条件的地方'。西海固人活得十分安恬，这种安恬正来源于这种'非常'的生存环境。我想，这正是西海固文学之所以存在的理由。"①对于这种当事人的现身说法，我们并不能完全认同，苦难是孕育文学的动力，但我们对苦难不能认为它是理所当然，更不能对这种基于苦难之上的生活态度缺乏反思，甚至以对"安详"的刻意追求，去否定苦难的存在，为了保持"安详"的状态阻断现代文明的理性精神，这种牺牲现代文明退守的文化立场不仅是郭文斌，而且是中国当代文学必须正视和面对的问题。

三、李学辉：乡土精神的重构

李学辉作为"甘肃八骏"之一，他的小说始终扎根乡土，以西北边地"巴子营"作为他创作的原型，书写了农民对土地的热爱和对乡土精神的坚守。李学辉出生在甘肃武威，它位于河西走廊东端，是丝绸之路自东而西进入河西走廊和新疆的东大门，古称"凉州""雍州"，属"河西四郡"之一，因汉武帝"断匈奴右臂，扬汉朝武威"而得名。李学辉常以凉州人自许，

———————————

① 郭文斌. 回家的路：我的文字 [J]. 朔方，2008（4）.

他的小说总是取材于这块土地上的人和事，书写他们在爱和恨、生和死之间的故事。马步升在为李学辉的短篇小说集《1973年的三升谷子》作序时，指出了李学辉的小说和地域之间的三重关系。他认为，凉州父老乡亲的生活经验是一条生活之根；李学辉对凉州人的爱恨交织是他创作的文化之根；优秀的凉州文化是李学辉的魂魄皈依之地。"凉州文化博大精深，又包袱沉重，补丁对凉州文化的热爱达到了偏执的程度，他向来以凉州文化的传人自许，并且，把经自己之手使其重塑辉煌和提升到一个新的层次，作为个人终生的追求。"①书写凉州人对土地的情感和他们的精神世界是李学辉创作的主旨。他在小说中挥洒着、倾注着他对这片土地的热爱和希望。从早期的中短篇小说开始，到长篇小说《末代紧皮手》《国家坐骑》，李学辉总是选择凉州地区一些具有典型意义的民俗事相。但是他对民俗的描写并不重在对文化形态的呈现，而是肯定和重构了一种逐渐被现代社会所遗弃的民间精神。

"麦子"是李学辉小说中的一个重要题材，凝结着他对乡土生活美好的回忆和想象。如被人们称为"小麦三部曲"的《选麦女》《麦婚》《麦饭》，都是以麦子作为贯穿文本叙事的线索，在现代社会的变迁中，人们对"麦子"那种虔诚的态度，其中所体现的乡土精神正在逐渐消失，李学辉怀着无限惋惜的态度描写了乡土社会的变化。"一个作家的文学创作离不开地域文化的滋补，要一定了解当地的民风民俗、饮食文化和历史文化

①马步升．凉州的补丁[OL]．http://blog.sina.com.cn/xxrrss.

的结合；外来文化与当地文化的碰撞。"①"小麦三部曲"就是书写"选麦女""吃麦饭"和"麦婚"，这些民间的习俗在现代社会遭遇冲击而走向衰落的历史。《选麦女》中奶奶充满感情的对昔日选麦女过程的回忆，麦场上绑在主杆上的麦穗"麦壳不接受麦粒的怂恿，紧紧地搂着麦粒。麦芒向天，把一季的收获慷慨地展现。"玉米"叶子还有绿意，斜立的玉米棒风骚地亮出胴体。"洋芋"它们的得意藏在内心，从个头、肤色，它们都是洋芋中的佼佼者。"谷子是"谷穗没有丝毫的羞意，红中带白的色泽被太阳一催，炫化出的色彩撩人眼目。"胡麻"在顶上生花，柱头五裂，盛开的花呈碟形。"②这些对五谷充满情感的诗意描写，超出了农作物在生存层面的意涵。它不仅是人类赖以存在的物质基础，也是他们生命中最为重要的一部分，农民对麦子、对土地的这种情感，是无法用现代社会理性思维能够解释的。《麦婚》中展现了巴子营人古老的"麦婚"仪式，乡土社会人们对生命的理解始终是和自然联系在一起的，所谓"人法地，地法天，天法道，道法自然"的古训，表达的就是人对自然规律的一种领悟和遵从。在巴子营，人们把婚姻的幸福和生命的孕育与小麦的生产联系在一起，王世厚对儿子的婚礼各个环节虔诚庄严的态度，饱含着他对自然的敬畏和对幸福生活的希冀，让乡亲们从开始的取笑到最后的感动和回归。小说中另一条潜在的主题就是小麦对人类性能力的激发，王世厚从小麦肥肥的腹部想到了女人和性，金莲在面粉中搓手的过程中感到

---

①原上草置身绝境的写作——甘肃小说家补丁其人其文印象(之二).http://blog.sina.com.cn/xxrss.

②李学辉.李学辉的小说[M].兰州：甘肃文化出版社，2014：5-6.

一种奇妙的感觉，在婚田里的麦床上，麦穗那种浓郁质朴的乡土气息，唤起了人的原始冲动，麦子给人带来的不仅是一种物质的生存，而且也是对人的生命活力的激发。在李学辉的小说中，麦子和乡土蕴含着人类生命所有的奥秘，王世厚对麦婚的执着和虔诚，体现了乡土文化对自然力量的敬畏和信念。

李学辉的小说通常把凉州本土的民众放置到一个严峻的生存背景中去考验，使人物身上某种质朴而彪悍的乡土精神得以丰富的呈现和凸显。武威地处汉羌边界，民风彪悍，人民崇尚一种刚正硬棒的精神。《种到田野里的书记》中那个没有架子宽容的罗书记，牺牲在了修大坝的工地上；《渗进骨头里的音乐》中那个刺瞎了自己双眼的刘瞎弦，用渗到骨头里的三弦声让企图勾引自己老婆的男人落荒而逃，李学辉在小说中对这种寡言少语但却异常果敢的男性气质，无疑是持欣赏态度的。《挂在麦穗上的忧伤》中描写巴子营唯一的侏儒吴有仁对麦子的热爱，这种热爱不是知识分子式的诗意想象，而是处于饥饿中的农民一种朴素的生存需要。他追着那只偷吃麦子的麻雀，直到追得麻雀吐血而亡，吴有仁那种简单执拗的性格得到了初步的展现。在崖头沟人们抢水的过程中，吴有仁挺身而出，面对对方的嘲弄他举起铁锨杀了人，看到水流到麦地，他抚摸着麦子叫了声娘。吴有仁最后虽然受到了法律的惩罚，但是他的举动得到了巴子营乡亲们的认同。

乡土精神在李学辉的小说中经常是在巴子营特有的风俗习惯和民间信仰中体现出来的。长篇小说《末代紧皮手》以巴子营特有的给土地爷"紧皮"的习俗作为叙事的背景，讲述了最后一个"紧皮手"余土地在历史变迁中的命运，这是李学辉对

凉州人民乡土精神的一次集中展现。所谓"紧皮"其实是河西
走廊一带农业种植过程中一种传统的给土地保墒的方法，直到
现在仍能看到农民在冬季赶着马或牛拉的石磉，或开着拖拉机
在压地的情景。但在小说中，李学辉却把这一古老的习俗讲述
得异常的神秘和庄严。和选麦女一样，紧皮手的选择也要经过
层层的考验，激水、拍豆、入庙、挨鞭、改名，还有性的禁
忌，每一个环节都充满了庄严感和神圣感。"仪式把守着神圣
的大门，其功能之一就是通过仪式唤起的敬畏感保留不断发展
的社会必不可少的那些禁忌；仪式，换句话说，就是对神圣的
戏剧化表现。"①经过这些身体上的层层考验，现实中的余大喜
就成为半人半神、人神一体的余土地，具有了土地的神性和灵
性。用来紧皮的鞭子也有很多讲究，紧皮用的鞭子叫"龙鞭"，
也叫"五牲鞭"，是用猪、牛、羊、马、狗的皮制成的，如有
损坏，要按照严格的程序更换。"龙鞭"在紧皮的仪式中具有
重要的作用，全村人要严格地供奉，何菊花最后就是为了保护
"龙鞭"而丧命。最终的"紧皮"是在一系列庄严的仪式中展开
的，要经过"撮土""请鞭"，最后给土地"紧皮"，余土地要在
每家每户的地里尽力地进行抽打。"紧皮"结束后余土地因体
力不支而吐血倒地，何三都要求把吐在界桩上的血刮下来倒在
自家的地里，和"紧皮"有关的一切环节，在村民眼中看来，
都是神圣的，都关系到来年是否风调雨顺，是否能迎来丰收。

　　如果没有社会的变革，凉州人和余土地的"紧皮"会一直

---

　　①[美]丹尼尔·贝尔. 资本主义文化矛盾[M]. 北京：生活·读书·新知三
联书店，1989：192.

延续下去，但是曾经的信仰到了新的时代却被视为封建迷信，成为大队书记"袁皮鞋"革除的对象。余土地逐渐受到乡亲们的冷落，被当作"四类分子"批斗，但是余土地、何菊花、王秋艳却一直坚守着"紧皮"的习俗，趁着夜色给全村的土地"紧皮"。余土地们的这种坚持并不是来自外在力量的强迫，而是来自内心对乡土信仰的坚守，在已经分崩离析的社会中，唯有他们仍然保持着对自然的敬畏。他们的境遇是悲剧的，但是在他们身上却体现了一种崇高的乡土精神，体现了丝路人的一种硬汉风骨。李学辉的小说正是透过这些民俗的表象，深入到民间精神的内里，书写了人对自然的敬畏，重建了人与自然之间的和谐关系，借此修正现代城市文化对乡土的疏离。

第二节　游牧文化与儒家文化的融合

一、红柯：丝路古道上的文学骑手

在中国当代文坛，红柯是一位非常典型的丝路作家，这种典型的意义就在于他的人生轨迹是由丝路起点关中到西域天山之间的数次迁徙所构成的。更为关键的是，他的文学创作以及他对中华民族文化复兴与重建的思考路径，始终是围绕丝路文化的历史经验和精神遗存。他生长于宝鸡，大学毕业后漫游新疆十年，再返回到宝鸡，后定居于西安。可以说，红柯几十年的人生轨迹都在丝路古道上迁徙奔波，他的文学创作也始终扎根于此，从早期的"天山系列"到后来的"天山—关中丝路系列"，新疆雄奇的大漠风情给这个拘谨的关中汉子带来了新鲜的生命体验，赋予了他在创作上强大的生命力和创造力。可以说，西域雄奇刚健的文化精神铸造了红柯独特的文学气质，红柯对西域充满浪漫激情的文学想象重新释放和激活了丝路所蕴含的审美记忆和叙事活力。

红柯人生和文学创作的起点是从宝鸡开始的。这一阶段，他通过大量的阅读为后来的文学创作打下坚实的基础，另一方面，以诗歌开始自己的习作阶段。红柯于1962年出生于周秦文化的发祥地——岐山，这里是炎帝生息、周室肇基之地，是周文化的发祥地，人民崇礼尚德。红柯在岐山度过了他的童年和青年时期。1982年他考入家乡唯一的一所大学——宝鸡文理学院中文系，在这里开始逐渐走上文学创作的道路。这个阶段是红柯创作生涯的知识储备期，他由着自己的兴趣和秉性，阅读了大量文史哲方面的书籍，为日后的创作打下了坚实的基础。

从红柯的阅读史来看，早期对他影响最大的是战争类的书籍。小学三年级的时候，因为顽劣受挫开始沉溺小说，引起他阅读兴趣的是一些诸如《三国演义》《水浒》之类的侠义小说。大学里开始转向对《伊利亚特》《奥德赛》《伊戈尔远征记》和二战时名将传记的热衷，这些战争文学所带来的热血沸腾的阅读体验，使红柯早年被压抑的顽劣心理得到了替代性的满足，同时也潜移默化地塑造了他以英雄崇拜为核心的历史观和价值观，正是这种追求崇高的生命冲动造成了红柯日后西上天山的心理基础。在大量的阅读之后，红柯开始迈上了文学创作的道路，他最早的习作就是高中时受到波兰作家显克微支《十字军东征》的激发，编了一个五万多字的故事，以手抄本的形式在同学中流传，从中可以看出战争文学对红柯人生和创作的影响。

　　除了战争文学之外，红柯阅读史上还有一个重要的方面，就是童话和神话这类充满想象力的虚构性作品。他在高中阶段读安徒生童话的时候差点流泪，对他来说这是一个迟到的收获。后来红柯西上天山，接触到西域各民族的神话传说，神话中蕴含的人类纯朴天真的品质再次滋养了这名关中弟子。"孩童黄金时代最佳的读物莫过于童话神话科幻，它们塑造人的想象力；青少年时代就是诗歌，诗的核心情感是激情。有了这两样，生命就处于飞翔状态，而不是跪着或爬着。"①正是通过对童话和诗歌的阅读培养了红柯对生命的激情和文学想象力。

　　红柯真正意义上的创作是从诗歌起步的。他喜欢古典诗歌、欧美现代派诗歌、朦胧诗，还喜欢古波斯诗歌，抄过整本的萨迪与哈菲兹。大二在《宝鸡文学》上发表了第一首小诗《红豆》，到1985年大学毕业，他相继在一些地方刊物上发表了近三十首诗歌，其中还有一篇散文和小说，但还是以诗歌为主。早期的阅读和写诗的经验在红柯的创作生涯中具有重要的作用和意义，他后来尽管在体裁和题材上都发生了很大的转变，但是对英雄的崇拜和对诗意的追求，在他之后的创作中都保持和延续了下来。从整体上来看，红柯创作的准备阶段是在单纯而充实的阅读中度过的，大学期间他几乎读完了学校图书馆所有文科的图书，还用自己省吃俭用的钱买了1000多元的书，大

---

①红柯. 龙脉——红柯散文随笔自选集［M］. 西安：陕西师范大学出版社，2017：126.

量的阅读构成了他创作的资源和动力，在这一点上，他和其他陕西作家之间有一个相当清晰的区别，对于陈忠实、路遥、贾平凹等人而言，他们创作的主要资源是来自社会生活的阅历积累，是和历史的变迁扭结缠绕在一起的生命体验，而红柯单纯的学校生活无法给他提供丰富的人生体验和文学素材，他沉溺在书籍所展现的丰富世界里，超越自己的生存局限，拓展自己的生命体验，所以红柯所倚重的文学资源，首先不是来自现实生活，而是来自由文字和语言所建构起的想象世界。

从 1986 年到 1995 年的新疆十年，是红柯人生和创作中一个非常重要的过渡阶段，新疆与关中迥异的自然景观和历史文化极大地重塑了红柯的生命观和文学观。大学毕业后留校工作一年后，红柯怀揣诗歌的梦想远走新疆，他的祖父作为抗战老兵曾驻扎内蒙古草原 8 年，父亲作为二野老兵去康巴藏区 6 年，他的这次西行重复了祖辈所走过的道路，在天山脚下度过了 10 年的时光。初到新疆的红柯仍抱着到新疆高校当大学教师的愿望，但在当时伊犁州劳动人事局刘斌局长的说服之下，心甘情愿地成了伊犁州技工学校的语文老师。红柯任教学校所在的戈壁小城奎屯在上世纪 80 年代，人口只有两万人，三栋大楼，相当于内地一个乡镇的规模，稍微往外走就是沙漠，在这种环境中，人和自然之间的关系就变得非常紧密。在后来的教学中，红柯利用带学生实习的机会跑遍了天山南北的很多地方，新疆雄奇的大漠戈壁和人们质朴强悍的精神品质，给红柯带来了新奇的生命体验，让他对人与自然之间的关系有了全新的认识和理解。"我第一次在奎屯在乌苏见庄稼地吓一跳，麦田里野草跟麦子一样多，在关中乡村田野上是没有树的，树都长在村庄，树会跟庄稼争资源，资源有限。"①同时，红柯从所在学校图书馆中接触到大量的少数民族书籍，他曾提到自己在新疆时的阅读生活说：图书馆几乎成了我的个人图书馆，里面丰富的少数民族典籍让我欣喜若狂。也就是在这个时候，我才知道世界上还有《福乐智慧》，还有《突厥语大词典》《热什哈尔》和《蒙古秘史》。通过这些书籍，红柯进一步加深了对新疆文学和文化的了解。这些与关中迥异的自然和文化在最初的时间里给红柯带来了"一种震撼、一种景仰"，② 形成了短暂的"文化休克"，以至于到新疆的头三年里，他写不下去了，直到 1988 年，红柯才在《绿风》上以《石头与时间》为题发表了一首诗歌：

> 眼瞳里跳跃的地平线不会更远
> 戈壁滩上
> 风和阳光击毙时间
> 还没有被历史融化
> 在时间的牙床上
> 我是一粒沙
> 一粒沙的嘶叫
> 我曾想过像麦子
> 被捣出醇香
> 可你没法想象铁锹

---

①红柯. 太阳深处的火焰访谈 [OL]. http://www.chinawriter.com.cn/n1/2017/0906/c405057-29517571.html.

②李勇，红柯. 完美生活，不完美的写作[J]. 小说评论，2009(6).

怎样铲磨沙石

总有一天地平线

拎骷髅结成的黑项链

走向我

我不遥远

我就看不见遥远的地平线

眼瞳里蜿蜒而去的

是橡皮般的忍耐挤压心灵

听罢石头和心的回声

忍耐——忍耐——忍耐——等待! 等待! 等待!

没有水的漏斗从古代就过滤

空洞的时间表壳里

有一双阴郁的眼睛

它看不清时针飞逝的方向

我的笔在胸口更划不出准确的坐标

我拥有的唯一举动是

跋涉

　　这首诗表达了一个西上天山的关中弟子面对大漠戈壁的惶恐和茫然，它的发表标志着红柯诗歌写作时代的正式结束。新疆带给红柯这种新鲜而奇特的体验改变了他的情感和表达方式，之后他仍以《石头与时间》为题发表了赴新疆后的第一篇小说，实现了从诗歌向小说的转变，从抒情转向写实的转变。那个忧郁的诗人红柯消失了，代之而起的是在粗粝广袤的大漠中所培养的锐利和锋芒，在《红原》《刺玫》所代表的短暂的怀乡时期结束以后，红柯创作了一系列的批判小说，发表了《永远的春天》《枯枝败叶》为代表的批判现实的校园系列，和以长篇《百鸟朝凤》《阿斗》为代表的文化批判小说。这个阶段，他陆续发表了七八部中篇、五六个短篇小说还有一些散文，还完成了《西去的骑手》的初稿。新疆十年是红柯人生和创作生涯中的一个重要阶段，辽阔的戈壁沙漠给他的想象提供了异常开阔的空间，他对自然和生命都有了全新的认识和理解，十年边疆生活给他带来的变化，不仅是卷曲的头发和沙哑的声音，而且把他从一个忧郁的诗人转变为浪漫的小说家，早期对英雄的崇拜和新疆刚健文化的耦合，为红柯的文学创作打开了一扇新的窗户。

1995 年，红柯重返关中回到母校宝鸡文理学院，2004 年迁居西安。"回到陕西，红柯才发现自己已经成了新疆人。新疆是中原文化、印度文化、基督教文化、伊斯兰文化交汇之地，陕西尤其关中历史上是农耕文化与草原文化的交汇地，这些交叉地带强化了他在新疆体验的一切，也激活了天山十年的生活积累。"[①]回到关中回望新疆，十年的生活体验被重新激活，红柯开始进入了一个创作的爆发期，他以回忆的方式抒写新疆，并逐渐形成了自己独特的风格特色。十年磨一剑，红柯终于走完了他漫长的文学生长期，迎来了创作上的收获。1996年，红柯的短篇小说《奔马》发表在《人民文学》，标志着他的

---

①红柯. 西北之北 [OL]. http://www.chinawriter.com.cn/n1/2017/0817/c404032-29476518.html.

创作得到了主流文坛的认可和关注，找到了自己独特的题材和艺术风格，此后一发而不可收，描写新疆大漠草原的小说、随笔在《人民文学》《十月》《收获》等国内大型文学刊物相继推出，被收入各种权威选刊选本，《光明日报》称之为"一场冲天而起的沙暴"。从 1998 年到 2000 年，红柯共发表了 30 多部中篇和近百个短篇，还有几百篇散文，从 2001 年开始逐渐转向"关中——天山"系列长篇小说的创作，先后推出《西去的骑手》《大河》《乌尔禾》《生命树》《阿斗》《好人难做》《百鸟朝凤》《喀拉布风暴》《少女萨吾尔登》等十余部长篇，最近出版了《太阳深处的火焰》。至今红柯的小说已四次入围过茅盾文学奖，2003 年《西去的骑手》入围第六届茅盾文学奖，2007 年《乌尔禾》入围第七届茅盾文学奖，2011 年《生命树》入围第八届茅盾文学奖，2015 年《喀拉布风暴》又成为陕西作家中唯一入围第九届茅盾文学奖前十的作品。这一阶段，红柯真正确立了自己在中国当代文坛的地位和价值。

红柯说："迁徙对我是极大的长进，是一种生命不断体验变化的过程。生命最忌讳封闭呆滞。周秦汉唐，穆天子西游天山，汉张骞通西域，唐玄奘西天取经，文人们壮游天下。小说本是动态的，是对陌生地域的冒险。""作为周人之后，据说，周人来自塔里木盆地，我西上天山应该是寻根之旅。"①从关中到天山的迁徙对红柯而言，是一次文化上的寻根之旅，他在新疆找到了理想的生活方式和精神家园。与游牧文化对路遥"润

① 红柯. 从关中到天山，从诗歌到小说 [OL]. http://www.chinawriter.com.cn/n1/2017/0807/c403994-29452877.html.

物细无声"式的隐性影响不同，红柯的西域抒写直接源自新疆十年所感受到的异域文化的强大冲击和震撼。但是，红柯对西域世界的建构并不是一种完全客观的自然呈现，而是携带着中原文化的"前理解"，这种来自中心地带的文化记忆，使红柯对西域的认识融入了浪漫的自我想象。"我在黄土高原的渭河谷地生活了二十多年，当松散的黄土和狭窄的谷地让人感到窒息时，我来到一泻千里的砾石滩，我触摸到大地最坚硬的骨头。我用这些骨头作大梁，给生命构筑大地上最宽敞、最清静的家园。"①他眼中的西域超越了自然意义上的地理空间，它是一个与现实世界相对照的诗意的彼岸世界。

二、请给我以火——儒家文化的重建

现代以来中国文学的发展包含了两个文化路径。一个是中国传统文化和西方文化的交流与碰撞。这两种异质文化的遭遇带来了中国文学的现代化，中国作家希望借助西方文明的理性精神实现对本民族文化的改造；另一个是存在于中国文化内部的中原农耕文化和西域游牧文化的融合与交流，作家希望借助游牧文化的雄健和血性来重建农耕文化的精神活力。比如，像张承志对回族宗教精神的书写；红柯通过新疆文化和关中文化的融合，实现对儒家文化的重建。这些作品构成了中国当代文学一个重要的文化维度。

在中国当代文坛上，红柯是一位异常耀眼而醒目的作家，这种耀眼和醒目不仅表现在他那特立独行、元气充沛的浪漫主

---

① 红柯. 敬畏苍天[M]. 上海：上海人民出版社，2002：12.

义风格中，更是指他对自己"后撤式"文化立场和生命意识异常执着的标举和张扬。在三十多年的时间里，红柯笃定地在关中和天山所构成的文化场域中寻找着精神的返乡之路，思考着文化重建的命题。

红柯笔下描写的新疆是一个关中人眼中的新疆，就是说，他始终携带着自己对关中文化的记忆来理解和想象新疆，关中理性文化所带来的压抑性体验决定了他特别钟情于新疆文化刚健奔放的一面，用一种热血澎湃的激情叙事过滤掉了这个世界的阴影和缺憾，根据自己内心理想化的生存图景建构起了一个充满神性之美的异域世界，从而成功地把新疆从地理上的异域转化为文化上的"异托邦"。"不管新疆的原初意义是什么？对我而言，新疆就是生命的彼岸世界，就是新大陆，代表着一种极其人性化的诗意的生活方式。"①这是我们理解红柯新疆叙事的基点。如果脱离这一点，将会造成对红柯创作主题的偏离和误读。

在红柯的小说中，新疆是一个"属阳"的世界，是一个充满着刚健之美和神性之美的理想空间。这种阳刚之气首先表现在对"力"的英雄的反复书写和赞颂，通过对英雄感性精神的弘扬改写了汉民族道德英雄的叙事传统。"英雄是一种原欲"，② 世界上很多民族早期的神话传说和史诗，都在歌颂这种洋溢着旺盛的原始生命意识的英雄形象。印度的《摩诃婆罗多》《罗摩衍那》，中国神话《山海经》中的夸父、刑天，都是以

---

①红柯. 敬畏苍天[M]. 上海：上海人民出版社，2002：3.
②周泽雄. 英雄与反英雄[J]. 读书，1998（9）.

"猛志"而著称的英豪。中国在进入封建社会之后，英雄的原始血性精神逐渐失落，代之而起的是理性精神为核心的道德英雄。所以，中国文学史上的英雄多为"好汉""侠客"形象，这是崇尚仁德的儒家思想对民间文化的一种渗透，"好汉""侠客"尽管武艺超群，足智多谋，但儒家文化中的英雄从来就不是以"力"作为精神本质的，他们能获得认同的更为重要的原因是，代表了一种与官方相对的民间道义，正是这种对道义的自觉担当，成就了他们的英雄本质。

红柯的英雄观显然不是出自儒家文化的价值谱系，他所认同和弘扬的是一种农耕文化之外的马背上的英雄，充满了原始"力"的精神，体现了生命的一种激情状态，渴望能如太阳般放射出瞬间的光芒和辉煌。长篇小说《西去的骑手》被誉为英雄史诗性的作品，其中塑造了两位乱世英雄尕司令马仲英和盛世才，这两个在正史中充满争议的人物，在红柯的笔下被剥离了传统的道德评判，释放出原始英雄生命力张扬的一面，"既是一种历史也是一种想象。长天大野，骏马烈风，美在这里仅仅体现为一种力。"①马仲英是年轻气盛充满血性的少年英雄，他是一个战神，一个天才的军事家，一个被神化了的草原骑手，从他早年反叛同族马家军到远征新疆，决定他人生轨迹的不是儒家事功精神的驱使，而是一种生命原始血性的勃发，是一种不计成败、不计得失对个体生命尊严的捍卫，甚至是一种没有明确目的的生命的野性冲动，这个人物形象是单纯中蕴含着丰富和神秘。这种反智的原始血性在崇尚理性的知识分子文

---

① 红柯. 敬畏苍天[M]. 上海：上海人民出版社，2002：285.

化传统中一直被压抑和否定，只有在战争中他的生命活力才能得到正面的阐发和弘扬。战争中的马仲英是飞扬的、壮美的，小说一开始就写他骑着大灰马和哥萨克骑兵的师长单独对阵，他迅如闪电般把"刀子小鸟归巢一般撞进对方的喉咙"，接着是尕司令的骑兵以血肉之躯和哥萨克的飞机、坦克、装甲车浴血交战，战争的残酷和惨烈不但没有摧毁他们的意志，反倒更加彰显了这些"儿子娃娃们"的英雄豪情，因为在英雄的价值世界里，死亡是不重要的，重要的是对生命瞬间辉煌的渴望和追求，"血性男儿要活出一身辉煌"，这就是红柯所认同的新疆"儿子娃娃们"的精神内涵。红柯毫不吝惜对这个人物的赞颂和弘扬，在他身上体现了红柯对一种理想化生命形态的浪漫主义想象。

《西去的骑手》中还浓墨重彩地刻画了另一个人物盛世才，这个在正史中杀人如麻的刽子手，在红柯所建构的文学世界里，则成为一个阴鸷的乱世枭雄。"他的阴险里面也有豪迈的东西。"①盛世才和马仲英尽管在政治上是一种对立的关系，甚至马仲英的单纯和盛世才的阴险也形成了明显的反差，但是他们性格的共同之处，体现为一种在酷烈的环境中所激发出的生命不屈的强力。马仲英和盛世才的人生都经历了从被打击到登上生命巅峰再到失败的命运转变，红柯对他们命运的书写体现了一种神话英雄的原始思维，在上古神话中英雄的命运和日出、日中、日落的运行轨迹是一致的，马仲英和盛世才跌宕起伏的人生历程是远古时期太阳英雄神话的一种现代演绎，只不

①红柯. 西去的骑手[M]. 昆明：云南人民出版社，2002：293.

过，马仲英的悲剧结局是一种英雄精神的陨落，而盛世才的悲剧则是英雄人物被权力所扭曲和变异。红柯通过对太阳英雄的浪漫想象建构起一个理想化的文学世界，标举了一种崇高的价值理想，以此重塑了汉民族英雄形象的内涵。

其次，英雄崇拜在少数民族文化中往往和鹰崇拜联系在一起，"蒙古族将最彪悍的骑手称为'草原雄鹰'；新疆的哈萨克族牧民将自己优秀的儿子称为'天山雄鹰'；青海回族称勇敢的牧马人为'草原雄鹰'"。[①]红柯小说中的鹰意象代表了平凡生活中人们对英雄的向往和对生命强力的追求。《金色的阿尔泰》中，红柯把屯垦的兵团人标举为和成吉思汗一样在大漠中追赶太阳的英雄，这个神奇的土地上"所有的苗都是以鹰的姿势生长的，都是从石缝里发芽，刺穿泥土和空气，在风暴中展开翅膀，带着啸音飞翔"。苗以鹰的姿态生长体现了大漠生命的高贵和雄强，柔弱里蕴含着生命的蓬勃和刚强。《鹰影》里的父亲在纵身一跃中，把自己化为奔向太阳的雄鹰，"完成了命中注定的飞翔"，这是以一种英雄精神重构人类对死亡的想象，死亡不是生命的终结，而是定格在鹰永恒的飞翔中。"无论是群山还是草原，没有鹰是无法想象的，没有鹰的天空就像板结的土地，不生长东西。鹰用它的翅膀耕耘苍空，在鹰投射的地方，骏马奔腾嘶鸣，草原人从鹞鹰与马身上感悟天空和大地。"[②]鹰是草原英雄精神的本质和投影，孩子从父亲和鹰身上感受到了一种生命的强力，他开始模仿鹰的姿态、鹰的气势，

①杨俊国，张韶梅. 从回纥改回鹘看维吾尔族的鹰崇拜[J]. 昌吉学院学报，2002(1).

②红柯. 跃马天山[M]. 武汉：长江文艺出版社，2001：60.

从中寄予了他对父亲的怀念和对英雄精神的向往。

英雄还象征着一种刚健勃发的雄性生命力，英雄不但要有精神上的强悍勇猛，而且还要有强健的体魄，这是英雄血性精神在现实层面得以兑现的物质基础。《喀拉布风暴》中红柯用"地精"意象表现了对人类原欲和男性生命力衰退和重建的思考。"地精"就是骆驼在大漠深处喷射的生命之水，射到白刺根上就长出锁阳，射到梭梭红柳上就长出肉苁蓉。在红柯的文学世界中，地精不但具有重振男性生理功能的自然药效，而且还有医治心灵创伤的精神救赎功效。被关中理性文化所规训和阉割了生命原欲的张子鱼，因为自己的软弱和退缩而遭受了爱情的挫折，孤身逃到新疆疗治情伤，这个"对着太阳说话的人去追赶沙漠里的太阳"，在新疆他遇到了同样厌烦平庸、渴望激情的叶海亚，因为一首粗粝忧伤的哈萨克民歌《燕子》，两人之间产生了心灵上的共鸣，摆脱一切世俗的羁绊来到沙漠瀚海，以地精为食，以黄沙为席，在旷野中彰显生命的野性之美。地精不但使张子鱼重新恢复爱的能力，而且它所象征的生命原欲，也救赎了关中理性文化所造成生命的困顿和颓败。

英雄还象征着生命的不息和重生，英雄崇拜的产生就是人类对死亡焦虑的一种抵御和反抗。《西去的骑手》中马仲英的死亡，"不是一种崇高精神的毁灭，不是对英雄追求的否定，而是他们旺盛生命力的一种转移和升华；是他们一生荣誉的顶点。"①《太阳发芽》中那个像熟透的梨子一样"酥软的""被大地吸到肚子里去"的太阳，是一种生命成熟后自然的陨落，爷爷

---

① 孙绍先. 英雄之死与美人迟暮[M]. 北京：社会科学文献出版社，2000：30.

在面对死亡时，也像梨子落地一样的坦然和无畏，死亡对他来说，就像骑着骏马的骑手重归大地，他消融在土地的生命就如同落地的成熟而饱满的种子，最后在女孩的画里"露出一点金黄"，重新发芽而获得重生。《金色的阿尔泰》营长媳妇被子弹击中之后，生命重回大地，"新的航程就这样开始了"，女人在金黄的玉米中迎来生命的复活和重生，这是红柯小说对死亡的抗拒和对生命永恒的浪漫想象。

　　与其他新疆叙事不同，红柯对新疆的想象和建构，是在以关中为参照的体系中展开的，所有新疆小说的背后，全是陕西的影子。如果说，新疆在红柯的文学叙事中是属阳的"肯定性"价值空间，那么，关中则构成一种"属阴"的世俗空间。从2008 年的《好人难做》开始，关中在红柯的小说中开始从一种潜在的背景状态大规模地走向了叙事的前台，他通过"天山——关中"这两个地域所建构的文学世界开始变得清晰起来。红柯小说中的关中是一种和新疆游牧文化所对照的农耕文化形态，具体就是在农耕生产方式中形成的以理性和尊老情怀为核心的儒家文化形态。

　　新疆是红柯理想中的人性空间，关中则是他审视下阴冷的世俗社会。与其他陕西作家对乡土文化的肯定与留恋不同，红柯笔下的关中更多呈现的是它的负面，它是中国异常稳固的家族文化的投射和缩影，是给人带来压抑和伤痛的世俗社会。《少女萨吾尔登》中所描写的周原是冷漠而势利的，它作为周健和周志杰叔侄现实中的故乡，不但没能带给他们期望中的温情，反而在一次次的嘲讽和轻视中伤害他们，一个在异乡混得不如意的人在周健的家乡是得不到尊重的，游子的还乡只属于衣锦还乡的成功者。周健通过努力想要实现的就是在渭北这个世俗社会"活人"，所谓"活人"这个词汇在关中的含义就要让人把自己当个人，不然就成了受人嘲弄的可怜人了，叔叔周志杰就是这种可怜人的现实翻版。周志杰是村子里有史以来的第一个状元，多年后他从新疆回到故乡周原当了中学教师，因为没能以成功者的身份衣锦还乡，受到来自故乡亲人无情的鄙视和嘲讽，就连老婆都看不起他，和他离了婚。因为没能给外甥办成上学的事，春节在两个姐姐家吃饭时吃了三碗泔水臊子面，他受到了姐姐和外甥无情的戏弄与蔑视。关中是一个在漫长的历史发展中形成的家族社会，在这个由家族纵横交错编织起的礼俗社会中，个人必须被有效地纳入家族的繁衍和发展壮大中，每个成员在这个差序格局中的地位依据其对家族发展的作用而确定，能够给家族带来正面价值的个人处于差序格局的较高等级。反之，任何疏离于家族利益的个人则处在差序格局的较低层次，他的价值和地位都会被这个庞大而严密的价值系统所贬低和否定，以此来保障和维护家族的正常运行。这个异常稳固的家族体系规范了内部成员的价值取向，任何疏离于这一价值的个人都会被贬低和取消其存在的意义。为了不重蹈叔叔的覆辙，能够在渭北市出人头地，周健的女朋友张海燕还没结婚就巴心巴肺地为他的前途谋划，到处在单位"维人"，爱唱秦腔的父亲用"上阵父子兵，打仗亲兄弟"的历史典故提醒她，在以乡情为基础的渭北市，要想成功的第一步就是要在这个人情社会"扎根"，明白此理后的张海燕就给周健带来周原的特产面皮、锅盔、挂面，送给单位的乡党拉关系、攀乡情，以此获得一种"自己人"的认同感。她和周健去听《菜根谭》《弟子规》《朱子治家格言》等国学讲座，这是进入乡党共同体的话语通行证，人情社会就是通过从观念到日常生活层面的一整套话语策略，把个人编织进家族的网罗。小说中描写的搅拌机就是这个巨大的乡情社会的象征，担任技术员的周健一度把封闭的搅拌机当作安放心灵的栖息地，这种依靠想象所建构的安全感被一篇关于工伤事故的新闻所击溃，他发现任何沾染了人情世故的钢铁机器都潜伏着很多不稳定因素，周健时时感觉自己处于危难之中，感到头顶悬着一把刀，这把刀不是机器而是人。预感中的事故还是发生了，周健的腿在搅拌机的一次事故中残废了，这个苦心经营和建立的乡情社会不但没能让他扎根渭北，反倒冰冷无情地吞噬了周健的健康和青春，这真是对周原社会莫大的讽刺。周健和张海燕最后在蒙古女人金花所跳的十二支萨吾尔登的舞蹈中获得神性的启悟和感召，从周原势利而冷漠的世俗社会中超脱出来走向精神的自我救赎。

红柯笔下的关中还是一个充斥着老人智慧，缺乏生命活力的权谋社会。"农耕与游牧、工商业的最大区别是，农耕是静态的，庄稼从播种生长到收获固定于一地，对节气的掌握很重要，农耕生活方式中对老年的崇尚敬仰天经地义，形成的主体文化儒家就是最有代表性的尊老情怀。"①红柯在新作《太阳深处的火焰》中通过皮影和周猴这两个意象，在人与物所构成的互文互证中，隐喻了他对关中文化生命意识匮乏的批判和反思。皮影是最早发祥于陕西的民间艺术，又称"灯影戏"，是

①红柯. 西北之北［OL］. http://www.chinawriter.com.cn/n1/2017/0817/c404032-29476518.html.

一种以兽皮做成的人物剪影表演民间故事的戏剧类型。它的演出方法，是用灯光把人影映射在银幕上，艺人在白色的幕布后面操纵人物，配以音乐唱述故事，所以皮影也可以称为傀儡的艺术。小说中主人公徐济云的弟子王勇博士通过探访皮影艺人周猴的家乡周原周猴村，了解了皮影诞生的民间传说。周人为了防止狼群吃小孩，想出了一个绝招，老人们带着娃娃面具，一手拿着娃娃面具，一手举着火把，诱骗狼群把自己当作小孩吃掉。"那真是皮影艺术的原创时代，照亮皮影的不是火把，不是太阳，是老人们返老还童回光返照后的生命的火焰，后人称之为太阳深处的火焰。"①在这个民间故事里，皮影是老人为了家族发展所激发出的英雄精神和牺牲精神的生命结晶，而在之后的历史发展过程中，皮影逐渐成为干枯的、没有灵魂的傀儡艺术，渭北市皮影研究院的十大班主不再是为了艺术而牺牲的献身者，而演变为囚禁和打压年轻艺术家的权谋者，皮影艺术研究院也就成了关中老人社会的缩影。周猴就是这种老人智慧在现实中的产物和典型体现，他长着一张老汉卵子皮样的死娃脸，童年时因暴病入棺走了一回地狱，从此成为一种阴阳人，他不但无师自通地熟稔了老人社会的种种奥妙，而且也审时度势、心甘情愿地成为他们手中挟势弄权的傀儡。他在皮影艺术研究院的角色就是"挡门的"，把那些有才能、有抱负的人才挡在研究院门外，使他们不能进步和发展，借此摧毁那些年轻艺人们对未来的梦想和期待。这就是十大班主为了维护自身地位的手段和阴谋，"老人的智慧谋略韬略心智就弥补了生

①红柯. 太阳深处的火焰[M]. 北京：十月文艺出版社，2018：132.

命力的衰退和元气精力的不足，但阴气太重，俗称大阴之人。"①在十大班主和周猴心照不宣的合谋操纵之下，皮影艺术研究院成为没有生气、没有未来的一潭死水。

红柯对这种老人政治的批判是深刻而犀利的，对年轻艺人被摧残的理想志向是痛心疾首的，但是他并未把这种社会现象仅仅当作一种权术来认识，而是深入挖掘造成这种现象背后的文化原因。这就是农耕文化在发展过程中所形成的一种老人智慧，"农耕与游牧、工商业的最大区别是，农耕是静态的，庄稼从播种生长到收获固定于一地，对节气的掌握很重要，农耕生活方式中对老年的崇尚敬仰天经地义，形成的主体文化儒家就是最有代表性的尊老情怀。游牧生活逐水草而居，一年几次转场，包括驯马，青壮年才能胜任。遇到天灾，就要转场几百公里、上千公里，甚至几千公里，游牧民族没有国境意识，哪里有草奔向哪里，为争草场不惜动刀枪发生决战，否则牲畜倒毙，整个民族就灭亡了，战争与流动需要强力者需要勇士。"②由于自然环境和生产方式的差异，形成了游牧文化的勇士精神和农耕文化的尊老情怀。红柯生活的关中作为历史上的千年帝都，是以儒家文化为主体和基石的文化形态，关学创始人张载讲学的横渠就在红柯的家乡宝鸡眉县，所以儒家文化对关中民众的价值观念和日常生活的影响是普遍而深刻的，陈忠实的《白鹿原》就是对关中儒家文化生活史最为生动的诠释。但是通过对比，我们就会发现，红柯与陈忠实对儒家文化的认识和

①红柯. 太阳深处的火焰[M]. 北京：十月文艺出版社，2018：187.
②红柯. 西北之北 [OL]. http://www.chinawriter.com.cn/n1/2017/0817/c404032-29476518.html.

价值立场是明显不同的，陈忠实是希望通过向儒家传统的回归重建社会生活的秩序，所以他对作为家族之"父"的白嘉轩是欣赏和认同的，而红柯则提供了关于文化重建的另一种思路，那就是到异域的空间中去寻找能激发文化活力，更符合人性的一种生存方式，所以他更多地是从"子"的反叛者的角度，企图打破外在的固有秩序，恢复人和文化的激情与活力。

《太阳深处的火焰》中所塑造的主人公徐济云是寄托了红柯文化理想的一个人物形象，红柯小说中的人物大多是作为一种文化形态的象征符号而出现，淡化、抽空了人物的性格和心理内涵，而给其灌注特定的文化理想，就像小说中提及《一块银元》中被灌了水银的童男童女一样，就像当年徐济云为了进文工团、成为文艺兵而喝下水银一样，他抽空了这个人物作为"人"的内涵，而成为象征作者文化理想抑或文化批判的符号。生活于关中的徐济云和来自新疆的吴丽梅更像是红柯实现儒家文化和西域文化融合的一种媒介，或者说，徐济云虽生存于阴暗压抑的关中文化圈，但是他的内质却不断被另一个理想化的西域汉人吴丽梅所审视、批判和重塑，在徐济云的想象中，吴丽梅的手和女娲造人的手不断交叉重叠，她送给徐济云亲手织就的羊毛衫，这不啻为观音菩萨赐予唐僧身上的锦襕袈裟，它在暗中护佑着徐济云生命中微弱的火焰，最终吴丽梅以她的神性唤醒了徐济云生命中逐渐暗淡下去的生命之光，使他挣脱了关中世俗社会的羁绊，成为接近和追赶太阳的人。

《喀拉布风暴》中的关中是一个被历史化的地理空间，这里也是由老人的智慧和权谋所构成的家族社会。主人公张子鱼就是一个在根系庞大的家族中成长起来的关中子弟，他的祖爷爷和亲爷爷都是天生的农民政治家，为了维护家族的发展用尽了各种计谋和手段。祖爷爷在解放前的关键时期，高瞻远瞩，审时度势，亲手策划了大儿子被绑架的传奇故事，才得以在历次的政治运动中保全了财产和家人。"从那时起这个祖爷爷苦心经营的大宅院就弥漫着一种冷酷与豪狠，典型的西北高原的狠。"[1]张子鱼的亲爷爷为了五个儿子的前途，运用西北人的豪狠和运筹帷幄，使家族得以发展和壮大。还有张子鱼的同学和乡党武明生的父亲，在"低标准"饿肚子的时期，重拾祖先骟匠的手艺让武家的三个碎娃隔二见三地有肉吃，武家的三个儿子长大后在村里出人头地，武氏家族在全村上千号人中威信大增。渭北高原上张家和武家的历史生动地说明了老人智慧在家族中的重要性，从小就在家族的历史中耳濡目染的张子鱼告诉新疆妻子叶海亚："口里跟新疆不一样，口里人的美好生活是深谋远虑，处心积虑算计出来的。"[2]这就是关中文化和新疆文化的本质区别。孟凯第一次走近帝王陵墓时想到的是西域瀚海里的地精，地精挺拔直立，阳气旺盛，而帝王的陵墓却弥漫着死亡的气息，这种以权谋为根基的家族文化是以牺牲人的阳刚之气和生命活力为代价的。张子鱼从小就被极度理性和自律的家族文化进行了精神阉割，被去掉了势。这种经历造就了张子鱼压抑和自卑的性格，以至于在他情窦初开的年纪，就因为对自己身份的自卑，拒绝和伤害了对他表示好感的城市女孩赵琼。后来，他和姚慧敏与李芸的情感纠葛，不过是初恋悲剧的

---

①红柯. 喀拉布风暴[M]. 重庆：重庆出版社，2013：170.
②红柯. 喀拉布风暴[M]. 重庆：重庆出版社，2013：171.

重新上演。红柯通过张子鱼的爱情故事揭示和批判了关中由老人主宰的家族文化所造成的男性生命力的衰退和雄性的缺失。这个主题是现代文学批判封建文化的题中应有之义。沈从文就曾指出城市文明的"阉寺性"，认为文明的过度发展造成了人性的压抑和扭曲，他试图以湘西充满自由和野性的乡土文明矫治现代文明的"阉寺性"。红柯对文化重建的思考继承了沈从文的传统，经历了爱情失败的张子鱼孤身远走新疆，从充满历史滞重感的关中奔向一个辽阔的空间，穿越历史隧道摆脱蛛网般的家族网络，就是想在西域辽阔的天地间透一口气，在阳气十足的异域文化中寻找自我的救赎与精神的重建。

纵观红柯的创作历程，他对文化重建问题的思考是非常的清晰和统一的，即以新疆文化的阳刚精神救治关中理性文化生命力的匮乏和困顿。红柯在他的散文和小说创作中一再强调和重申"中国文学有一种伟大的边疆精神与传统"，[1] 他特别推崇胡汉融合的大唐文化和受到胡羯之地精悍之血滋养的诗人李白，认为《红楼梦》《金瓶梅》《儿女英雄传》都是在抒写生命的衰竭和退化，在谈到 20 世纪 80 年代崛起于新疆的新边塞诗时，他指出新边塞诗的意义在于彰显西部游牧民族非理性文化中的生命意识，这种生命意识注重的是人的高贵、人的血性、人的无所畏惧，它所显示的生命的强力是中原文化所缺乏的。红柯认为："居于沙漠的草原人其心灵与躯体是一致的，灵魂是虔敬的。而居于沃野的汉人却那么浮躁狂妄散乱，心灵荒凉

①红柯. 敬畏苍天[M]. 上海：上海人民出版社，2002：281.

而干旱。"①对于如何救治汉文化的困顿，红柯给出的答案就是，把新疆文化的雄性精神注入汉文化之中，但是这两种文化如何对接和融合，红柯的解决方案往往是通过人物突然之间的顿悟，就像《喀拉布风暴》中，孟凯在那个风暴夜晚冒着生命危险把情敌张子鱼送到了叶海亚身边，《太阳深处的火焰》中，徐济云在经历了世俗的困扰和迷失之后，行走在西北高原阳光灿烂的大街上，"突然把吴丽梅的'种子情结'和父亲老徐的'男孩情结'连接在一起，电光闪烁，焊接得如此成功"②。这种突然之间的神启和顿悟不但让徐济云觉得大为惊叹，而且也让读者觉得非常突兀，缺乏说服力。怎样把新疆文化和关中文化融合在一起，或者说，新疆文化和关中文化之间，除了彼此的对照，还能构成什么内在的联系，这是至今依然摆在人们面前的一个难题。

①红柯. 敬畏苍天[M]. 上海：上海人民出版社，2002：9.
②红柯. 太阳深处的火焰[M]. 北京：十月文艺出版社，2018：470.

第五章　丝路文学的美学精神

文学艺术的审美风貌是作品的思想主题和艺术风格的统一体现，具有多样性和差异性的特点，但作为一种美学精神，则是作家基于某些共同的历史文化经验，在个性纷呈的基础之上，呈现为某种相近的、主导性的美学追求和精神品格。从宏观上梳理作家美学精神的一致性，与研究作家美学精神的个体性和差异性，对于我们认识文学创作的多样性和整体性，具有同样重要的作用。

第一节　创造：丝路文学的审美基石

"创造"是现代美学的一个重要概念，波兰哲学家瓦迪斯瓦夫·塔塔尔凯维奇在《西方六大美学观念史》中认为，"在当代人的理解之中，创造性乃是一个外延极为广泛的概念，它包括一切人类的活动和作品"，① 表现在一切人类的生产领域之

---

① [波兰] 瓦迪斯瓦夫·塔塔尔凯维奇. 西方六大美学观念 [M]. 上海：译文出版社，2013：293.

中。"它扩展了我们生活的体制，并且，它是人类心灵的能力与独立性的显现，也即是其个性与独立性的显现。"①创造作为人类主体精神的一种外在显现，扩展了生活和艺术的边界，体现了生命的自由和超越自然的伟力。

一、创业叙事与丝路文学的创造之美

丝绸之路的历史和文化经验，包蕴着人类在创造一种新的世界图景的实践过程中所显示的生命伟力，这是丝路文学的审美基石。司马迁评价张骞开创丝绸之路的历史功绩时用了"凿空"一词，裴骃《史记集解》言，凿，开；空，通也，张骞的"凿空"之举打通了有史以来中西方陆上交往的第一条通道，创造了人类交通史和文明史上的新局面。"创造"这一概念在西方最早出现在宗教领域，"起初，神创造了天地"，意即上帝将存在性赋予事物的行动，隐含着一种"从无到有"的创造价值。丝绸之路上流传的盘古开天、伏羲创世、女娲炼石、夸父逐日的神话传说，还有张骞、霍去病、玄奘、法显的英雄事迹，都蕴含着"从无到有"的创造精神。这些都成为影响丝路文学创作的一种重要的精神烙印。

创造精神是丝路文化与丝路文学的核心精神。从古到今的丝路文学，不论是边塞诗人和释子们西进之旅书写，还是现代文人对丝路的想象与重构，都很少流于吟风弄月的琐碎趣味，"自嫌诗少幽燕气，故作冰天跃马行"（《将之京师杂别》其

---

①［波兰］瓦迪斯瓦夫·塔塔尔凯维奇. 西方六大美学观念［M］. 上海：译文出版社，2013：295.

一）。他们期望在大漠戈壁之中创造出一条个人的建功立业之路、民族国家的富强之路、文化的复兴之路、民族精神的超越之路。可以说，丝路文学代表了中国文学的精神高地。公刘在评价新疆诗人的创作时说，"新疆特有的诗意是什么？闭目凝思，窃以为，'开拓'二字，也许可以概括。……新疆的诗人理所当然是开拓者的气质。"①学者李继凯认为，建立在革命和社会主义实践基础上的创造性，是秦地文化与文学重要的精神标识。"人们往往对三秦文化史，（在秦汉隋唐时期足以代表中国文化史）上的开拓创业精神、改革开放精神等给予由衷的礼赞……无论是你打开《延安府志》的时候，还是在你静聆毛泽东《在延安文艺座谈会上的讲话》的时候，抑或在你展读陕北作家柳青、路遥、高建群作品的时候，都会使你从不同的侧面，体会到在陕北这块古老的土地上文化乃至人种的融合，以及开放求变、开拓进取作为一种地域文化精神的抽象。"②

丝路文学的创造精神首先体现在对丝路民众在建构一个新国家、新社会的历史实践中，所体现出破旧立新的革命气概和创造精神的弘扬。"由于大西北地区历史土层的深厚，历史重负的沉重，需要开放和开拓的迫切性造成了人们精神世界复杂而深刻的变化，给文学家们提供了可以纵横驰骋的天地，可以探寻的丰富内涵。"③于右任在诗词中写道："手无阔斧开西北，

①公刘. 云游·序[M]. 乌鲁木齐：新疆人民出版社，1986：3.
②李继凯. 秦地小说与"三秦文化"[M]. 北京：商务印书馆，2013：38.
③王愚. 人·生活·文学[M]. 西安：陕西人民出版社，1987：180.

足驻长途哭古今。"①"愿力推开老亚洲，梦中歌哭未曾休。"②
这些诗表达了于右任对建设西北，开创一个新国家的渴望和追
求。历史上那些建功立业的丝路英雄也是他歌颂的对象："骨
相生成万里侯，立功应在海西头。"③"谅为烈士当如此，是好
男儿要死边。"④抒发了自己报效国家的壮志豪情。柳青的《创
业史》虽然有着历史的局限性，但是其中流露出作家对一种新
的社会制度、一个新国家的向往，却是异常的真诚，他投入巨
大的政治热情，塑造出梁生宝这个社会主义事业开创者的人物
典型。柳青的开创精神不仅表现在对社会主义新人的塑造，而
且在艺术表现的形式上也不断创新，柳青曾说："中国有句俗
话：'天下文章一大套，看你套得妙不妙。'这个话，对文学创
作最有害不过了。初学写作的人，一定要培养独创精神。从一
开始就培养这种精神。面对一种题材，反复地研究，创造出你
自己处理这种题材的方法；尽管粗糙，尽管水平低，这是创
作。如果是从别人文章中套来的，可能高明一些，但不是创
作。如果是独创，由粗糙可以变得细致，由水平低，可以变得
水平高，到最后终于走出了自己的一条路来。如果是套别人
的，不是自己的独创，写一辈子也是在别人的路上跑来跑

---

①于右任. 失意再游清凉山寺题壁[M] 于右任诗词选注. 西安：陕西人民
出版社，1984：6.

②于右任. 和朱佛光先生步施州狂客原韵[M]. 于右任诗词选注. 西安：陕西
人民出版社，1984：7.

③于右任. 班超[M]. 于右任诗词选注. 西安：陕西人民出版社，1984：11.

④于右任. 马援[M]. 于右任诗词选注. 西安：陕西人民出版社，1984：14.

去。"①正是基于这种对艺术创新的不懈追求，柳青形成了属于他自己的深沉遒劲的现实主义风格，在语言上把富有表现力的欧化语言和方言土语创造性地融合在一起，开创了社会主义新人形象谱系中第一个成功的典型。

丝路文学的创造精神还体现在人类面对严酷的自然环境时，所体现出的一种改造自然、征服自然的生命伟力。西北丝绸之路宽广的地理环境、辽阔的荒野和沙漠，都是最能激发人类创造精神的空间。新中国成立后闻捷、李季、碧野等人对西北建设战线中涌现出的创业者的歌颂，从不同的侧面记录了新中国在西北地区破旧立新、披荆斩棘的创业历程。新时期以来以唐栋的《兵车行》《沉默的冰山》，李斌奎的《呵，昆仑山》、李本深的《吼狮》《沉醉的大漠》等军旅文学，展现了边疆战士在严酷的自然环境中保家卫国的崇高精神。以杨牧、章德益、周涛等人为代表的新边塞诗，热情地歌颂了西部拓荒者的责任感和使命感。这些诗歌把作为拓荒者的抒情主人公和整个时代的开拓精神联系在一起，体现出一种鲜明而强劲的进取意识。还有陆天明、董力勃等人的小说为代表的屯垦文学，这些作品依托草原文化，表现出对"地窝子"创业精神的弘扬和歌颂。

西北丝绸之路一直是历史上移民戍边的重点区域，汉武帝通过"屯田定西域"奠定了丝绸之路畅通的政治、经济基础。"从一定意义上来说，那些有幸游历西域名山大川、留下千古传唱佳作的文人墨客，那些因西域与内地物质文化的交流有感

---

①柳青. 生活是创作的基础——在《延河》编辑部召开的短篇小说创作座谈会上的发言[J]. 延河，1973(5)

而发、写下大批想象力丰富作品的官商学者，均因屯垦为经济基础。"①从汉武帝的《西极天马歌》到当代新边塞诗，屯垦成为丝路文学的一个重要题材。杨牧笔下的准噶尔经过军垦战士的建设从"万古荒原"变成了"锦绣家园"，"不探那湖畔营房水晶宫，不访那翡翠深处琼楼台，问一声：哪是当年"创业号"的起锚处？告诉我，"军垦战舰"怎样破浪闯过来？准噶尔，绿色的海……"②那些最先进入沙漠的拓荒者因为"第一个"而被赋予了崇高的意义。

还有比你们伟大的吗？

不！拓荒，本身就意味着：第一个！
第一个闯进无人的禁区，
第一个驶入撂荒的生活。

第一双脚印，
画出瀚海第一条航线，
第一顶篷帐，
第一个抵达最远的角落！
谁道"大漠孤烟直"呵，
直直的炊烟

破天高竖着一个"丨"字；

叹何"识路寻遗骨"，

倒下了，第"一"架身躯

---

① 王仲明主编. 新疆文学作品系 (1949—2009) 文学评论卷 [M]. 新疆美术摄影出版社、新疆电子音像出版社，2009：89.

② 杨牧. 准噶尔，绿色的海. 绿色的星 [M]. 乌鲁木齐：新疆人民出版社,1980:4.

也在最前方横卧着。

第一！第一！世界哟，

谁也不曾写尽"一"字后面的数字，

但唯有这"一"，为世所钟爱；

人生呵！如果没有一个"一"字，

总有太多的遗憾和欠缺！①

　　诗人热情地歌颂了边疆拓荒者所表现出的开创精神，张贤亮曾经指出西部文学的一个特质："'西部文学'实际上是开拓者的文学。它的特色就是人物的命运和故事情节都是在荒凉的、严峻的，自然条件和物质条件都比较严酷、比较贫乏的背景上展开的。因而，'西部文学'比别的文学更能表现人的品质的壮美、坚强，表现自然的绚丽多彩，表现祖国建设的飞跃。"②西部文学中所表现出的开拓性，不仅是一种基于自然地理所形成的文学品格，同时也是对古丝路文学传统的一种继承和拓展。古代丝路文学中产生了大量表现建功立业的边塞诗，但这些诗歌更多地是抒发一种个人的壮志豪情，而现代丝路文学的发展与民族国家的命运相遇合，寄托了中国人民在开创新国家过程中的心理愿景，体现了一种变革现状、开拓创新的精神诉求。

　　改革开放的浪潮给丝路古道带来了新的生机和活力，一批受时代感召的年轻人投身到改革的时代洪流，焕发出巨大的创

①杨牧. 致拓荒者[M]. 西部变奏曲. 北京：中国文联出版公司，1997：63.

②张贤亮. "西部文学"与宁夏文学[J]. 朔方，1985(1).

业激情。这些都在丝路作家的创作中得到了丰富的呈现。如张贤亮的《龙种》《男人的风格》，贾平凹的《浮躁》，路遥的《人生》《平凡的世界》等作品，描写了在改革开放的浪潮中，城乡人民如何冲破旧的制度和观念的羁绊，开创出一片新生活的天地。处在我国西部地区的农村，由于传统观念的积淀比较深厚，在社会变革中面临的阻力会更大，像高加林这些农村青年，不仅要考虑如何走出去的问题，还要承受来自叛离乡土的道德评判，他们不但开创出一条个人的价值实现之路，而且也给封闭自守的农村开创出一条走向现代社会的新生之路。

二、创业英雄的精神之美

丝绸之路是一条凭借着英雄主义的创造精神开拓出来的道路，从陕西城固人张骞"以郎应募"开始，这条漫长而凶险的道路上就涌现出众多的孤胆英雄，以"拔剑起蒿莱"的气概立功边疆，开创出一条个人的建功立业之路，报效国家的边疆之路，这种英雄人物及其开创精神成为历代文学叙事的一个重要内容。英雄的审美本质在于人崇高的超越精神，是对生命力量的一种弘扬和升华。

创业英雄精神内涵的生成首先来自丝路文化丰富而深厚的历史积淀，丝绸之路上流传着大量关于"创世英雄"的神话。如"盘古开天""伏羲创世""女娲炼石""后羿射日""精卫填海""夸父逐日"等，"他们的事迹中存在着一些共性，即不畏艰险，勇于探索和创造，致力于推动自然和人类的进步。如果认为在一种历史现象、一段历史过程中，也可以概括出一种精神，那么，丝绸之路所具有的精神，则应与我们民族始祖精神相一致"①。这即是从神话故事中所体现出的创世精神。神话虽然不是现代意义上的文学创作，但是却包含着先民认识世界和描述世界的艺术热情。这些神话故事不同程度地反映了人类早期渴望超越和突破现实生活局限的开创精神。这种开创精神作为丝路文化的一个重要组成部分，积淀在丝路民众集体无意识的记忆深处，蕴含着深厚的民族历史的文化根性。"所谓'文化根性'，指本民族赖以生存的根本性的精神主导力量，作为一种文化共同体，是同一民族共同的文化 DNA，从各个层面形成文化自觉与向心力，用'血脉'的东西去支撑关联。"②神话中所包含和传递的文化根性，具有强大的生命力，内在地影响了民族精神的形成。"深刻作用于各个民族的思维方式和生活方式，对民族文化的传统、社会形态的变化，有最初始的预示和最悠久的暗示作用。"③新时期以来丝路文学创作中在题材选择、人物形象的塑造、叙事方式的革新方面，都不同程度地借鉴了丝路神话中的一些元素。

红柯的小说《金色的阿尔泰》就是把夸父逐日的神话和成吉思汗的英雄精神与新疆建设兵团的开拓精神连接起来，建构起一个丝绸之路开创者的精神谱系。"红柯并不是去描述白手起家、艰苦创业的现实过程，而是引进了民间传说和英雄史诗

---

①成建正. 神话、传说与丝绸之路[J]. 文博，1991(1).

②刘兴涛. 追"源"溯"本"——"文化根性"在当代艺术中的创作与挪用[J]. 乐山师范学院，2018(9).

③谢选骏. 神话与民族精神——几个文化圈的比较[M]. 济南：山东文艺出版社，1986：209.

的原型，把屯垦写成一种类似开天辟地、鸿蒙初开的创世神话。"①屯垦是那些从中原到边疆的作家经常涉足的一个题材，从古代那些戍边卫国的边塞诗人，到 20 世纪五六十年代对屯垦战士革命英雄主义的歌颂，屯垦构成了丝路文学的一个重要题材。拥有十年边疆生活经验的陕西作家红柯，对这些从中原屯垦戍边的战士们在感情上有一种天然的认同感，他有很多作品也都涉及这一题材，《金色的阿尔泰》《复活的玛纳斯》《乌尔禾》《太阳深处的火焰》《古尔图荒原》等，与其他作家对屯垦生活的描写不同，红柯对屯垦题材的描写融入了浪漫主义的想象，着重展现屯垦战士们在建设边疆过程中的英雄主义精神，他从丝绸之路上流传的各民族的神话故事中获得民族文化精神的启示，获得了打开灵感之门的秘钥。

夸父逐日作为一个神话原型，在《金色的阿尔泰》中，是对成吉思汗和营长所体现的开拓精神的一种互证和说明，营长的屯垦故事也因此被赋予了神性的色彩。1958 年营长奉命来到阿尔泰，带领兵团战士开疆拓土，发扬地窝子精神，在石头缝里种出了麦子，建起了工厂，把荒原变成了绿洲。以往对这篇小说的评论，大多是基于一种对西部文化的边缘想象，着眼于人与自然之间关系的解读，而遮蔽了小说中营长作为兵团战士身份中所蕴含的屯垦主题，"我扎在荒原上"，"我可以把整个荒漠吃下去"，"我就是一片绿洲"。在这片荒原的土地上开拓出一片绿洲，就是营长的使命所在，也是把营长和夸父、成

---

①陈柏中. 红柯小说：西部精神的浪漫诗化 [M]. 狼嗥——红柯中短篇小说集. 西安：陕西师范大学出版社，2016：438.

吉思汗连接起来的一个内在的叙事线索，他们共同的精神品格就是在开拓生命绿洲的过程中所显示出的英雄主义。在古老的蒙古传说中，他们的祖先从部落战争中死里逃生，凭借着勇敢和坚强在崇山峻岭中生存下来，一步步从羸弱成长为一个强大的部落。蒙古人的首领成吉思汗最初也是一个怯懦的孩子，他从蒙古人神话中逐渐摆脱了恐惧，在异常凶险的处境中开辟出一条生存之路，在经历死而复生之后领悟到生命的秘密，草原人从萌芽状态进入英雄时代，在成吉思汗的带领下开拓出蒙古帝国的版图，在汉族老妈妈关于麦子的故事里，成吉思汗放弃了过去的残暴，也成为和夸父一样追赶太阳的人。神话中的夸父就曾在营长屯垦的阿尔泰追上了太阳。"夸父倒在地上，活得更旺，夸父的头颅变成高贵的山岳，筋肉变成辽阔的沃野，血液变成大江大河，毛发变成茂密的草木，眼睛变成明净的湖泊。"①营长不仅从夸父的故事中获得了勇敢和力量，也领悟了生命的意义，他和媳妇最后的死亡也像夸父的神话一样，那不是生命的结束，而是生命回到大地开启了新的航程。

如果说，红柯笔下的创业英雄闪耀着诗意化的神性光辉，那么，唐栋小说中的英雄则体现了人与自然抗争中的"冰山性格"，具有一种诗性的、理想主义的美。唐栋作为军旅题材的作家，专注于描写驻守在昆仑山、喀喇昆仑山、帕米尔和青藏高原的边防战士的生活。如《兵车行》《野性的冰山》《愤怒的冰山》《雪神》等作品。这些作品中的主人公大多是普通的边防战士、退伍的老兵，这些平凡的小人物在严酷的冰山环境下，承

①红柯. 金色的阿尔泰[M]. 石家庄：花山文艺出版社，2001：39.

受着外人难以想象的苦难和孤独，在一种神圣的使命感和自豪感的支配下，他们以自己的生命谱写了一曲曲英雄主义的赞歌，展现了人在战胜自然时所焕发出的力量和美。"向人们展示了一种强大的人格力量———一种由冰山映衬、烘托和显示出来的人格力量，体现的是人类在与大自然的抗争中的坚韧不拔的精神和顽强执着的意志。"①唐栋笔下的人物都具有冰山一样坚硬的品质，他非常推崇富有力量的崇高美。"崇高是一种高层次的美，是使人的精神得以升华的美，这种崇高感不是来自我们所能见到的外部情境，而是来自我们所感受、所体味到的力量。"②唐栋描写的都是西部边陲冰山雪岭里的故事，在这种严酷的自然环境中生活，需要极大的勇气和意志。《雪线》中的汪哈哈经过喀喇昆仑山的锤炼，从一个农村小兵成长为一名坚强的边防战士。《沉默的冰山》中少言寡语的老兵杨福，驻守在海拔五千米的哨卡，在多次失去爱情和亲情的同时，却得到了战友的挚爱，他那沉寂的性格中内蕴着自我牺牲的献身精神。作者正是把握到他身上"孤独的跋涉者"的性格特征，刻画出一个既冷峻又有阳刚之气的戍边英雄形象。《兵车行》中的上官星刚出场时体现了一种放荡不羁的性格，在行车途中经过"死人沟"时，他手持白骨谈论"丝绸之路"的历史，在汽车陷到冰河时，为了不耽搁行程，他跳到寒冷刺骨的河水中，把车推上来；车到大坂陷到冰雪中后，他为秦月挖雪墙、铺皮袄、只身去搬救兵，这些性格品质的展现是以冰山生活为背景

---

① 吴然. 冰山：人格力量的升华与抗争[J]. 小说评论，1991（2）.

② 唐栋. 唐栋作品集：第六卷[M]. 广州：花城出版社，2001：459.

的，边防战士们正是在与自然的交往、较量中，展现出生命的坚强和伟大。

张承志是一位具有英雄主义情结的作家。他以夸父般执着的精神坚定地追求自己的理想。在《北方的河》中，他塑造了一位在时代中奋力搏击，具有理想主义色彩的个人英雄形象，使人感受到"天行健，君子以自强不息"的人格力量。小说中的主人公"我"是一个携带着红卫兵时代的精神烙印，在新的历史时期重建个人生活和信仰的一代人的象征。"对一个幅员辽阔而又历史悠久的国度来说，前途最终是光明的。因为这个母体里会有一种血统，一种水土，一种创造的力量使活泼健壮的新生婴儿降生于世。"①对于张承志来说，"文革"结束后他并未陷入对历史的控诉和批判之中，而是高扬英雄主义的旗帜，企图把自己重新融入民族国家的宏大叙事之中，重建自己作为时代开创者和引领者的姿态。小说中不同的河流代表着主人公不同的人生阶段，额尔齐斯河时期的他下乡插队，勇担革命大任；横渡黄河重建青春的激情和信念，放弃稳妥却按部就班地工作，准备考取人文地理学的研究生，开辟出人生一片新的天地；到湟水获得生命的启示；到永定河去安抚焦躁的心绪；解冻的黑龙江则象征着新的历史征程。正是这些开阔而富有力量的北方河流，既是具体的又是象征的，它与人物的经历和精神轨迹相契合，不断地修正和重塑着主人公的青春激情和生活信念。"北方的河是英雄的河、民族精神的河，也体现了它的价值暗示，它以独特的品格和魅力无言地折服了那个桀骜不驯的

---

① 张承志. 北方的河[M]. 武汉：长江文艺出版社，2001：128.

征服者，并让他那颗满怀激情、热情、理想、追求的心灵在自然的怀抱中获得宁静和谐的生命启示。"①

第二节　苦难：丝路文学的精神内质

丝绸之路不仅是中国和西域之间经济交流的通道，也是一条文学的朝圣之旅。从《穆天子传》中穆王远行昆仑对西王母的拜会，到玄奘《大唐西域记》中苦行僧式的宗教朝圣，抑或是边塞诗中报效国家的热忱，这条道路上诞生的文学从来都不是"嘲风月、弄花草"的闲适和超脱，它铭刻着文学对精神的求索和向往，对苦难的敬畏和超越。陕北作家路遥就是这样一位诞生于丝路古道上的文学苦行僧。"他把写作当成一种神圣而庄严的事业去完成，甚至不惜把自己绑在牺牲的祭坛上"，②在追求自己文学理想的征途中苦楚地劳作着。

一、游牧文化与路遥的苦难意识

路遥个体人格和文学精神的源头有两个方面。一是农耕文化的影响，体现为路遥作品中对农民和土地浓厚的热爱，这方面很多研究者都做过充分的阐释。除此之外，还有一个路遥曾经重点提及，但却被大多数研究者忽略的方面，那就是游牧文化的精神因子，路遥曾自称"北狄后人，长相颇有匈奴遗

---

①王光华. 个人理想主义和英雄主义[J]. 沈阳教育学院学报，2006(3).

②李军. 序：沉痛悼念路遥同志[M]. 路遥. 早晨从中午开始. 西安：西北大学出版社，1992：5.

风"，① 他生前曾拜托冯东旭先生刻制两枚闲章，其中一枚的内容就是"北狄后人"，游牧文化以一种潜在方式深刻地影响了路遥对人生和文学的理解。

陕北西邻甘肃、宁夏，北接内蒙古，由于其特殊的地理位置而成为西北丝绸之路东段的交通要道，丝绸之路从长安出发到敦煌段有三条路线，其中"第一条是由长安北行，经陕北进入宁夏灵武，渡黄河后，向西南至武威，沿河西走廊至敦煌"。② 丝绸之路在其漫长的发展过程中积淀的文化遗存及其精神特质都构成了陕北文化的一部分。其次，陕北自古就是民族融合的"绳结区域"，是一个具有"胡气"的汉族，秦汉以前的陕北主要是作为畜牧区而存在，西汉之后农耕文化才逐渐成为主流，所以这里构成了农牧文化的交融地带，除了周秦汉唐为主的中原文化，游牧民族的草原文化也渗透在当地民众的观念与习俗中，它们共同构成了陕北文化内部结构性的存在。

路遥身处的就是这样一个农耕文化和游牧文化交汇的核心地带，陕北独特的地理和文化环境塑造了路遥的精神世界。"这个文化浪子，吃百家饭，穿百衲衣，逐渐成为各种文化信息的密集载体，成为多维文化'结核'。"③他的身上既有农民式强烈的"恋土情结"，又有游牧民族开拓进取的生命意志。而这种游牧文化在路遥作品中最为直观的呈现，就是路遥在作品中不断出现的毛乌素沙漠。作为游牧文化历史遗存的毛乌素沙漠，在路遥的人生和创作生涯中，具有重要的作用和意义。

①宗元. 魂断人生——路遥论[M]. 上海：上海文艺出版社，2000：38.
②涂裕春等. 中国西部的对外开放[M]. 北京：民族出版社，2001：4.
③段建军主编. 路遥研究论集[M]. 西安：西北大学出版社，2016：197.

毛乌素沙漠位于榆林长城以北，榆林在历史上曾被称为驼城，意即沙漠之城，是中原文化和西域文化的分界点和连接点。位于此地的毛乌素沙漠与内蒙古大草原和宁夏相毗连，是历代陕北人民走西口的必经之地，毛乌素是蒙古语，意即附近水质不佳，浩瀚无边的大漠可以说是草原的另一种特殊形态，这里在古时曾是水草丰美的牧场，后因气候和战乱才形成荒漠。唐代诗人李益的《登夏州城观送行人赋得六州胡儿歌》中写道："六州胡儿六蕃语，十岁骑羊逐沙鼠。沙头牧马孤雁飞，汉军游骑貂锦衣。"诗中以一种旅人的视角描绘了"沙鼠""沙头""风沙"等毛乌素沙漠的自然景象。历史上的毛乌素沙漠是兵家的必争之地，历史上唯一一座由匈奴人所建立的都城遗址"统万城"就位于毛乌素沙漠深处，秦始皇曾派他的长子扶苏携猛将蒙恬驻守在毛乌素沙漠的南缘，汉武帝在毛乌素沙漠北征匈奴，成吉思汗将自己的陵墓安置在毛乌素沙漠。历史上发生在毛乌素沙漠的战争代表了人类的一种征服精神，对环境的征服，对民族的征服，对命运的征服。

对于出生于陕北的路遥来说，毛乌素沙漠所呈现的历史精神深刻地影响到他对人生和文学的理解。路遥在年轻时就对毛乌素沙漠产生了深深的迷恋。他在早期有一首诗《今日毛乌素》中写道："塞外毛乌素，走石又飞沙，改朝换代几千年，留下多少辛酸话；草籽下地不扎根，大雁飞来不安家；一堆黄沙一堆坟，劝君莫过红石峡……"紧接着歌颂了毛主席带领人民对毛乌素沙漠成功的治理和改造。虽然这首诗带有明显的时代痕迹和政治倾向，但毛乌素沙漠的贫瘠荒凉，以及人们战胜自然的精神和勇气却在路遥的作品中保留下来。

对路遥来说，毛乌素沙漠不但是养育他成长的故乡，更是他在人生和文学创作生涯中不断汲取力量的精神圣地。沙漠似乎特别能激发人的文学感性，中外文学史上很少有作家以嬉戏或夸张的笔调叙述沙漠，它总是通过对身心的双重煎熬和考验，促使人不断地思考生命的价值和意义。"沙漠沙丘的单纯与单调、无边与无止、寂静与死亡，共同构成一种不可言说的'美感经验'，伴随着它带来的身心煎熬，那是一种淬炼诗人刻骨铭心的沉淀、反思与灵感吧。"①在《早晨从中午开始》这篇创作手记中，路遥描写了他对毛乌素沙漠的情感：

> 我对沙漠——确切地说，对故乡毛乌素那里的大沙漠有一种特殊的感情或者说特殊的缘分。那是一块进行人生禅悟的净土。每当面临命运的重大抉择，尤其是面临生活和精神的严重危机时，我都会不由自主地走向毛乌素大沙漠。
>
> 无边的苍茫，无边的寂寥，如同踏上另外一个星球。嘈杂和纷乱的世俗生活消失了，冥冥之中似闻天籁之声。此间，你会真正用大宇宙的角度来观照生命，观照人类的历史和现实。在这个孤寂而无声的世界里，你期望生活的场景会无比开阔。你体会生命的意义也更会深刻。你感到人是这样渺小，又感到人的不可思议的巨大。你可能在这里迷路，但你也会廓清

①［法］蜜德瑞·凯伯，法兰西丝卡·法兰屈著. 戈壁沙漠［M］. 黄梅峰，麦慧芬，译. 北京：中国青年出版社，2002：7.

许多人生的迷津。在这开阔的天地间，思维常常像洪水一样泛滥。而最终又可能在这泛滥的思潮中流变出某种生活或事业的蓝图，甚至能用明了这些蓝图实施中的难点、易点以及它们的总体进程。这时候，你该自动走出沙漠的圣殿而回到纷扰的人间。你将会变成为另外一个人，无所顾忌地开拓生活的新疆界……

现在，再一次身临其境，我的心情仍然过去一样激动。赤脚行走在空寂逶迤的沙漠之中，或者四肢大展仰卧于沙丘之上眼望高深莫测的天穹，对这神圣的大自然充满虔诚的感恩之情。尽管我多少次来过这里接受精神的沐浴，但此行意义非同往常。虽然一切想法都在心中确定无疑，可是这个"朝拜"仍然是神圣而必须进行的。

这是 1985 年夏天，路遥在陕北参加"长篇小说促进会"时写下的感想，他怀着"朝拜"的心理到毛乌素沙漠寻找精神上的启悟和动力。此时的路遥一方面受到《人生》成名之后世俗功利的纷扰和诱惑，另一方面，是外界对他在《人生》之后创作能力的质疑。他经过痛苦的思考和抉择，决心开始长篇小说《平凡的世界》的写作，但在路遥的创作生涯中还没有创作长篇小说的体验，他写过最长的就是 13 万字的《人生》，在这样的情况下开始长篇小说的写作是需要何等的勇气和决心，这个文学征途上的苦行僧重返毛乌素沙漠寻找精神的源泉和动力。

作为对象化了的客体，此时的毛乌素沙漠早已超越了地理意义，它是路遥获得人生禅悟的精神"圣地"。自然本身就具有神圣性，它不但是物质的，也是精神的，对人类具有强大的启示性。尤其是与农业景观迥异的大漠风光，更容易引起人心理和情感上的震撼，"自然本身的雄奇之处，让人感受到了宇宙自身的原始力量"，① 无边"苍茫"与"寂寥"的沙漠让路遥的精神世界也变得开阔起来，他获得了一种观照生命的大宇宙视角，这种开阔的心态使他能够超越世俗的限定和羁绊，追求文学永恒的价值和意义。沙漠不但给予路遥自然的神圣启悟，同时也是他主体精神的一种外在投射。毛乌素沙漠在路遥的想象中被建构成了一个与世俗世界相对的"异托邦"，它内蕴着一组既矛盾又对立的关系，世俗的纷乱嘈杂与沙漠的苍茫寂寥；人类在宇宙中的渺小与伟大；思维的泛滥与理想的清晰，正是这种区别与对立所形成的独特性，使朝圣者路遥获得了神圣的体验。这次沙漠之行使路遥终于廓清心理上的迷乱，在经历了矛盾和困惑的内在撕裂之后，获得了精神上新的整合与提升，决定以自己生命的长度来丈量文学的高度。苍茫浩瀚的毛乌素沙漠给予了路遥重新出发的意志和信念。正是凭借从大漠中汲取的这种对文学理想宗教般的热忱，此后几年，路遥与孤寂相伴，以常人难以想象的执着和毅力完成了《平凡的世界》的写作，成就了路遥文学生涯的另一座高峰。路遥在回忆这段心路历程时说道：

　　　沙漠之行斩断了我的过去，引导我重新走向明天。当我告别沙漠的时候，精神获得了大解脱，大宁

---

① 鞠熙. 圣地之"圣"何来[J]. 世界宗教研究，2013(5).

静，如同修行的教徒绝断红尘告别温暖的家园，开始餐风饮露一步一磕向心目中的圣地走去。沙漠中最后的"誓师"保障了今后六个年头无论多么艰难困苦，我都能矢志不移地坚持工作下去。

只有初恋般的热情和宗教般的意志，人才有可能成就某种事业。如果说，写作是作家认识和表达世界的一种方式，那么，在路遥这里，写作则是他对生命的一种诠释，是他对自我价值的一种确认。

当时，参加"长篇小说促进会"的另一位陕西作家陈忠实，也曾在《毛乌素沙漠的月亮》一文中记下了这次沙漠之行。对于生活在关中平原的陈忠实来说，毛乌素沙漠给他留下的印象是异域的神奇和浪漫，那轮又大又圆的月亮，那个不知是狐狸还是狼的叫声，那一份月下结拜的肝胆相照的友情，这是一个旅人笔下关于毛乌素沙漠遥远的记忆。通过对比，我们就会发现，毛乌素沙漠在关中人陈忠实的文学中，只是一个充满了异域风情和浪漫色彩的美好回忆，而对陕北作家路遥来说，大漠是他领悟人生和文学真义的自然圣地，是他不断超越自我的精神加持。

二、苦难的朝圣与精神的超越

带着朝圣心态步入文学领地的路遥在创作中表现出一种"受难情结"。这种"受难情结"，一方面，表现在对文学殉道般的牺牲和奉献精神；另一方面，表现在对苦难体验的现实主义抒写中。路遥小说中的苦难不是来自对人生抽象的玄想，也不是出自现代或革命意识形态的认知框架，而是融汇了丝路文化的精神遗存和时代主题所形成的一种审美精神和价值取向。

　　苦难意象是古代丝路文学的一个重要内容，历代西行僧侣撰写的游记真实地记录了求法途中的艰苦，"涉行艰难，所经之苦，人理莫比"，① 还有描写边地征战的边塞诗建构起"一个战争残酷、环境寒苦、戍卒痛苦的文化空间。"②陕北由于其特殊的地理位置，历来是兵家争夺的边塞重阵，也成为边塞诗描写的重要内容，晚唐诗人韦庄的《绥州作》，描写了边塞之地绥州(今陕北绥德县)的荒凉和艰苦，陈陶的"可怜无定河边骨，犹是春闺梦里人"是历代发生在无定河战争残酷状态的真实写照。尽管边塞诗中所描写的陕北边地的苦寒意象早已随时代远去，但是这种对苦难的生命体验已积淀为一种重要的文化传统，成为陕北文学的一个重要的精神特质和美学元素。

　　路遥的创作继承了丝路文学苦难叙事的精神传统，写作对他来说，从来都不是轻松愉悦的文字游戏，而是一种自我折磨式的受难之旅，他"要求自己写作时的心理状态，就像教徒去朝拜宗教圣地一样，为了虔诚地信仰而刻意受苦受罪。"③在他难以忍受写作的孤独和艰苦时，闭目遥想那些衣衫褴褛、蓬头垢面而艰辛地跋涉在朝圣旅途上的宗教徒，便会获得坚定的信念和力量。受难在宗教中象征着灵魂的净化过程，是把一个信徒地位合法化的方式，文学上的受难心态也具有同样的仪式功

①法显著. 佛国记注译[M]. 郭鹏，译. 长春：长春出版社，1995：7.
②李智军. 诗性空间：唐弋西北边塞诗意象[J]. 地理研究，2004(6).
③路遥. 答延河编辑部问[M]. 路遥文集：第5卷. 北京：人民文学出版社，2005：176.

能，它使路遥成为被上帝所选中的文学信使，是为人类盗取火种的普罗米修斯。在路遥的观念中，真正的文学要经历苦难的考验才能具有神圣和崇高的意义，为此他抛弃了一切人间温暖，带着殉道者悲壮的牺牲精神来从事文学事业，这种受难的创作心态在路遥和文坛中的先锋写作、欲望写作之间划出了一条清晰的界限，体现出文学创作深厚的精神内涵。

路遥的小说是融合着苦难体验的生命结晶体，他既认同苦难又寻求对苦难的超越。现代文学谱系中的苦难叙事，承载了民族想象和社会批判的功能，不管是启蒙文学通过苦难表达对封建社会的批判，还是革命文学通过苦难实现对阶级压迫的控诉，苦难叙事最终都指向一个外在的社会政治主题。换句话说，这些苦难从根本上都是人为造成的，或因文化专制，或因阶级压迫，它都是现代话语建立自身叙事逻辑的一种方式。但是对于地处偏远，经济落后的西北乡民来说，苦难首先是一种由于自然环境的严酷所造成的生存境遇，生存苦难已成为凝结在陕北乡民记忆深处的"集体无意识"，陕北民歌那种悠远苍凉的唱腔，不仅是为了穿透沟壑的壁垒，更是内心凄苦的一种自我宣泄。路遥小说中最为刻骨铭心的苦难体验就是对饥饿的描写，《在困难的日子里》，马建强在面对饥饿时近乎自虐式的忍耐和克制，《平凡的世界》中孙少平也经历了饥饿和贫穷所带来的身体与心理上双重的屈辱及伤痛，任何读过这本书的读者，都无法忘记小说开头孙少平在空无一人的操场就着残汤剩水吃高粱面馍的场景，但正是苦难的存在才激发出了人类的抗争精神，使生命具有非同寻常的意义和价值，因为生命的本质不是通过享乐而是通过受难才得以显现的。路遥对苦难的描写具有一种宿命色彩，造成苦难的原因被设定为自然、命运等因素，所以消除苦难的途径就不是对现实社会秩序的颠覆，而是要通过个人的奋斗，冲破自然和命运的限定。所以这个层面上的苦难抗争最终导向了对个体精神的认同和张扬。孙少安在决定开始他人生的"第一次命运之战"，从山西丈人家借钱骑着骡子途经黄河大桥时，看到黄河两岸的景色和岸上的纤夫，"峭壁如同刀削般直立"，"岩石黑青似铁"，纤夫身上的绳索"像绷紧的弓弦"，少安眼里看到的是自然的强悍和力度，纤夫那痛苦的呻吟和《黄河九十九道弯》里唱出的生命的苦痛和抗争。这个画面正是少安内心世界的真实写照。和少安这种朴实的抗争精神相比，少平和高加林们因为拥有了现代知识而获得了一种身份上的优越感，以至于像田福堂和高明楼这样的乡里能人也不敢轻视他们。但是在乡土这个空间里，知识只能给他们带来心理上的优势，却难以从根本上改变命运的走向，高加林作为高中毕业的高才生，还不是因为村长的权势失去了民办教师的工作，成了巧珍父亲嘴里说的"连牛屁股都不会戳"的农村人，"三进三出"的进城经历所带来的屈辱体验更加激发了他反抗苦难、反抗命运的决心和斗志。对于路遥和他笔下心怀抱负的年轻人来说，苦难不仅是一种需要超越的外在对象，更是自我内在的心理需求。他们既要超越苦难，又迷恋苦难对主体精神的淬炼，正像那些西行求法的高僧们要经历身体和心理的考验一样，苦难构成了朝圣者获得精神加持的必要条件，人们在体验苦难和征服苦难的过程中所体现出的精神力量，使主体的精神价值和人格力量才能得到最终的实现和确认。

眷恋和逃离是路遥小说的一个重要主题。路遥出生的陕北属于黄土高原，与处于"白菜心"的关中平原相比，这里土壤贫瘠，干旱频繁，经济落后，老百姓的生活异常地艰苦。对于以描绘陕北农村故事为题材的路遥来说，陕北的自然环境是他讲述故事和塑造人物的主要背景。但是我们发现，在路遥的小说中不但没有对陕北艰苦贫瘠的自然环境过分诅咒和唾弃，反倒是以一种欣赏的语调描写陕北农村一年四季的美丽。《平凡的世界》中描写孙少安的中学所在地原西城外春天的河畔："原西河对岸的山湾里，桃花又一次红艳艳地盛开了。河对岸的缓坡上，刚出地皮的青草芽子和枯草夹杂在一起，黄黄绿绿，显出了一派盎然的生机。柳丝如同少女的秀发，在春风中摇曳。燕子还不见踪影，它们此时还在北返的路上，过一两天就能飞回来。原西河早已解除了坚冰的禁锢，欢腾地唱着歌流向远方……"少平、少安的家乡双水村的夏天因为枣子的成熟异常的斑斓。"每到夏天，这里就会是一片可爱的翠绿色。到了古历八月十五前后，枣子全红了。黑色的枝杈，红色的枣子，黄绿相间的树叶，五彩斑斓，迷人极了。"《人生》中描写高加林在经历事业的风波后心情沮丧地返回农村，走在秋天的大马河川道，"早晨的太阳照耀在初秋的原野上，大地立刻展现出一片斑斓的色彩。庄稼和青草的绿叶上，闪耀着亮晶晶的露珠。脚下的土路潮润润的，不起一点黄尘"。即使是冬天的陕北农村，在荒凉中也流露出一丝诗意："这季节，寒冬的山野显得荒凉而又寂寞。山上或沟道，赤裸裸的再也没什么遮掩。黄土地冻得像石板一样坚硬。远处的山坡上，偶尔有一垄高粱秆，被风吹得零零乱乱铺在地上——这大概是那些没有劳力的干部家属的。山野和河边的树木全部掉光了叶子，在寒风中孤零零地站立着。植物的种子深埋在土地下，做着悠长的冬日的梦。地面上，一群乌鸦飞来飞去，寻觅遗漏的颗粒，'呱呱'的叫声充满了凄凉……"这些由河流、桃花、枣子、露珠、寒风中的高粱秆、冬日的梦所建构的陕北自然风景，连同这片土地上的关于哭咽河那个凄美的爱情故事，还有全村人打枣时的欢乐，秧歌队的红火热闹，共同描绘了一幅具有古典理想色彩的乡土田园图。

尽管路遥对故乡的描写充满了宁静和谐的家园情感，但却无法像沈从文一样斩断现代的侵扰，建构一座"人性的殿堂"。他笔下的人物一开始就接受了现代知识话语的塑造，马建强、高加林、孙少平，都是在贫穷和饥饿的双重考验中，却仍然对学习和知识充满了向往。正如饥饿带来的屈辱感受一样，拥有知识使他们获得了"读书人"的尊严。孙少平宁可在城里当一个揽工汉，也不愿和少安一起回去办砖厂。"他不能甘心在双水村静悄悄地生活一辈子！它老是感觉远方有一种东西在向他召唤。他在不间断地做着远行的梦。"这种对远方的向往是来自生命深处的召唤，少安之所以不能理解，因为这不是传统乡土经验所能解释的范畴，这是现代社会的个人话语，是一种强烈的主体意识的自觉，也是田晓霞之所以欣赏少安的原因。高加林却没有少安这样幸运，他"三进三出"的经历更加凸显了眷恋和逃离之间的矛盾，巧珍那颗金子般的心灵象征了乡土的仁爱宽容，而她却无法走进高加林的精神世界，高加林对乡土逃离的，不仅是农村的贫穷和愚昧，更是乡土对现代精神的隔膜和逼仄。

路遥的小说通过苦难叙事抒写了一首首英雄的史诗，他作品中的男主人公几乎都是经过苦难淬炼的硬汉式英雄。这既是西北丝路地域文化的文学投射，也熔铸着路遥最为痛彻和深刻的人生体验。"孤独傲岸的强者气质和特定的生活素材熔铸之后，常常使他的作品溢散出一种英雄主义的崇高感。"①

西北丝路沿途大都交通不便，生存环境严酷，这条道路上诞生的英雄首先是在和大漠荒原较量中形成的硬汉，他们的核心精神是在战胜苦难时的坚韧刚毅，对硬汉式英雄的礼赞，是铭刻在丝路历史上的一种文化符号。"凿空"西域的张骞，少年将军霍去病，西行求法的高僧玄奘，这些在和严酷的自然力量反复较量中所形成的英雄的人格，不但以文字的形式在历史中传承，同时也以传说的形式影响和塑造了民间文化的价值取向。陕北更是一个崇拜硬汉英雄的地方，在这块贫瘠的土地上曾诞生了李自成、张献忠、刘志丹、谢子长这样的民族英雄和革命英雄，他们的故事以日常生活的形式在民间文化中得以传承，陕北众多的酒曲像《好汉秦琼》《赵子龙》《李自成》《盖世英雄好》，单从曲名我们就能感觉到一股豪爽的英雄气概，这些在当地广泛传播的英雄传奇，在不断地形塑和建构着陕北乡民的英雄情结和文化人格，对硬汉式英雄和力量的崇拜，构成陕北文化人格的地域特征。

对受难式英雄人格的追求和弘扬，是路遥小说重要的价值取向。这些英雄人物不是依靠权势和金钱的世俗价值而获得社会的认可，他们的人格魅力在于通过身体受难而建构起的精神世界，是一种在严酷的生存环境中砥砺出的不消沉、不屈服的

---

① 肖云儒. 路遥的意识世界[J]. 延安文学，1993(1).

生命意志，是人在超越命运的限定中所彰显的诗意和豪情。路遥笔下那些无权无势的穷小子们最大的魅力和价值就在于他们拥有受难者的身份和经历。这种受难的非凡意义在于，它不是被动地承受，而是通向价值世界的一种历练和自觉，他们因此而获得了来自那些超凡脱俗的女性人物的青睐和崇拜。《平凡的世界》一开始就把孙少平放置在一个极度困厄的生存背景中，经济上的贫穷、身体上的饥饿、心灵上的屈辱，这种物质和精神上的双重苦难，不但没有压垮孙少平，反倒磨炼了他的意志和人格。可以说，孙少平这个人物形象最为光辉的一面，就是在一次次战胜苦难、挑战命运的过程中得以推进和确立起来的，这种受难式的英雄精神的光芒甚至弥合了他现实身份的落差，以至于家庭优越的田晓霞被他非凡的精神魅力所吸引，在孙少平身上体现了路遥对受难英雄的一种浪漫主义想象。但是这种理想世界高蹈的英雄形象在遭遇现实之后便显露出虚幻的本质，甚至会走向对自身的怀疑和解构。当孙少安的朋友、农民企业家胡永合在大牙湾煤矿见到孙少平之后，连和他拉两句闲话的兴趣都没有，尽管少安一路上向他吹嘘弟弟如何有本事，但在胡永合看来，有本事还在挖煤，这个农民企业家的世俗视角和不屑的态度解构了孙少平英雄形象的理想性。尽管孙少平的英雄气质吸引了田晓霞、金秀的爱慕，但在事实上孙少平的爱情却只能落脚在矿上的女人惠英身上，这样一种情节安排或许流露出路遥对英雄人物在世俗社会命运的无奈和怀疑。《人生》中的高加林为了改变自己的命运，决然地放弃了怎么也走不进他的世界里的刘巧珍，即使他非常清晰地知道要背负道德的罪名，但还是义无反顾地走上反叛乡土的道路，选择做一个掌握自己命运的生活的强者。尽管路遥把高加林塑造成一个勇于挑战命运的硬汉英雄，但是在小说结尾，他还是让高加林在梦想破灭后扑倒在德顺爷爷的脚下，手抓黄土痛苦地忏悔。路遥以一种理想主义的激情塑造了这些反抗宿命的受难英雄，但是小说在叙事逻辑上的冲突和断裂，在一定程度上反映了路遥英雄观念内在的矛盾性。

从丝路古道上走出来的路遥，是一个把自己献给文学事业的苦行僧般的理想主义者，他既有农耕文化的笃重和奉献精神，又继承了游牧文化的刚健和进取。这种多元文化传统交织在路遥的生命体验和文学创作中，使他一方面以英雄般的奋斗激情不断地攀缘上升，一方面，却又时常陷入内心的孤寂和对自我深刻的怀疑。

第三节　崇高：丝路文学的精神高地

崇高作为一种不同于优美的审美形态，是指人的生命在遇阻时所激发出的强烈的精神力量。从古代丝路夸父逐日、女娲补天的神话，到汉唐文人建功边塞的豪情，都体现了一种抗争的力量的美。因此，崇高构成了丝路文学一个重要的精神传统。西北地区遍布的崇山峻岭、沙漠瀚海，还有那些诞生在丝路古道上的文化艺术，霍去病墓前粗豪雄美的石刻，莫高窟的雄浑古拙，这种壮阔的自然人文景观和严酷的生存环境，正是激发人们崇高精神的重要因素，与优美柔媚的南方文学不同，丝路文学往往呈现出刚健崇高的精神品格。

一、内陆高迥：昌耀诗歌的崇高精神

崇高是古今丝路文学一个重要的精神标识，在当代文学"躲避崇高"和市场化的时代语境中，丝路地带的作家们却依然坚守对"崇高"的追求，尽管这种努力的作用是微弱的，但是却为当代文学留下了一份珍贵的精神备忘录。西北丝绸之路由于自然环境的严酷，使生活在本土的人民和踏上这块土地的文人都要经历生存的考验，那无可逃避的宿命般的苦难，只有通过精神的救赎才能得以超越，而文学则成为人们超越苦难和宿命的一种方式。可以说，丝绸之路上的作家因为历史文化的积淀和社会环境的濡染，大多把文学作为一个神圣而崇高的事业来追求，绝少出现"游戏"式玩文学的态度，他们一方面在文学中表达对社会、国家、民族、文化的思考，另一方面，希望通过文学来超越和救赎生命的困境。

青海诗人昌耀是一个在西部严酷的自然环境中淬炼出的丝路作家。这个来自湖北桃源的文艺战士，1955年在"开发大西北"的号召之下来到青海，1957年因为诗歌获罪，在青海荒原上流放长达20多年，直到1979年才重新回归文坛。他几乎所有的诗歌都是在青海创作的，他的诗是他充满苦难的生命历程和青海高原相互砥砺的文学见证。从青海高原到丝绸之路，这个阔大的时空构成了昌耀诗歌的主体形态：《高车》（1957年）《河西走廊古意》（1982年）《在敦煌名胜地听驼铃寻唐梦》（1982年）《忘形之美：霍去病墓西汉古石刻》（1985年）《西域：断简残编之美》（1996年），这些诗歌中所呈现的边地异域的自然景观、历史文化、审美风貌，构成了昌耀诗歌的精神根底。"他于此所看到的则是西部高地上另一种本质性的精神气象——这就是汉唐帝国的光焰和丝绸、音乐、歌舞为标志的浩瀚与繁华。"①可以说，丝路古道不但接纳和造就了昌耀的大半个人生，而且也从根本上塑造了昌耀诗歌的情感理想和审美理想。

昌耀是个把诗歌奉为宗教的诗人，他的一生都在践行对文学的崇高追求："诗是崇高的追求，因之艰难的人生历程也得而显其壮美、神圣、典雅、宏阔的夺目光彩。就此意义说，诗，可为殉道者的宗教。"②写诗对昌耀来说，不是一种谋生的职业或求闻达的工具，而是一种生活方式，一种精神的需求和对生命的观照，是他摆脱现实生活的桎梏走向理想世界的一种途径。昌耀的诗从来都不是游戏之作。"我们的诗在这样的历史处境如若不是无病呻吟，如若不是安魂曲或是布道书，如若不是玩世不恭者自渎的器物，如若不是沽名钓誉者手中的道具，那就必定是为高尚情思寄托的容器。是净化灵魂的水。是维系心态平衡之安全阀。是轮轴中的润滑油。是山体的熔融。是人类本能的号哭。是美的召唤、品尝或献与。"③对崇高精神的不懈追求是昌耀诗歌最为突出的美学精神，如《高车》《慈航》《划呀，划呀，父亲们》等诗，表达的都是对一种崇高精神的歌颂。面对市场经济发展过程中的价值失范，昌耀仍旧以诗歌重建人类的精神家园，寻求通向彼岸的道路，这或许就是诗

---

①昌耀. 高地上的奴隶与圣者：代序[M]. 昌耀诗文总集. 西宁：青海人民出版社，2000：17.

②昌耀. 诗的礼赞[M]. 昌耀诗文总集. 西宁：青海人民出版社，2000：393.

③昌耀. 酒杯[M]. 昌耀诗文总集. 西宁：青海人民出版社，2000：430.

人曲高和寡不被人所理解的地方。昌耀在《堂吉诃德军团还在前进》中以堂吉诃德自喻，宁可"遭到满堂哄笑"，也要"背负历史的包袱"和"灵魂受难"，"以心油燃起萤火"，以一种"知其不可为而为之"的悲壮，坚定地追求自己理想的精神世界。即使他明知这种"匹夫之勇"难以战胜"现代饕餮兽吐火的焰火"①，但是这种和世俗社会不屈不挠的斗争精神，这种敢于向世人挑战的执着的献身精神，便是诗人所追求和向往的一种崇高境界。他之所以难以忘情于丝路古道上的"高车"，原因在于这个民族历史上所本现出的英雄精神，"高车的青海于我是威武的巨人，青海的高车于我是巨人之逸诗"②。他所称赞的霍去病墓前"石雕的粗豪、盛大、雄美……蓬发长须"③，这是一种对大灵魂和生命大美境界的缅怀，这种对英雄主义的追寻构成了昌耀早期诗歌崇高精神的一个重要方面。

　　昌耀诗歌中崇高精神的核心，在于和命运抗争中所体认形成的一种高尚的人格和道德力量。罗马艺术批评家朗吉努斯在《论崇高》中指出，"崇高是高尚心灵的回声"。④ 在构成崇高艺术的五个要素之中，最为重要的是思想的高尚，只有思想深邃者才能说出高尚的言辞。文学最大的魅力不是来自单纯的外在技巧，而是来自作家内在的思想气质。对此中国古代文人有深刻的认识，孟子说"我善养吾浩然之气"，文天祥在《正气歌》

　　①昌耀. 酒杯[M]. 昌耀诗文总集. 西宁：青海人民出版社，2000：535.

　　②昌耀. 高车[M]. 昌耀诗文总集. 西宁：青海人民出版社，2000：7.

　　③昌耀. 忘形之美：霍去病墓西汉古石刻[M]. 昌耀诗文总集. 西宁：青海人民出版社，2000：282.

　　④[古罗马]朗吉努斯. 美学三论·论崇高，论诗学，论诗艺[M]. 北京：光明日报出版社，2009：15.

中认为"天地有正气，杂然赋流行"，崇高在此体现为一种道德力量在个体生命中的凝聚。在《艰难之思》一文中，昌耀非常明确地表达了自己的文学观念。在他看来，文学的本质就是一种对生命的艰难之思。"作家之存在、之造就，其秘诀惟在生活磨炼或命运之困扰。无可动情于生命的沉重，无可困惑奋发于人类的命运，我不以为他会是一个本质意义上的作家。"①诗人正是通过对生命的抗争提升了自身的人格力量，我们在昌耀的诗中读到的是"杜鹃啼血"式的生命之痛。崇高，最初是由西方基督教文化所培育出的审美形态，神是崇高最原始的形态。到了19世纪浪漫主义时期，崇高的文化内涵发生了重要的改变，人的超越自我的精神成为崇高的本质，正是人在对象中所唤起的超越苦难和恐惧的理性力量，使人获得一种心理上的崇高感。

博克在《论崇高与美两种观念的起源》中认为，崇高与优美的不同之处，就在于崇高的心理体验是建立在痛感的基础之上，是主体抗拒和排解惊惧的过程中克服了痛感之后，产生的一种复杂的心理快感。中国文学史中很早就有对人生的困厄体验与文学之间关系的系统论述，孔子提出"诗，可以怨"，司马迁在《史记·太史公自序》中认为："昔西伯拘羑里，演《周易》；孔子厄陈蔡，作《春秋》；屈原放逐，著《离骚》；左丘失明，厥有《国语》；孙子膑脚，而论兵法；不违迁蜀，世传《吕览》；韩非囚秦，《说难》《孤愤》；《诗三百篇》，大抵圣贤发愤之所作也。此人皆意有所郁结，不得通其道也，故述往事思

---

① 昌耀. 艰难之思[M]. 昌耀诗文总集. 西宁：青海人民出版社，2000：401.

来者。"①杜甫在《天末怀李白》中针对李白坎坷的遭际，提出"文章憎命达"的感慨。这些论述都指出了苦难对于文学创作的积极意义，对苦难的超越是摆脱逆境的一个重要途径，也是作家进行文学创作巨大的精神动力。昌耀说："我所理解的诗是着眼于人类生存处境的深沉思考。是向善的呼唤或其潜在意蕴。是对和谐的永恒追求与重铸。是作为人的使命感。是永远蕴含有悲剧色彩的美。"②这是昌耀有别于传统书写人生悲慨之作的独到之处。他并未沉溺于对个人命运遭际的哀叹，而是从自身命运的困厄走向对人类生存处境的思考，重建对善与美的呼唤。这是一个作家之所以伟大的崇高的精神境界。"我所理解的作家或诗人当是以生命为文、以血之蒸馏为诗的，非如此不足以聘其文、明其志、尽其兴。"③昌耀正是这样一个用生命写作的诗人，他一生淡泊于名利，头戴宿命授予的"荆冠"，永不停歇地吹奏理想主义的芦笛。

昌耀诗歌的崇高精神并不是纯粹理念的产物，而是来自苦难生活的磨砺和淬炼。"我是大地的士兵。命运，却要使我成为，大山的囚徒。六千个黄昏，不堪折磨的形骸，始终，拖着精神的无形锁链；是的，我痛苦。"④昌耀是1957年政治运动的罹难者，因为《林中试笛》被定为右派，因此开始了在青海长达二十年的监禁、苦役、颠沛流离的生活。"受苦是生命的

---

①司马迁．史记：第10部[M]．长沙：岳麓书社，1988：2299.
②昌耀．艰难之思[M]．昌耀诗文总集．西宁：青海人民出版社，2000：407.
③昌耀．艰难之思[M]．昌耀诗文总集．西宁：青海人民出版社，2000：408.
④昌耀．大山的囚徒[M]．昌耀诗文总集．西宁：青海人民出版社，2000：75.

实体，也是人格的根源，因为唯有受苦才能使我们成为真正的人。"①生活的苦难迫使诗人不得不认真思考自我和生命的意义，他把发生在个人身上的命运悲剧演绎成诗歌的艺术悲剧。在布满荆棘的人生旅途中，昌耀正是借助诗歌实现了对痛苦的超越和升华，从一个生活中的否定主体转变为艺术中的肯定主体。

　　昌耀对崇高精神的坚守使他的诗歌具有一种悲壮美，体现在诗人与命运抗争过程中所产生的崇高的人格力量。促使诗人追求崇高精神的最初的动因，是土伯特家族的良知对他的苦难进行"爱的超度"。在《慈航》这首带有自传性质的抒情长诗中，诗人回顾了自己从苦难走向新生的心路历程，体现了爱在超越苦难过程中所体现的崇高的精神力量。屠格涅夫曾经说道："爱比死，比死所带来的恐惧还更强有力。因为有爱，只因为有爱，生命才能支撑住，才能进行。"②诗中反复表达的是："在善恶的角力中，爱的繁衍与生殖，比死亡的饿残更古老、更勇武百倍。"③爱的良知是人类的生命之源，是诗人在困厄中"唯一的生之涯岸"，给了他"再生的微笑"，这个葆有良知的土伯特家族"是我追随的偶像"，他们就是诗人心目中的神。"在优美和崇高之中，有一种灵魂美，它闪耀着高尚、圣洁的精神的光辉。这种灵魂美的本质是一种大爱，是生命的牺牲与奉献。人们面对这种灵魂美，内心充满一种神圣感，这种神圣

---

　　①乌纳穆诺. 生命的悲剧意识[M]. 哈尔滨：北方文艺出版社，1988：124.
　　②朱光潜. 文艺心理学[M]. 朱光潜美学文集：第一卷. 北京：人民文学出版社，1982：233-234.
　　③昌耀. 慈航[M]. 昌耀抒情诗集. 西宁：青海人民出版社，1986：30.

感是一种心灵的净化和升华。"①土伯特家族爱的良知使昌耀的苦难得以超度，让他感受到圣洁的精神力量，这也是昌耀以殉道者的姿态追求崇高精神的原因之一。长诗《燔祭》则是对崇高精神的一次祭奠，精神的崩溃导致崇高的空位，灵魂从此失去了超越的彼岸，变得无家可归。在一个躲避崇高的时代，诗人的"燔祭"实则是在呼唤崇高归位。《内陆高迥》则体现了诗人与命运抗争的浩然之气，在诗歌中，旅人探寻河源的艰苦跋涉和诗人对理想人格的追求内在地契合在一起，成为诗人义无反顾地追寻崇高精神境界的心路历程的写照。

丝绸之路在现代政治经济和文化格局中的边缘性，在一定程度上促使丝路文学能够远离当下的商业化、游戏化的写作浪潮，而表现出对崇高精神的坚守和抵近。昌耀对崇高精神的执着追求，代表了丝路作家的精神高地。他的一生都在背负着责任和苦难，以诗歌向崇高献祭，但在市场化和世俗化的写作浪潮中，昌耀的艺术追求却孤单成"一则垂立的身影"，就如他在诗中写道"而愈益沉重的却只是灵魂的寂寞。谁与我同享暮色的金黄然后一起退入月亮宝石?"②。

二、丝路意象的崇高美

崇高是一种庄严、宏伟的美，它往往体现在一些包孕着力量、气魄和强度的意象之中，西北丝绸之路广袤的平原、戈壁、沙漠、高山、河流等自然景观，还有鹰、马等生命景观，

---

①叶朗. 美在意象[M]. 北京：北京大学出版社，2010：358.

②昌耀. 内陆高迥[M]. 昌耀诗文总集. 西宁：青海人民出版社，2000：415.

这些粗犷而壮美的生命意象，是孕育崇高精神的自然基础。

康德认为，能够唤起崇高感的自然首先是数量的无限大，这种大不能用计算和逻辑推演的方式来把握，只能通过直观把握对方的整体。丝路文学中经常出现的高原、河流、太阳意象，不仅再现了丝绸之路雄浑开阔的自然景观，而且内蕴了作家对崇高精神的向往和追求。周涛的诗歌经常选取荒原、断崖、苍穹、雪峰等自然意象作为描写的对象。"冈底斯山、喜马拉雅山、喀喇昆仑山，三大著名山系的躯体纠缠在这里，高度的竞争，力的交错，凝聚成无数突出的筋派和肌块，在无声中对峙。"①这些高大的山脉是力量的象征，唤起人攀登和征服的欲望，山与山之间的角力也是人与自然之间的角力。"喀喇昆仑是一座神山，班公湖是圣海"②，阿尔泰山像一个巨人的躯体："你披满积雪的头颅，星光下舒展着，你跨越国界的肢体，像鹰一样久久盘旋的，是你凝视人间的目光，像风一般深深回荡的，是你震撼山谷的呼吸。"③周涛笔下的山是雄伟和力量的象征，是人类朝圣和崇拜的对象，召唤出生命内在的超绝本质，超越对象在形式上的巨大和无限，使主体的生命体验达到新的高度，这就是诗歌意象崇高美产生的原因。

昌耀是青藏高原孕育出来的诗人，他笔下很少出现纤巧秀丽的景观，构成诗歌背景的通常是雄浑的、阔大的自然意象。

①周涛. 角力的群山. 新疆文学作品大系（诗歌卷）[M]. 乌鲁木齐：新疆美术摄影出版社、新疆电子音像出版社，2009：252.

②周涛. 朝拜你，我的神山和圣海[M]. 新疆文学作品大系（诗歌卷）. 乌鲁木齐：新疆美术摄影出版社、新疆电子音像出版社，2009：253.

③周涛. 致阿尔泰山[M]. 喀纳斯颂. 乌鲁木齐：新疆人民出版社，2010：105.

"午后的阳光以直角投射到这块舒展的，甲壳。寸草不生。老鹰的掠影，像一片飘来的阔叶，斜扫过这金属般凝固的铸体，消失于远方岩表的返照，遁去如骑士。"①这段对岩原的静态描写绝无小桥流水般的细腻纤柔，也不是陶渊明"采菊东篱下"的和谐宁静，能够唤起人崇高感的对象在形式上是坚实的、巨大的、险峻奇绝的，召唤出人内在的无限和超绝的生命力，把主体的生命感受升华到一个崇高的境界。"就崇高的意象世界来看，它的'无限'的意蕴总是突破感性的前景，强烈的显示于感性的前景之中。但是，'无限'又不能由有限的感性的全景全部显现，它显现于感性的外层仅仅是局部的、暗示的；所以崇高中有神秘的、未知的以及不可把握的东西，这样才造成了崇高的深邃境界。而'优美'缺乏崇高的这种深邃感。"②崇高的意象就在于从有限的形式中获得无限的意蕴，岩原在形式上本身就是阔大的、无规则的，无法用任何公式和数量来计算。诗人抓住岩原几个富有特征的主观化的感觉，采用"直角""甲壳""金属般凝固的铸体""遁去"这些词语，勾勒出它的形象特质，这些诗性的语言突破了词语具体的内涵，开掘出了对象无限深邃的内在意蕴，凸显了自然沉默的表象之下蕴含的原始的粗犷和坚硬的质感。在俄日朵雪峰之侧，"朝向俄日朵之雪彷徨许久的太阳，正决然跃入一片引力无穷的山海。石砾不时滑坡，引动棕色深渊自上而下一派器鸣，像军旅远去的喊杀声。"③这个陡峭而令人生畏的雪峰，所激起的并不是胆怯者的

---

①昌耀. 踏着蚀洞斑驳长岩原[M]. 昌耀抒情诗集. 西宁:青海人民出版社,1986:7.

②叶朗. 美在意象[M] 北京: 北京大学出版社，2010：358.

③昌耀. 俄日朵雪峰之侧[M]. 昌耀抒情诗集. 西宁:青海人民出版社,1986:17.

逃离，而是在征服自然中主体意识的自觉，是在抗争宿命中所感受到一种崇高的人格力量。狄德罗在《论剧体诗》中说："诗人需要的是什么呢？生糙的自然还是经过教养的自然？动态的自然还是平静的自然？他宁愿哪一种美？纯净肃穆的白天里的美？还是狂风暴雨雷电的交作，阴森可怕的黑夜里的美呢？诗需要的是一种巨大的、粗犷的、野蛮的气魄。"①在狄德罗看来，只有原始粗犷的自然才具有诗意，因为这其中蕴含了强烈的情感和巨大的生命活力。昌耀在青海高原劳改期间那种濒死挣扎永不屈服的生命体验，成为他诗歌创作中的精神底色。"我的指关节铆钉一样楔入巨石的鳞隙。血滴，从撕裂的千层掌鞋底渗出。"②激流也往往象征着严峻的生存考验："铁链在甲板上滚响。河声在船舷放大了一百倍。臂下如椽的桨叶原是从昆仑山里生长的啊，此刻是在浪花丛中踉跄着前进。"③诗人并没有被自然的危境吓退和缴械，他超越了自己的感性体验，唤起了内在理性的无限，与自然抗争，与苦难较量，把人的生命升华到崇高的境界。

昌耀早期的诗歌中，自然除了唤起人理性的力量之外，还是诗人灵魂的救赎之地。昌耀笔下的青藏高原是困境中理想的彼岸世界，高原的土地是赭黄色的，"有如它的享有者那成熟的，玉蜀黍般光亮的肤色"④，"这里，有无垠的处女地。"⑤

①朱光潜. 朱光潜全集：第6卷[M]. 合肥：安徽教育出版社，1990：301.
②昌耀. 俄日朵雪峰之侧[M]. 昌耀抒情诗集. 西宁：青海人民出版社,1986:17.
③昌耀. 水手长—渡船—我们[M]. 昌耀抒情诗集. 西宁：青海人民出版社，1986：13.
④昌耀. 这是赭黄色的土地[M]. 昌耀抒情诗集. 西宁：青海人民出版社,1986:8.
⑤昌耀. 荒甸[M]. 昌耀抒情诗集. 西宁：青海人民出版社，1986：9.

"夜行在西部高原，我从来不曾觉得孤独。——低低的熏烟，被牧羊狗所看护。有成熟的泥土的气味。"①这时诗人笔下的高原是充满了温馨的烟火气，赭黄色的土地、柔美的天空、令人陶醉的黄昏、情窦初开的爱情、乳儿的母亲，还有土伯特家族爱的良知，"他已属于那一片天空。他已属于那一片热土。"②"曾叫我安身立命的故土"，③ 这是一片与诗人共命运的土地，是苦难中安放心灵的平静港湾。

康德所说崇高感产生的第二类意象是力量的无限大。这种力量经常通过一些动物意象体现出来，丝路文学中经常出现的马、鹰、狼等动物形象中往往寄予了作家对崇高精神的追求。鹰是丝路文学中的一个重要意象，它象征永不退缩的勇敢，周涛诗中那只和老狼搏斗的猎鹰，"那鹰的一半正牢牢钉在树上，被冲力撕开的胸腔热血淋淋。但它的神经肌肉却还活着，像钉在树上的一面迎风的旗帜。"④鹰的搏击是英勇的无畏的，鹰的死是悲壮的。昌耀笔下的鹰，往往生活于高寒的冰雪，"鹰，鼓着铅色的风，从冰山的峰顶起飞，寒冷，从翼鼓上抖落。"⑤就连那弱小的水鸟也生活于激流之中，"飞跃于浪花之上，栖息于危石之巅，在涡流溅泼中呼吸，于雷霆隆隆中展

①昌耀. 夜行在西部高原［M］. 昌耀抒情诗集. 西宁：青海人民出版社，1986：11.

②昌耀. 慈航［M］. 昌耀抒情诗集. 西宁：青海人民出版社，1986：48.

③昌耀. 山旅［M］. 昌耀抒情诗集. 西宁：青海人民出版社，1986：50.

④周涛. 鹰之击［M］. 新疆文学作品大系：诗歌卷. 乌鲁木齐：新疆美术摄影出版社、新疆电子音像出版社，2009：246-247.

⑤昌耀. 鹰·雪·牧人［M］. 昌耀抒情诗集. 西宁：青海人民出版社，1986：1.

翅。"①不管是强大还是弱小，这些鸟类身上都体现出勇者的气概，让人感受到一种精神的力量。马也是丝路文学中经常出现的一个意象，它或许是红柯小说《奔马》中自然原始力量的象征，抑或是李学辉《国家坐骑》中民间精神的一种写照，马所代表的是人类所向往的精神。"雄浑的马蹄声在大地奏出鼓点，悲怆苍劲的嘶鸣、叫喊在拥挤的空间碰撞、飞溅，划出一条条不规则的曲线，扭住、缠住漫天雨网，和雷声雨声交织成惊心动魄的大舞台。"②但是在现代社会，马所代表的这种自由奔放的精神，往往是不被理解的，"在我之前不远有一匹跛行的瘦马。听它一步步落下的蹄足，沉重有如恋人之咯血。"③"马儿在泥泞里走，它的脚越洗越不干净，打湿的鬃毛贴在颈上很凄凉。"④这些孤独而又决绝的马的意象，是诗人与命运抗争、与时代搏击的心灵写照。任何抗争和较量的发生总蕴含着一种阻止生命的力量，在崇高意象生成的心理机制中，这种阻止生命的历史，同时也是引导着人类精神"超越平常的尺度"，进而激发出一种穿透"自然界全能威力的假象"，由此体会到生命的自由意志和主体尊严，这便是崇高意象的艺术魅力。

①昌耀．水鸟[M]．昌耀抒情诗集．西宁：青海人民出版社，1986：3.

②周涛．巩乃斯的马[M]．游牧长城．长沙：湖南文艺出版社，2015：15.

③昌耀．踏着蚀洞斑驳的岩原[M]．昌耀抒情诗集．西宁：青海人民出版社，1986：7.

④周涛．策马行在雨中的草原[M]．新疆文学作品大系：诗歌卷．乌鲁木齐：新疆美术摄影出版社、新疆电子音像出版社，2009：250.

余　论

　　中国现代文学是一种多民族国家的文学。它不仅呼应着现代民族国家建构的时代主潮，而且始终关联着中国多民族文化的历史经验。这种多民族性不仅呈现为现代文学内部多元的文化构成，更为重要的是，这种多元文化的互渗与融合为文学创作提供了丰富的想象空间。现代文学就是在中心文化和边缘文化的互动中被不断推进的。

　　中国现代西北丝路文学是在丝绸之路的历史文化经验和现代中国的时代语境中产生的，极为典型地体现了中国多民族国家文学的文化特征。丝路文化的多样性和混合性对现代丝路文学的书写产生了重要的影响，游牧文化自由奔放的气质，农耕文化稳健守成的心理定式，宗教文化对世俗生活的精神超越，农耕文化与游牧文化的冲撞与融合——这些都构成了丝路本土文化丰富的内涵意旨。除此之外，西方现代文化在中国内部的强势推进，构成了现代丝路文化内涵构成中重要的一极。陈忠实对儒家文化现代命运的思考，张承志、石舒清、雪漠创作中的宗教元素、红柯对游牧文化和马背英雄的弘扬，这些不同文化身份所形成的审美体验，构成了丝路文学丰富多元的文化题旨和美学风貌。

现代西北丝路文学是一种建立在空间移动基础之上"在路上"的文学。丝绸之路本身就是一条含义丰富的道路，它是中西之间的商贸之路、文化的交流之路、个人的建功立业之路、宗教求法之路。诞生在这条道路上的丝路文学也内在地反映了人类对域外世界的向往和追求。现代西北丝路文学很多都是创作于行旅的征途之中。青海"花儿"就是出外谋生的商贩为抒发旅途孤寂的情感产物。吴宓的《西征杂诗》、中外文人学者撰写的丝路游记，西进浪潮中的边疆牧歌、流寓文人的边地书写，这些作品从不同的维度呈现了丝路这个特定空间中的自然景观和人文景观。现代以来的西北丝路从来都不是一条游山玩水的休闲之路，它是探求民族国家的新生之路、文化重建的复兴之路、民族精神的求索之路。道路连接着不同的地域、民族和文化形态。道路所带来的空间的位移和变化，"就能产生新的生命形态，就能产生文化、文学之间新的选择、新的换位、新的组接和新的融合，就可以在原本位置和新居位置的关联变动中，锤炼出文学或文化的新品质和新性格"。① 正是这种跨区域、跨文化的空间位移，以及西北丝路刚健质朴的民间精神和文化形态，给予王蒙、张承志、史铁生、昌耀这些来自中心地带的流寓作家体认社会现实的一种"双世界视景"。他们通过对两个文化形态的接纳和融合，开拓出文学创作新的精神境界和思想深度。

开拓创新是丝路文学的核心精神，从张骞的"凿空"西域

---

①杨义. 中国文化的精神[M]. 杨义自选集. 上海：上海三联书店，2017：495.

到现代以来的西部开发，西北丝绸之路一直都是国家开疆拓土的重要区域，诞生了无数位为国家建功立业的时代英雄，这种创新创业的进取精神成为影响丝路文学价值取向和审美风貌的关键要素。现代丝路文学不仅与新中国的创建紧密相连，而且与共和国的创业实践同声共振，这是革命精神和丝路文化的一种时代遇合，丝路文化开拓创新的精神传统为新中国的创业文学提供了叙事的逻辑起点，新中国在西北地区的创业实践，也极大地拓展和丰富了丝路文学的精神内涵。郭小川、贺敬之对边疆屯垦生活的描写，唐栋、李斌对西北边防战士生命伟力的歌颂，路遥、张贤亮对改革开放浪潮中丝路青年冲破传统羁绊，开拓人生新局面的文学书写，新边塞诗人章得益庄严的宣告：我自豪，我是开荒者的子孙。西北丝路文学渗透着边塞的气质和风骨，汇聚了中华民族强劲的开拓精神，构成了中国现代文学中一股刚健雄浑的美学风貌。

现代西北丝路文学跨地域、跨民族、跨文化的特质和开拓创新的精神，创造了现代文学的精神高地和经典意识，产生了闻捷、张承志、张贤亮、昌耀、红柯、高建群这个把现代文学创作不断推向高峰的作家群体，丝绸之路之于这些作家的意义，不仅在于为他们提供了一个巨大的文学想象的地理空间，更为重要的是，丝绸之路所积淀的历史经验和文化的多样性，开拓了创作主体对文学和生命现象的认识的双重视界，提升了丝路文学创作的文化内涵和精神品质。但是，同时我们也可以看到，新时期以来丝路文学创作出现了某种文化保守主义的倾向，一些作家受到地域文化研究思维和观念的影响，持续向地域文化的历史经验不断掘进，试图以前现代社会的文化形态超越现实和文学世俗化的困境，这是中国现代文学尤其是边地作家的一种价值维度和文化立场，为我们认识社会和文学的现代性提供了一种边地经验和文化视角。但是，这种书写方式在返归历史的同时，却疏离了丝路文化中开拓创新的进取精神和多元文化的开放心态，在当下全球化和世界化的时代潮流中，任何封闭自守的文化心态，都会制约文学创作的生命活力和精神境界。这是丝路文学创作和研究都必须正视和反思的问题。

从目前来看，丝路文学拓展了现代文学研究的视角和方法，凸显了现代文学研究中"中国经验"的发掘和梳理，正在成为一个新的学术热点，但依然存在着理论的缺乏和研究的表层化现象。其中原因，既有研究者研究方法和研究视角的问题，也反映了中国现代文学研究理论创新的困境。如何克服以上的困难，把丝路文学研究学理性的建构和文本的细读和分析结合起来，是需要进一步提升和深化的问题。笔者在本书中对现当代西北丝路文学的研究是一次初步的尝试，也是一次初步的探索，论证的过程中难免有力所不逮之处，祈盼各位专家不吝赐教。

参考文献

专著：

[1]顾执中．西行记[M]．北京：商务印书馆，1934.

[2]闻捷．天山牧歌[M]．北京：作家出版社，1956.

[3]向达．唐代长安与西域文明[M]．北京：生活·读书·新知三联书店.1957.

[4]朱自清．中国歌谣[M]．北京：作家出版社，1957.

[5]闻捷．复九的火焰[M]．北京：作家出版社，1959.

[6]碧野．阳光灿烂照天山[M]．北京：中国青年出版社，1959.

[7]彭定求．全唐诗[M]．北京：中华书局.1960.

[8]班固．汉书·地理志[M]．北京：中华书局，1962.

[9]刘昫．旧唐书[M]．北京：中华书局，1975.

[10]张星烺编著．中西交通史料汇编：第五册[M]．北京：中华书局，1978.

[11]魏钢焰．灯海曲[M]．西安：陕西人民出版社,1978.

[12]复旦大学中文系编．中国当代文学研究资料——闻捷专集[M]．上海：复旦大学中文系，1979.

[13]浙江师范学院中文系. 中国当代文学研究资料——王汶石专辑[M]. 金华：浙江师范学院中文系，1979.

[14]吴子敏. 鲁迅论文学与艺术[M]. 北京：人民文学出版社. 1980.

[15]杨牧. 绿色的星[M]. 乌鲁木齐：新疆人民出版社，1980.

[16]耶律楚材著，向达校注. 西游录[M]. 北京：中华书局，1981.

[17]历代西域诗选注编写组. 历代西域诗选注[M]. 乌鲁木齐：新疆人民出版社，1981.

[18]单演义. 鲁迅在西安[M]. 西安：陕西人民出版社，1981.

[19]张贤亮. 灵与肉[M]. 天津：百花文艺出版社,1981.

[20]王国维. 《长春真人西游记校注》序[M]. 王国维遗书(十三). 上海：上海书店. 1983.

[21]雷茂奎，刘维钧，常征等编. 边塞新诗选[M]. 乌鲁木齐：新疆人民出版社，1983.

[22]章德益. 大漠和我[M]. 长沙：湖南人民出版社，1983.

[23]朱红兵. 沙原牧歌[M]. 银川：宁夏人民出版社，1983.

[24]陈纡，余水清编. 杜鹏程研究专辑[M]. 福州：福建人民出版社，1983.

[25]胡采. 胡采文学评论选[M]. 长沙：湖南人民出版社，1983.

[26]中国人民政治协商会议陕西省委员会文史资料研究委员会编. 陕西文史资料选辑：第 16 辑[M]. 西安：陕西人民出版社，1984.

[27]于右任. 于右任诗词选注[M]. 西安：陕西人民出版社，1984.

[28]包尔汉. 新疆五十年[M]. 北京：文史资料出版社，1984.

[29][美]斯诺. 红星照耀中国[M]. 斯诺文集：第二卷. 董乐山，译. 北京：新华出版社，1984.

[30]于右任著 马天祥，杨中州编. 于右任诗词选注[M]. 西安：陕西人民出版社，1984.

[31]张贤亮. 张贤亮谈创作[M]. 宁夏大学学报编辑部，1985.

[32]昌耀. 昌耀抒情诗集[M]. 西宁：青海人民出版社，1986.

[33]谢选骏. 神话与民族精神——几个文化圈的比较[M]. 济南：山东文艺出版社，1986.

[34]周涛. 云游[M]. 乌鲁木齐：新疆人民出版社，1986.

[35]郭小川. 郭小川代表作[M]. 郑州：河南人民出版社，1986.

[36]张亚雄. 花儿集[M]. 北京：中国文联出版社，1986.

[37]周政保. 小说与诗的艺术[M]. 杭州：浙江文艺出版社，1986.

[38]王愚. 人·生活·文学[M]. 西安：陕西人民出版社，1987.

［39］张承志. 金牧场［M］. 北京：作家出版社，1987.

［40］周明编. 茅盾书信集［M］. 北京：文化艺术出版社，1988.

［41］叶舒宪. 探索非理性的世界［M］. 成都：四川人民出版社，1988.

［42］司马迁. 史记：第 10 部［M］. 长沙：岳麓书社，1988.

［43］乌纳穆诺. 生命的悲剧意识［M］. 哈尔滨：北方文艺出版社，1988.

［44］周明编. 茅盾书信集［M］. 北京：文化艺术出版社，1988.

［45］陈忠实. 四妹子［M］. 郑州：农民出版社，1988.

［46］王干一，路志霄编. 陇右近代诗钞［M］. 兰州：兰州大学出版社，1988.

［47］［美］丹尼尔·贝尔. 资本主义文化矛盾［M］. 北京：三联书店，1989.

［48］费孝通. 中华民族多元一体格局［M］. 北京：中央民族学院出版社，1989.

［49］张贤亮. 张贤亮代表作［M］. 郑州：河南人民出版社，1989.

［50］李若冰. 李若冰散文选［M］. 西安：陕西师范大学出版社，1989.

［51］赵宗福. 花儿通论［M］. 西宁：青海人民出版社，1989.

［52］杨建新，马曼丽主编. 西北民族关系史［M］. 北京：民族出版社，1990.

［53］谢彬. 新疆游记［M］. 乌鲁木齐：新疆人民出版社，1990.

［54］朱光潜. 朱光潜全集：第六卷［M］. 合肥：安徽教育出版社，1990.

［55］纪晓岚著，郝浚注. 乌鲁木齐杂诗注［M］. 乌鲁木齐：新疆人民出版社，1991.

［56］孙伏园著. 商金林编. 孙伏园散文选集［M］. 天津：百花文艺出版社，1991.

［57］曹道衡，沈玉成. 南北朝文学史［M］. 北京：人民文学出版社，1991.

［58］柳青. 柳青文集［M］. 西安：陕西人民出版社，1991.

［59］路遥. 早晨从中午开始［M］. 西安：西北大学出版社，1992.

［60］燎原. 西部大荒中的盛典［M］. 西宁：青海人民出版社，1992.

［61］郭维东. 美丽的跋涉［M］. 乌鲁木齐：新疆人民出版社，1992.

［62］魏永理编. 中国西北近代开发史［M］. 兰州：甘肃人民出版社，1993.

［63］杜鹏程. 杜鹏程文集：第一卷［M］. 西安：陕西人民出版社，1993.

［64］胡河清. 灵地的缅想［M］. 上海：学林出版社，1994.

［65］石舒清. 苦土［M］. 天津：百花文艺出版社，1994.

［66］贾平凹. 贾平凹人生小品［M］. 石家庄：河北人民出版社，1994.

[67]法显著，郭鹏译. 佛国记注释[M]. 长春：长春出版社，1995.

[68]张承志. 张承志文学作品选集：长篇小说卷[M]. 海口：海南出版社，1995.

[69]杜鹏程. 保卫延安[M]. 石家庄：花山文艺出版社，1995.

[70]池田大作. 佛法·西舆东[M]. 成都：四川人民出版社，1996.

[71]陈寅恪. 唐代政治史论述稿[M]. 上海：上海古籍出版社，1996.

[72]芦苇. 中外关系史[M]. 兰州：兰州大学出版社，1996.

[73]于右任. 于右任诗集[M]. 北京：团结出版社，1996.

[74]李明伟主编. 丝绸之路贸易史[M]. 兰州：甘肃人民出版社，1997.

[75]杨牧. 西部变奏曲[M]. 北京：中国文联出版公司，1997.

[76]许子东. 当代小说阅读笔记[M]. 上海：华东师范大学出版社，1997.

[77]吴宓. 吴宓日记(I)[M]. 北京：生活·读书·新知三联书店，1998.

[78]杨志玖. 马可·波罗在中国[M]. 天津：南开大学出版社，1999.

[79]彭书麟. 西部审美文化寻踪[M]. 长沙：湖北教育出版社，1999.

［80］洪子诚. 中国当代文学史［M］. 北京：北京大学出版社，1999.

［81］斯文·赫定. 失踪雪域750天［M］. 乌鲁木齐：新疆人民出版社，2000.

［82］普尔热瓦尔斯基. 荒原的召唤［M］. 乌鲁木齐：新疆人民出版社，2000.

［83］宗元. 魂断人生——路遥论［M］. 上海：上海文艺出版社，2000.

［84］孙绍先. 英雄之死与美人迟暮［M］. 北京：社会科学文献出版社，2000.

［85］昌耀. 酒杯·昌耀诗文总集［M］. 青海人民出版社，2000.

［86］张承志. 清洁的精神［M］. 安徽文艺出版社，2000.

［87］李志常著，党宝海译. 长春真人西游记［M］. 石家庄：河北人民出版社，2001.

［88］惠西平主编. 博士直谏陕西文坛及其他［M］. 西安：太白文艺出版社，2001.

［89］涂裕春，刘卉，黄毅等. 中国西部的对外开放［M］. 北京：民族出版社，2001.

［90］张承志. 北方的河［M］. 武汉：长江文艺出版社，2001.

［91］唐栋. 唐栋作品集：第六卷［M］. 花城出版社，2001.

［92］红柯. 金色的阿尔泰［M］. 石家庄：花山文艺出版社，2001.

［93］石舒清. 开花的院子［M］. 长春：时代文艺出版社，

2001.

[94]张承志. 黑骏马[M]. 武汉：长江文艺出版社,2001.

[95]张承志. 心火·绿风土[M]. 济南：山东文艺出版社，2001.

[96]范长江. 范长江新闻文集：上册[M]. 北京：新华出版社，2001.

[97]朱一玄，刘毓忱. 西游记资料汇编[M]. 天津：南开大学出版社，2002.

[98]朱鸿主编. 中国西部人文地图[M]. 成都：四川文艺出版社. 2002.

[99]林则徐全集编辑委员会. 林则徐全集：第七册信札卷［M］. 福州：海峡文艺出版社，2002.

[100][法]蜜德瑞·凯伯，法兰西丝卡·法兰屈著. 黄梅峰，麦慧芬译. 戈壁沙漠[M]. 北京：中国青年出版社,2002.

[101]陈赓雅. 西北视察记[M]. 兰州：甘肃人民出版社，2002.

[102]红柯. 西去的骑手[M]. 昆明：云南人民出版社，2002.

[103]红柯. 敬畏苍天[M]. 上海：上海人民出版社，2002.

[104]贾晓慧. 大公报新论：20世纪30年代《大公报》与中国现代化[M]. 天津：天津人民出版社，2002.

[105]高良佐. 西北随轺记[M]. 兰州：甘肃人民出版社，2003.

[106]杨钟健. 西北的剖面[M]. 兰州：甘肃人民出版社，

2003.

[107][美]爱德华·W.萨义德.文化与帝国主义[M].李琨,译.北京:三联书店,2003.

[108]王晓明主编.二十世纪中国文学史论[M].北京:中国出版集团.2003.

[109]高建群.胡马北风大漠传[M].上海:东方出版中心,2003.

[110]王蒙.王蒙文存:第21卷[M].北京:人民文学出版社,2003.

[111]杨牧.杨牧文集:上[M].重庆:重庆出版社,2003.

[112]梅新林,俞樟华主编.中国游记文学史[M].上海:学林出版社,2004.

[113]林建法,徐连原主编.中国当代作家面面观:灵魂与灵魂的对话[M].杭州:浙江文艺出版社,2004.

[114][美]米尔恰·伊利亚德著.宗教思想史[M].晏可佳,译.上海:上海社会科学院出版社,2004.

[115]季羡林.季羡林名篇佳作[M].北京:东方出版社,2005.

[116]丘处机,赵卫东辑校.丘处机集[M].济南:齐鲁书社,2005.

[117]郭少棠.旅行:跨文化想象[M].北京:北京大学出版社,2005.

[118]路遥.答延河编辑部问·路遥文集:第5卷[M].北京:人民文学出版社,2005.

［119］吴宓. 吴宓诗话［M］. 北京：商务印书馆，2005.

［120］郭文斌. 大年［M］. 银川：宁夏人民出版社，2005.

［121］贾平凹. 秦腔［M］. 北京：作家出版社，2005.

［122］王蒙. 王蒙自传［M］. 广州：花城出版社，2006.

［123］贾平凹. 高兴［M］. 北京：作家出版社，2007.

［124］张承志. 大西北［M］. 北京：中国青年出版社，2007.

［125］张克非，王劲. 西北近代社会研究［M］. 北京：民族出版社，2008.

［126］石舒清. 清水里的刀子［M］. 银川：宁夏人民出版社，2008.

［127］张家铎编著. 固原民俗［M］. 银川：宁夏人民出版社，2008.

［128］郭文斌. 大年. 郭文斌小说精选［M］. 银川：宁夏人民出版社，2008.

［129］魏钢焰. 魏钢焰文集：散文卷［M］. 西安：陕西人民出版社，2008.

［130］魏钢焰. 魏钢焰文集：诗歌卷［M］. 西安：陕西人民出版社，2008.

［131］［英］斯坦因. 斯坦因西域盗宝记［M］. 北京：西苑出版社，2009.

［132］郑兴富主编. 新疆文学作品大系：诗歌卷［M］. 乌鲁木齐：新疆美术摄影出版社、新疆电子音像出版社，2009.

［133］王仲明主编. 新疆文学作品大系（1949—2009）文学评论卷［M］. 乌鲁木齐：新疆美术摄影出版社、新疆电子音像

出社，2009.

[134][古罗马]朗吉努斯. 美学三论·论崇高，论诗学，论诗艺[M]. 北京：光明日报出版社，2009.

[135]高深. 祖国，为你而歌[M]. 合肥：安徽文艺出版社，2009.

[136]任访秋编. 中国近代文学史[M]. 郑州：河南大学出版社，2009.

[137]季羡林. 季羡林全集(第17卷)[M]. 北京：外语教学与研究出版社，2010.

[138]叶朗. 美在意象[M]. 北京：北京大学出版社，2010.

[139]周涛. 喀纳斯颂[M]. 乌鲁木齐：新疆人民出版社，2010.

[140]雪漠. 西夏咒[M]. 北京：作家出版社，2010.

[141]王蒙. 你好，新疆[M]. 北京：人民文学出版社，2011.

[142]张志尧，于立波主编. 大时代的记忆[M]. 乌鲁木齐：新疆美术摄影出版社，2011.

[143]王继光校注. 陈诚西域资料校注[M]. 乌鲁木齐：新疆人民出版社，2012.

[144]雪漠. 无死的金刚心[M]. 北京：中央编译出版社，2012.

[145]张进海编. 传统文化与当代宁夏[M]. 银川：宁夏人民出版社，2012.

[146]史铁生. 回首黄土地[M]. 武汉：武汉大学出版社，

2012.

[147]朱光潜. 文艺心理学[M]. 北京：中华书局，2012.

[148]李继凯. 秦地小说与"三秦文化"[M]. 北京：商务印书馆，2013.

[149]冯天瑜. 中国文化生成史：上册 [M]. 武汉：武汉大学出版社，2013.

[150]顾宏义，李文整理标注. 宋代日记丛编：3[M]. 上海：上海书店出版社，2013.

[151]雪漠. 大漠祭[M]. 北京：中央编译出版社，2013.

[152]张承志. 旗手为什么歌唱母亲[M]. 南京：译林出版社，2013.

[153]周涛. 一个人和新疆，周涛口述自传[M]. 广州：花城出版社，2013.

[154]雪漠. 雪漠的小说[M]. 兰州：甘肃文化出版社，2014.

[155]李学辉. 李学辉的小说[M]. 兰州：甘肃文化出版社，2014.

[156]成仿吾. 战火中的大学——从陕北公学到人民大学的回顾[M]. 北京：人民出版社，2014.

[157]庄适选注. 汉书[M]. 武汉：崇文书局，2014.

[158]周涛. 游牧长城 [M]. 长沙：湖南文艺出版社，2015.

[159]方健荣主编. 敦煌诗经[M]. 兰州：甘肃文化出版社，2015.

[160]红柯. 狼嗥——红柯中短篇小说集[M]. 西安：陕

西师范大学出版社，2016.

[161]郭文斌. 写意宁夏[M]. 北京：华文出版社，2017.

论文：

[1]袁复礼. 甘肃的歌谣——花儿[J]. 歌谣，1925(82).

[2]黄伯樵. 导游与爱国[J]. 旅行杂志，1936(10).

[3]赵君豪. 岁首献词[J]. 旅行杂志，1938(12).

[4]边理庭. 论西北文化之改造[J]. 新西北月刊，1945(8).

[5]柳青. 生活是创作的基础——在《延河》编辑部召开的短篇小说创作座谈会上的发言[J]. 延河，1978(5).

[6]翁经方.《山海经》中的丝绸之路初探[J]. 上海师范大学学报，1981(2).

[7]白振声. 周穆王西游[J]. 中国民族，1984(11).

[8]丝路. 无数铃声遥过碛[J]. 新疆师范大学学报，1985(1).

[9]张贤亮. "西部文学"与宁夏文学[J]. 朔方,1985(1).

[10]杨牧. 我们在衔接中开拓上升——新边塞诗抒怀[J]. 诗探索，1985(1).

[11]李梅香. 西部音乐：它的历史及其在音乐文化发展战略中的地位[J]. 社会科学评论，1985(12).

[12]谢冕. 崭新的地平线[J]. 中国西部文学，1986(1).

[13]徐勤. 试论丝绸之路的地理基础[J]. 兰州学刊，1987(1).

[14]艾斐. 论陕北题材文学[J]. 延安大学学报，1989

（1）.

[15]周涛. 在新边塞诗讨论会上的发言[J]. 中国西部文学，1990（9）.

[16]吴然. 冰山：人格力量的升华与抗争[J]. 小说评论，1991（2）.

[17]肖云儒. 路遥的意识世界[J]. 延安文学，1993（1）.

[18]纪宗安. 丝绸之路与中西经济文化交流[J]. 暨南学报，1994（3）.

[19]沈社荣. 九一八事变后"开发西北"思潮的兴起[J]. 宁夏大学学报，1995（4）.

[20]石舒清. 残片童年·最初的神圣[J]. 朔方，1995（10）.

[21]杨晓霭，胡大浚. 陇右地域文化与唐代边塞诗[J]. 文史知识，1997（6）.

[22]丁帆. 二十世纪中国地域文化小说简论[J]. 学术月刊，1997（9）.

[23]周泽雄. 英雄与反英雄[J]. 读书，1998（9）.

[24]陈国恩. 张承志的文学和宗教[J]. 文学评论，1999（5）.

[25]严绍璗. "文化语境"与"变异体"以及文学的发生学[J]. 中国比较文学，2000（3）.

[26]杨俊国，张韶梅. 从回纥改回鹘看维吾尔族的鹰崇拜[J]. 昌吉学院学报，2002（1）.

[27]石舒清. 西海固的人们[J]. 中国民族，2002（1）.

[28]黄海阔. 略论近年乡村小说乡土意识的变化与矛盾

[J].当代文坛，2004(4).

[29]李智军.诗性空间：唐代西北边塞诗意象[J].地理研究，2004(6).

[30]南帆.文化的尴尬——重读《白鹿原》[J].文艺理论研究，2005(2).

[31]严海蓉.虚空的农村和空虚的主体[J].读书，2005(7).

[32]达吾.发现不屈不挠的激情——石舒清印象[J].小说评论，2005(1).

[33]贾鸿雁.民国时期游记图书的出版[J].广西社会科学，2006(1).

[34]李建彪.绝域产生大美——访著名作家红柯[J].回族文学，2006(3).

[35]王立新，王昶峰.传统叙事与文学治疗[J].长江学术，2007(2).

[36]范耀华.走向城市：乡村小说的一种叙述主题[J].文艺争鸣，2007(2).

[37]刘蓉.陕北文化的分期及其基本特质[J].延安大学学报，2008(4).

[38]郭文斌.回家的路：我的文字[J].朔方，2008(4).

[39]李勇，红柯.完美生活，不完美的写作[J].小说评论，2009(6).

[40]王维玲.我所知道的王汶石[J].中国编辑，2009(6).

[41]杨弘任.何谓在地性：从地方知识与在地范畴出发

[J]．思与言，2011（4）．

[42]程光炜．"当代文学"与"新疆当代文学"[J]．南方文坛，2012（5）．

[43]西安市文物保护考古研究院．西安西郊唐突骑施奉德可汗王子墓发掘简报[J]．文物，2013（8）．

[44]鞠熙．圣地之"圣"何来[J]．世界宗教研究，2013（5）．

[45]吴惟君整理．张贤亮年表[J]．朔方，2014（11）．

[46]杨晓霭，高震．岑参的西域行旅与"丝路"之作[J]．宁夏师范学院学报，2014（5）．

[47]红柯，杨梦瑶．西域给我换了一双内在的眼[J]．时代文学，2014（5）．

[48]吴玉贵．唐代长安与丝绸之路[J]．西北大学学报，2015（1）．

[49]方艳．《穆天子传》的创作意图与文本性质[J]．文学评论，2016（1）．

[50]李继凯．论当代创业文学与丝路文学[J]．湖南师范大学学报，2016（1）．

[51]李继凯，李国栋．茅盾与中国大西北的结缘[J]．社会科学辑刊，2016（5）．

[52]来永红．丝绸之路的文化内涵[J]．丝绸之路，2016（24）．

[53]李西建．"丝绸之路"与当代文艺创新[J]．兰州学刊，2017（2）．

[54]冯玉雷，冯雅颂．新时期敦煌文学的建构与发展

[J]. 兰州大学学报，2018(3).

[55]贺仲明. 从"肉"到"灵"，从"他"到"我"——评雪漠近年来的小说及创作转型[J]. 当代作家评论，2018(3).

[56]赵学勇，王鑫. 域外作家的延安书写[J]. 中国社会科学，2018(4).

论文集：

[1]王承喜主编. 昆仑文化论集[C]. 西宁：青海人民出版社，2000.

[2]宁夏大学回族研究中心编. 中国回族研究论集：第2卷[C]. 银川：宁夏人民出版社，2007.

[3]黄贤全，邹芙都主编. 中国史全国博士生论坛论文集[C]. 重庆：重庆出版社，2015.

学位论文：

[1]范耀华. 论新时期以来"由乡入城"的文学叙事[D]. 华东师范大学，2007.

报纸文献：

[1]袁鹰. 故人入我梦[N]. 解放日报，1978-12-14.

[2]周政保. 大漠风度，天山气魄. 文学报，1981-11-26.

[3]於可训. 当代文学史著的新收获[N]. 文艺报，2007(5).

[4]李红. "这一生最离不开的就是新疆"——访著名作家、国家一级编剧陆天明[N]. 新疆法制报，2010-09-22.

[5]韩高年.丝路文学研究的时空维度[N].中国社会科学报，2016-02-29.

[6]红柯.太阳深处的火焰访谈[N].青年报，2017-09-06.

电子文献：

[1]红柯.从关中到天山，从诗歌到小说[OL].www.chinawriter.com.cn.

[2]红柯.西北之北[OL].www.chinawriter.com.cn.

[3]张杰.追寻西去的旗手，发现丝路的红柯[OL].http://www.sohu.com/a/231169466 335965.

[4]白草，石舒清.访石舒清：写作更接近于一种秘密[OL].http://book.sina.com.cn.

[5]原上草置身绝境的写作——甘肃小说家补丁其人其文印象(之二)[OL].http://blog.sina.com.cn/xxrrss.

[6]马步升.凉州的补丁[OL].http://blog.sina.com.cn/xxrrss.